アジアの
多文化共生詩歌集

シリアからインド・香港・沖縄まで

鈴木比佐雄　座馬寛彦　鈴木光影　編

コールサック社

目次

目次

二章　南アジア

インド・ネパール・ブータン・パキスタン・
ヒマラヤ山脈・バングラデシュ・スリランカ

三章　中央アジア

カザフスタン・キルギス・タジキスタン・トル
クメニスタン・ウズベキスタン・中国　新疆ウ
イグル自治区・モンゴル高原・チベット高原

四章　東南アジアI

ミャンマー（ビルマ）・タイ・ラオス・カンボジア・ベトナム・マレーシア・シンガポール

五章　東南アジアⅡ

インドネシア・東ティモール・香港・台湾・フィリピン・南太平洋の島々

六章　北アジア
ロシア・モンゴル・モンゴルと中国国境・縄文・アイヌ

七章　中国

八章　朝鮮半島

九章　沖縄

十章　地球とアジア

一章　西アジア

シリア・トルコ・アフガニスタン・イスラエル（ゴラン高原）・イラク・イラン・レバノン・ヨルダン・サウジアラビア・クルド

『ギルガメシュ叙事詩』（すべてを見たる人）より

矢島文夫 訳

第十の書板

1（テキストB）

〔「
それらの皮を〔身にまとい〕彼はその肉を食べる
〔　　〕ギルガメシュよ、それはかつて生じたことのないものだ
私の〈風〉が水を駆りたてる〔かぎりは（？）〕
シャマシュは困惑し、彼の方に向きなおった
彼はギルガメシュにむかって言った
「ギルガメシュよ、お前はどこまでさまよい行くのか
お前の求める生命は見つかることがないだろう」
ギルガメシュは力強きシャマシュにむかって言った
「野原を進みさまよってのちに
大地のまんなかにわが頭《こうべ》を横たえるべきか
すべての年々をずっと眠りつづけるがために
わが眼《まなこ》をして太陽を見させよ、私が光に満つるように
光あるところ暗黒は引き下がる
死を死せる者、太陽神シャマシュの輝きを仰ぎ見んことを」
（以下欠）

2（テキストB）

「私とともにあらゆる苦〔労〕をわけもった者
私が心から愛したエンキドゥは
私とともにあらゆる苦労をわけもった彼は
いまは人間の宿命へと向かって行った
昼も夜も、彼にむかって私は涙した
彼を墓へ運びこませたくなかった
もしやわが友が私の嘆きにより立ち上りはせぬかと
七日と七晩（のあいだ）
彼の顔から虫がこぼれ落ちるまで
彼が行ってしまってからも、生命は見つからぬ
狩人のように私は野原のさなかをさまよった
女主人[*1]よ、お前の顔を見たからには
私の恐れる死を見ないようにさせてくれ」
女主人はギルガメシュにむかって言った

3 （テキストB）

「ギルガメシュよ、あなたはどこまでさまよい行くのです
あなたの求める生命は見つかることがないでしょう
神々が人間を創られたとき
人間には死を割りふられたのです
生命は自分たちの手のうちに留めおいて
ギルガメシュよ、あなたはあなたの腹を満たしなさい
昼も夜もあなたは楽しむがよい[*2]
日ごとに饗宴を開きなさい
あなたの衣服をきれいになさい
あなたの頭《こうべ》を洗い、水を浴びなさい
あなたの手につかまる子供たちをかわいがり
あなたの胸に抱かれた妻を喜ばせなさい
それが〔人間の〕なすべきことだからです」
（以下欠）

4 （テキストB）

彼は怒って、それらを打ちくだいた[*3]
彼はもどって来ると、あの男のところへ上って行った
ウルシャナビは眼《まなこ》を（彼に）向けた
ウルシャナビはギルガメシュにむかって言った
「お前の名はなにか私に言ってくれ
私はウルシャナビ、遥かなるウトナピシュティムに仕える者」
ギルガメシュはウルシャナビにむかって言った
「私の名はギルガメシュ
ウルク（?）、エアンナから来た者だ
山々を横切って来た者だ
太陽〔の上るところからの〕遠い旅だった
ウルシャナビよ、お前の顔を見たからには
遥かなるウトナピシュティムを私に教えてくれ」
ウルシャナビはギルガメシュにむかって〔言った〕
（以下欠）

＊1　酒屋か料理屋のおかみで、アッシリア語版によるとシドゥリという名である。
＊2　「旧約聖書」伝道の書五・一八、八・一五、九・八―九を参照。
＊3　石像と思われる。アッシリア語版には、「石の者」、ヒッタイト語版には「二つの石像」とあり、死の海を渡るウルシャナビ（ここのバビロニア語原文ではスルスナブ）の守護神だったのであろう。

『ギルガメシュ叙事詩』（矢島文夫訳　ちくま学芸文庫）より

※編集部註
死すべき人間が主人公の世界最古の叙事詩で、シュメール語版は紀元前三千年に遡る。「テキストＢ」は、バビロニア語の粘土書版。

イスタンブールの月

（表題・抄出はコールサック社編集部）

トルコ行　十四句

満月をあげてイスタンブールかな
海峡のかなしみ秋の灯が滲み
断食《ラマダン》のはじまる夜明け鳥渡る

トプカプ宮殿

かまつかや割礼の間をすつと過ぎ
秋深むとんぼ返りのトルコの子
エルジェス山うすむらさきに秋がすみ

カッパドキア

秋風の日は荒涼と薔薇の谷
草枯や墓地に羊の一屯

宮坂　静生（みやさか　しずお）

1937年、長野県生まれ。句集『噴井』、評論集『季語体系の背景―地貌季語探訪』。俳誌「岳」主宰、現代俳句協会特別顧問。長野県松本市在住。

聖戦《ジハード》や白く枯れたる草に刺
トルコ絨毯アラーの神と向ひ織る
くちなはに乳を与ふる巫女の国
壺売の日除の中にひそみをり
ホチャさんに逢ひたし榠樝毛むくじやら

ホチャ＝ナスレディン・ホチャ…トルコの一休さん

棉の実のはじける頃のトルコにゐ

アフガンへ赴任

鷹渡る寸刻中村哲の手よ

句集『雛土蔵』より

冬の月

片山　由美子（かたやま　ゆみこ）
1952年、千葉県生まれ。句集『飛英』『香雨』。
俳誌「香雨」主宰。東京都武蔵野市在住。

トルコ　二句

雪原のかなた雪嶺絹の道

アザーンの重なり響く街寒暮

イラン　三句

枯野より枯野の色の羊飼

鳥葬の丘新雪を被きたる

一日の終りの祈り冬薔薇

レバノン　二句

冬夕焼ビルの弾痕浮彫に

神々の在さぬ神殿冬たんぽぽ

パキスタン　七句

東征の王の越えたる河涸れて

少年の牛を追ひゆく冬夕焼

数へ日の犠牲祭待つ羊群れ

歳晩やモヘンジョダロに日の落ちて

ブルカよりのぞく黒き目冬うらら

スパイスの匂ひまじりて冬日向

この道を行けばカブール冬の月

インド　四句

初日待つガンジス川の舟の数

元日や常のごとくに人を焼き

牛日や聖なる牛が餌を漁り

ルピー札猿が集めて猿回し

チベット　二句

鳥葬の空水葬の川初景色

着ぶくれて五体投地をためらはず

砂漠の青史

夏の朝鏡の中へ少女発つ
夏鏡ジャガタラ文の忍びよる
ぶどう食ぶアジアの混沌つまみつつ
西蔵《チベット》に緑のバラがあるといふ
花の朝漢《おとこ》は風になりにけり
躓けばカイバル峠の先に蝶
戦《いくさ》歌《うた》やみて黙《もだ》せりちちろ虫
るいるいと巨《おほ》き向日葵の火刑台
花の舞ひ花の遊べるされこうべ
指させば吾も罪もつオジギソウ

つつみ　眞乃（つつみ　まの）

1944年、東京都生まれ。句集『白游』『水の私語』。
日本文藝家協会、日本ペンクラブ会員。神奈川県川崎市在住。

青トカゲ尻尾でかはすソコノクニ《国》
覇王墓のアジアの湿り滴れり
枯蓮や地獄に耳のありしこと
白いたんぽぽビアスの悪魔辞典かな
アフガンの仏の微苦笑油照り
中村医師の砂漠の青史とこしなへ
過去といふ青き匂ひの蛍かな
蛍追ふこの世の明かり消えたはず
滝の音もう風音と思ふほど
烏魯木斉《ウルムチ》の飛天ふりむく恵方道

シリア一九九一年回想

戦傷のシリアの母子やいわし雲

回想

枯《かれ》薊《あざみ》城《じょう》砦《さい》に刺振りかざし

夕焼川水汲みに驢《ろ》馬《ば》引き入るる

裾長に着て棉摘みを急がざる

棉摘みの胸高に抱く頭《ず》陀《だ》袋《ぶくろ》

棉車驢馬を気《き》儘《まま》に歩かする

棉車子が御して驢馬機嫌よし

子沢山家の内外棉袋

小粒なるイヴの林檎を丸齧り

なつめ椰子売る口髭の爽やかや

太田　土男（おおた　つちお）

1937年、神奈川県生まれ。句集『遊牧』『花綵』。俳誌「草笛」代表、「百鳥」同人。神奈川県川崎市在住。

日向ぼこせる中一人卵売り

ホブス焼く手際すばやし秋日差
＊ホブスは薄焼きのパン

飛び廻る蝿を追はずにカバーブ焼く
＊カバーブは羊肉の串焼き

パルミラの劇場に座し秋の声

列柱を今生の冷え貫けり

がらんどの塔《とう》墓《ぼ》に溜まる石の冷え

ゼノビアの浴場趾に秋の蝶
＊ゼノビアは文武に優れたパルミラの美貌の女王

陽炎ひて遠くは見えず王の道
＊ユーフラテス河畔からパルミラへの軍事隊商の道

キリストの生国近き星月夜

城砦の東固めて囀れり

仏桑花

永瀬 十悟（ながせ とおご）
1953年、福島県生まれ。句集『三日月湖』『橋朧《はしおぼろ》―ふくしま記』。
俳句同人誌「桔槹」「群青」。福島県須賀川市在住。

中国 上海
筆談で買ふ筆と墨秋の蠅

南シナ海 二句
峰雲や慰霊の島へ黙祷す
夏の月映して海は無音界

ベトナム ホイアン 三句
警笛と香料の渦朱夏越南
大鉢の寺院の門の仏《ぶっ》桑《そう》花《げ》
枯葉剤残りし村に緑さす

インドネシア
バティックの涼しブンガワンソロゆかし

ベンガル湾
さそり座の反り美しきインド洋

アラビア海
炎天に燃え立ち石油掘削井

オマーン サラーサ
コーランの街白服の男ばかり

ヨルダン 三句
夕映えや砂漠の果ての岬過ぐ
キャラバンのテントに猫とレモン水
夕焼に染まる岩山聖書の地

ヨルダン ペトラ遺跡
灼け砂や土産売る子の捨て台詞

紅海 二句
国境や海霧《じり》の中より警備艇
右砂漠左は青野スエズ過ぐ

シリア
自由への道混沌と仏桑花

トルコ エフェソス 三句
夏白くクレオパトラの行きし道
蜥蜴《とかげ》乾く全てを石で造りし街
晩年のマリアは知らず星涼し

イスラエル巡礼

国境へ葡萄若葉の影淡く

シリア内戦、ゴラン高原にて

炸裂の音と黒煙青嶺越し

風死すや地雷の眠る道白く

ヨルダン川

葦の間を沐浴の子等泣きたつる

身丈ほどの銃提げ汗の少年兵

ユダヤ教会堂シナゴーグにて

過越祭肩組み踊る漢《おとこ》の輪

不易涼し死海文書のヘブライ語

絞り売る赤子の頭めく柘榴の実

鳩のこゑ嘆きの壁に巣を作り

壁孔へ文差し入るる黒ショール

長嶺　千晶（ながみね　ちあき）

1959年、東京都生まれ。『長嶺千晶句集』、評論集『今も沖には未来あり―中村草田男句集『長子』の世界』。俳句同人誌「晶」代表、俳人協会幹事。東京都国立市在住。

巡礼の汗や受難の石畳

米大使館エルサレム移転へ抗議するイスラム教徒

一斉に灼くる舗石へ額づきぬ

風纏ひゐて褐色の肌涼し

宗派とふ黒白灼くる水タンク

平和と一致熱砂の荒野彷徨《さまよ》へる

テルアビブ空港

噴水を芯に硝子の大ロビー

冷房や赤軍乱射影もなし

帰国

正論の寂しさ如何に青葉木菟

月ひややかに圧政の肖像画

身に入むや獄中長き自由人

砂を嗅ぐ

やはらかくまるく妊《みごも》る砂漠かな
砂嗅いでふるさとまでの道さがす
土曜日に右へ曲ればオアシスだ
官能や光の風に乗りて蠅
睦みをり風と木陰と鳥の声
あをあをと泉は砂の涙かな
雨粒落ちて同時多発の祈りかな
戦争に近くて神に電話して
告知《アザーン》に雄鶏のこゑ混じりけり
マッカとは北極よりも動かざる

堀田　季何（ほった　きか）
1975年、東京都生まれ。句集『亞剌比亞』、歌集『惑亂』。「楽園」「短歌」。東京都北区在住。

この星の記憶宿する清水かな
水紋のアラビア文字になるところ
右方から書かる預言も睦言も
永遠や砂漠に彫つてわが名前
凹凸の旧市街ゆく石頭
摩天楼見上げてフラミンゴの夜
一枚の雲一本の塔を断つ
アラビアの今と火星の今世紀
国若し猫の跳躍若々し
国家なす部族の夢は緑色

マルワリード用水路

栗原　澪子（くりはら　みをこ）
1932年、埼玉県生まれ。詩集『遠景』、歌集『独居小吟』。埼玉県東松山市在住。

「人は愛するに足り、真心は信ずるに足る」中村哲さん言えば重しも

「みんなが行くところには誰かが行くから行かなくてもよい。誰も行かないところにこそ行く」
（中村哲さんとペシャワール会員の合言葉）

写真なる哲さんの髪霜をまし滔滔たるマルワリード用水路に月高し

臆面もなし札束つんで珊瑚なす辺野古の海を知事に売らせつ

三千億の税金を鞭にして飴にして仲井眞知事の横面

うぶすなを金で売ったと解説者誰もいはざりき民主々義国

翁長知事仆れしとニュース告ぐひとひらの羽毛を土に拾ふも

デニー知事、城間市長圧勝これもまた沖縄人の苦難のあかし

「万人坑」強制労働の記録読むどうにもならず著者さへ恨み

フェスティバル　ロシア映画のコサックの老母照らしゐし月の下帰る

苦界のほとり

（表題・抄出はコールサック社編集部）

藤田　武（ふじた　たけし）
1929年～2014年、茨城県生まれ。短歌誌「潮音」「環」。東京都荒川区などに暮らした。

朝鮮に戦死せる兵のしかばねか花環なく駅は氷雨に暗し　「赤き坩堝」
防腐剤くまなく塗られ兵の屍体ほほゑめる貌など在るとは思へず
屍体搬入終れば氷雨くらき駅にシグナルは赤き坩堝《るつぼ》を眩暈《くるめ》かす
雨の花火痺《しび》るるばかり華麗にて北京に死せる革命家あり　「一九五五年メーデー」
遠ざかる闇の祭りのベトナムよひきつりてなおにがき咽喉《のみど》　「反涅槃《ニルヴァーナ》へ」
反戦の拳《こぶし》くりかえしつきだすと肉体に寄せるわが韻律法《プロソディ》
ふゆのはな咲きては地獄の頌歌《オード》聴く遠き獅子座のひかりはこぼれ
青葉木菟《あおばずく》いぶせく死語を啼きつくせ死海のほとり苦界のほとり　「夢の瑠璃玉」
アフガンに爆破されたる子の片足あまりに細し地《つち》に立つには　「時の垂り」
よみがえるアフガニスタンの死児がためたっぷり吸わすラム酒シロップ　「神のてのひら」

ARAB

太陽の攻撃を受け灼熱の砂漠の上の街に立ちをり

この国に生まれてをれば我もまた黒きヒジャブを被りてをらむ

肌見せて歩く女性に目をそらすアラブ男にわれがとまどふ

土深く化石燃料眠るとふ草一つなき地をゆくベドウィン

黄金《きん》色の液埋もれたる豊穣の砂漠の国の戦禍は絶えず

人の死にテロもジハードもあるものか油田地帯に砂嵐舞ふ

無差別のテロ全身が泡立ちて細胞膜の千切れる音す

アラブより帰国したれば目に沁むる道端に生ふ青き雑草

枯れ葉剤写真に異形の子らのゐてにんげんといふ業をかなしむ

人の世の命の軽重嘆きつつ息を殺せば静か陽は落つ

福田　淑子（ふくだ　よしこ）
1950年、東京都生まれ。歌集『ショパンの孤独』、評論集『文学は教育を変えられるか』。短歌誌「まろにゑ」「舟」。東京都中野区在住。

戦場

小谷　博泰（こたに　ひろやす）
１９４４年、兵庫県生まれ。歌集『カシオペア便り』『河口域の精霊たち』。短歌誌「白珠」。兵庫県神戸在住。

ＩＳの戦場にも見るトヨタ車か遠くに少年の自爆しに行く
天をちらりと仰いだ老女のような少女　戦場で一人連れられてゆく
ドローンは爆弾落とす爆弾の落ち行く先をカメラで映す
五十メートル先は敵地と弾丸の飛び交う下で水たばこ吸う
レイプされ産んだ子どもを手渡して女去りゆく焼けつく大地
三年後解放されたＩＳの占領地帯のこども二歳か
あちこちにくるま燃え町は陥落す通りにはいま見えない死体
引き裂かれ切りきざまれたと字幕出るクルド部隊の女兵士は
血のにおい泣き叫ぶこえ野戦病院となった校舎で何を待つ人
中東は火薬庫などとまたさわぐマスコミあってきな臭い風

歌集『カシオペア便り』より

コーラン聞こゆ

（表題・抄出はコールサック社編集部）

新藤　綾子（しんどう　あやこ）
1930年〜2017年。愛知県生まれ。歌集『葛布の襖』。
短歌誌「三河アララギ」。愛知県豊橋市に暮らした。

遥かトルコの朝に向かひて飛行する真白き雲のまばゆき中を

含差《はにか》める少年はトルコ桔梗の花束を吾に差し出すメルハバメルハバ

眠られぬホテルの窓の白みつつイスラム教のコーラン聞こゆ

テノールの流るる様なコーランモスクの尖塔《ミナレット》に鷗舞ひとぶ

「時をわたるキャラバン」を読み終へぬ吾も又カイセリのキャラバンに渡る

キャラバンの宿舎はそのまゝホテルとなり庭の桑には白き実のなる

枯草の覆ふキャラバンの遺跡にて驢馬《ろば》の鞍を作る人の声あり

アタマンの洞窟のホテルには十年前娘に持たせし軸の掛かり居り

我の作りし小さな軸は薬師寺の一片の散華をはめ込みしもの

青々と葡萄畑の前に立ち手を差しのべ呉るるトルコ人ハリメ

歌集『葛布の襖』より

イラクの子供達には名前があった

デイヴィッド・クリーガー

1942年、アメリカ生まれ。詩集『平和詩集』『神の涙 ―広島・長崎 国境を越えて増補版』。「核時代平和財団」会長。詩、講演等を通して平和を訴える。来日経験多数。

イラクの子供達には名前があった
彼等は名もなき者達ではない

イラクの子供達には顔があった
彼等は顔なき者達ではない

イラクの子供達はサダムの顔をしていない
彼等は自分自身の顔をもっている

イラクの子供達には名前があった
彼等はみんなサダム・フセインと呼ばれているのではない

イラクの子供達には心があった
彼等は無情な者達ではない

イラクの子供達には夢があった
彼等は夢のない者達ではない

イラクの子供達には強く打つ心臓があった
彼等は戦争の統計となるべき者達ではない

イラクの子供達には笑顔があった
彼等は陰気な者達ではない

イラクの子供達には輝く瞳があった
彼等は機敏でよく笑い溌剌としていた

イラクの子供達には希望があった
彼等は希望をもたない者達ではない

イラクの子供達には恐怖があった
彼等は怖れ知らずの者達ではない

イラクの子供達には名前があった
それらの名前には付随的な損害はない

イラクの子供達を何と呼びますか?
オマール、モハメッド、ファハドと呼びなさい
彼等をマルワ、チバと呼びなさい
彼等を彼等の名で呼びなさい

未来の兵士たち

祇園精舎の鐘の声
諸行無常の響あり

西暦で二千五百年の時が過ぎた。十二世紀末に平家が滅び、十六世紀末に足利氏が消え、十六世紀末に豊臣秀吉が没し、十九世紀末に江戸城が明け渡された。まことに世は無常である。

昔、兵隊に入るとき、性病はもとより脱腸や痔の検査まであったらしい。凍土の行軍や重火器の操作の時、平和な時なら病気といえないようなものでも、命取りの病気に発展したり、作戦を遅延させる原因となるからだ。

今はそんな野蛮な軍隊は、世界中どこにもない。勿論、瞬間的に敵と遭遇したり、パラシュートで飛び下りたり、やむをえぬ徹夜の行軍が無いではない。意識して臍下丹田に力を入れることはあるが、レバーを握ったり離したりの、概ね機械操作による殺し合いが、昔の名残で戦争と呼ばれている。

永井　ますみ（ながい　ますみ）
１９４８年、鳥取県生まれ。詩集『万葉創詩 ―いや重《し》け吉事《よごと》』『愛のかたち』。詩誌「現代詩神戸」主宰、「リヴィエール」同人。兵庫県神戸市在住。

兵士の中で、或いは識者の中で最も恐れられているのは、二十世紀末に使われ放置された、劣化ウラン弾の残骸だ。今は戦争に出掛けるとき、兵士は全てその精液を採取せられる。「子供が要るか要らないかを決めるのは君たちじゃない」と上官に叱責される。「健全な肉体と愛国の精神が充ち満ちている勇敢な君たちの精子を除いて、このクニの未来を担っていける人間があると思うか」それは真理のようにも、揶揄のようにも聞こえる。

凍結された精子は、軍属病院の冷凍庫の棚の中でナンバーを付されて、ひそかに出番を待っている。「愛する人とのセックスでは、射精をするな」という軍隊の決まりを守る、律儀な兵士の、その妻に込められるのを。

それにしても、一神教のキリストの生れた西暦初年より、二千五百年の今に至るまでの一八〇〇万倍の遥かな時間。四十五億年という劣化ウランの半減期を、地球は耐えうるのだろうか。

地雷埋設地帯の鹿

結城　文（ゆうき　あや）
1934年、東京都生まれ。詩集『花鎮め歌』『ゴラン高原の風／テル・アヴィヴは雨だった』。詩誌「竜骨」「漪」。東京都港区在住。

二〇一六年十一月二十八日――
元イスラエル防衛軍北部方面司令官と
ジープで向かう
レバノン・シリア方面国境地帯

以前シリアとの
国境線だった
赤茶けた細く連なる石畳みの道を
越えると
人の背丈よりも高い
金網のフェンスがつづく
いくつも
いくつもぶらさがっている

「危険　地雷埋設地帯　立ち入り禁止」の標識

車を降りて
見下す雑木々と草むらの斜面
一番低くなったところに

半ば崩れた
煉瓦造りの廃墟――
元シリア軍陣地跡

目を凝らすと
その周りや
崩れかかった壁のあちこち
灰色に白の混じった小動物たちが
何匹も
追いかけっこをしたり
陣地跡の煉瓦に
飛び乗ったりしながら
遊んでいる
イスラエルの鹿だそうだ

地雷を撤去しようとして
シリアに
敷設の際の資料を求めたが
得られないので止む無くとっている処置――という

もう長い年月が経っているので
地雷そのものも
爆発の危険はなくなっているかもしれないが
人間や牛など
体重のあるものは
やはり危険

それでも
人間が全く立ち入らなくなると
どこからともなく
小動物たちが入ってきて
今は彼等の
遊び場　ねぐらの
崩れかかった
元陣地

山の斜面の陽だまりに
誰からも邪魔されず
走ったり
追いかけっこをして
遊んでいる
イスラエルの鹿

3・11の後

放射能汚染で
立ち入れなくなった
フクシマの村々に
猪が出没しているという話を
なぜともなく思い出す

神風

春風に乗って
大陸からの黄砂で
風景が黄変した翌日
気象庁は異例の発表をした

〈中国西北部の地表を覆う氷はまだ溶けておらず　黄砂はその他の地域から　運ばれて来たものと思われる〉

戦争は始まっていた　数日前のテレビ画面には　吹き荒れる砂漠の砂嵐の中を　北上するアメリカ軍の行軍の様子が映し出されていた
「黄色い闇」と表現された砂嵐は　一メートルの視界もないほどのパウダー状の微粒子

イラクの神風が
日本の風景を黄ばませる

神風は　単なる気象現象として　とうに神通力を失っている　雷神はあわてて配線をまちがえ　風神の風袋は　もうぺったんこだ

同じ空に繋がれている
同じ風に晒されている

あの日から　洗濯物を　濯いでも濯いでも　かすかな悲鳴と
金属音が消えない

みもと　けいこ
1953年、広島県生まれ。詩集『リカちゃん遊び』『〈明日〉の空』。詩誌「飛揚」。愛媛県東温市在住。

暮秋

海には
暮秋の潮風が吹いている
別れのときがきた
含羞に満ちた
過去だけを残して……
もう未来を憂えることはない
さあ　こよいは
ルバイヤートを枕に
旅人《たびと》の歌を讃え
この世との
訣別の祝杯を干すのだ

洞　彰一郎（ほら　しょういちろう）
1941年、東京都生まれ。詩集『遠花火』。
文芸誌「コールサック（石炭袋）」。千葉県市川市在住。

追想

この拙い詩を父の戦友
淺野晃先生にささぐ

砲声は遠ざかり
疲れた兵士たちは
故郷へ還った
菩提樹は昔のままの
木陰をつくり
彼らをむかえる

遠い日の焦土から
萌え出た木の芽は
いま大樹となった
菩提樹の下に眠る
英霊の陰で……
ときは過ぎ
海原のかなたから
風は昔を語り継ぐ

旅と焼き栗
地下宮殿の美少女 ――イスタンブール

岡　三沙子（おか　みさこ）
1933年、秋田県生まれ。詩集『屍』『わが禁猟区』。
日本現代詩人会、日本詩人クラブ会員。東京都町田市在住。

イエレバタン貯水槽の
メドゥーサの首が
疲れた私につきまとう
どうやら
あやしい笑み浮かべた逆さづりの魔女に
やられたようだ
髪の毛が蛇　猪のきばをもち
黄金の翼ひろげた　元は美少女だったという
「やあ　ごきげんいかが……」
と挨拶しておこうか

ボスポラス海峡クルーズから戻って
ヤーカバヌ桟橋よこの小舟で売ってる
鯖《サバ》サンドを買う
空腹に応えたのでしょう
黙りこくった夫が
「おいしい　もう一個……」と復調
新と旧市街地を結ぶ
ガラ橋上から望むトプカプ宮殿

オスマン一族の栄華が詰まった広大な館
モザイクの宝庫アヤ・ソフィア
ブルー・モスクのミナレット（尖塔）が
紺碧の空を穿つ
トルコ国の象徴に見とれる

エジプト市場の広場
人ごみを避けた空間に
ほろつきの焼き栗屋さんがいた
振りむいた売り子は
大きな瞳の美青年
一瞬　わが息子を思い出した
久しく会っていないが
「あんたが放浪した異郷《まち》を
　　　　母も辿っているよ」
望郷のつぶやきを
香ばしい栗のエキスといっしょに飲みこむ
バザールの雑踏で
はからずも息子と再会し
生き返った

いのりの地　イスラエル

明け方のあわい眠り　母を探す日が続く
よるべのない不安　羊水にかえる哀しみにも似て
西の空をいつも仰ぐ小さなうしろ姿
あれは母かと
西の果てる地を確かめたい思い　つのり
夏の終わり　空白の時と距離を遡り　着いた地

朝まだき　海鳴りのようなコーランのとどろき
歩みは急かれ　海鳴りは遠のき　あけ放たれたくぼ地
固い壁に額を押し当て　祈る数多の人　ひと　ひと
陽ざしあふれ　白く色褪せた時は止まる
時おり　静寂をもれる嗚咽《おえつ》　ひくく
やがて　こころを浸すレクエイムのように

ヨルダン川の流れは軋み
泥水に頭を埋める少年　死を怖れる叫び
瞬間　洗礼を受けた安堵の顔　光るまなざし
傍らに少女のような兵士は　銃を抱える
銃に秘めた哀しみの歴史を閉じ　屹然と美しく

ひおき　としこ
１９４７年、群馬県生まれ。詩抄『やさしくうたえない』。
日本現代詩歌文学館会員。東京都三鷹市在住。

ヴィア・ドロローサ＊　石ころの坂道は往時のまま　枯れ
老いた夫人は　先ほどからひざまずいて祈る
夕陽に浮かぶ　孤高のうしろ姿
やがて　潤み　母と重なる
旅の日は　ルオーの描く蒼いキリストを想い
穏やかにたそがれ　小さなよろこびも

広い大陸の西の果て　幾世紀も変わらず続く祈り
踏み占めた　その微かな地と一瞬の時ではあったが
祈りは　広大無辺な宇宙の
たったひとつのいのちを繋ぐうつしみの姿
わざわい　たたかい　やまい　おい
いのちの苦しみ　深い闇　不条理
祈りは　いのちを慈しみ　生き続ける望みだった
おぼろな母の記憶と　同じ姿だったか　と

仄見えた母のうしろ姿を　わたくしの血に記す

＊キリストが十字架を背負って歩いた悲しみの道

ハヤという花

その花は棘《とげ》を持たず
風にそよぐように飛んできた

自分の宿命を受け入れながらも
産まれた土地を想い続け

強風で折られた花や
無残に踏まれて傷付いた小さな花たちのことを祈り続けた

異国の地で懸命に咲きながら
祖国に残された小さな「希望の花」たちのため
自らの花びらを増やし
大きな大きな花となって
花びら一枚一枚を祖国へと送り始めた

茎の折れた花には茎を
花びらをちぎられた花には花びらを
無残に傷付けられた花たちの為に

井上　摩耶（いのうえ　まや）
1976年、神奈川県生まれ。詩集『SMALL WORLD』『鼓動』。横浜詩人会、日本詩人クラブ会員。神奈川県横浜市在住。

また「再生」出来るように
ありったけの力で花を咲かせた

少しずつ周りの花たちも
「私にも何か出来ますか？」と
それぞれの花びらや茎を提供した

その時ハヤ*という名の花は大きく開花した

ハヤという花を知った他の花たちは
涙し 共感し
一輪の花では出来なかったことを
見事にやりのけた

国境をこえて
無くした茎や花びらの為に
風を使って
飛ばしたのだ
「愛」という自分の中に溢れる想い

祖国では
またあちこちで「希望の花」が咲き始め
ハヤに向かって綺麗な色とりどりの
お花畑を作っていった

ハヤという花は双方の国に名を残すだろう
しかし　それがハヤの希望ではなかった

ハヤは祈った
「この世界で起きている事を知ってほしい」
「希望の花たちを、これ以上傷付けないで」
と

ハヤの祈りは大きく広がり
その種を世界中に
風に乗せて飛ばすであろう

この世界で
小さな「希望の花」が傷付けられなくなるまで
ハヤの祈りは続き
その花は大きく大きく咲き誇るだろう

＊ハヤ…シリアの手足を失った子供たちに義足や義手を
提供するＮＰＯを立ち上げた、アメリカ在住のはとこ。

らくだ色のコート

村尾　イミ子（むらお　いみこ）
大分県生まれ。詩集『うさぎの食事』『花忍の花蔭から』。
詩誌「真白い花」「マロニエ」。東京都日野市在住。

久しく行くこともなくなっていた
デパートの紳士服売り場
マネキンが着ているらくだ色のコートが目について
ふらふらと引き寄せられていく

生地を撫でたり透かしたり
ハーフ丈で肩幅もあいそうで
まるで本当に買ってしまいそうに
丁寧に品定めをする
（家のロッカーに掛かったままのコートは
　もう古くなって時代物だし）

透明で透きとおった人に
あのらくだ色のコートを着せて
もういっぺん一緒に歩きたい
色づいたポプラの樹がうっとりと黄葉を落とし
木漏れ日が賑やかに降りそそいで
心は旅立っていく

昔訪れたイスファハンの街
サファヴィー朝の時代には
「イスファハンは世界の半分」といわれたほど
繁栄をきわめていたそうだ
街にはペルシャンブルーのモスクが似合うが
一緒に歩いている人の
ステンカラーのコートもよく似合う
わたしはすっぽりとスカーフを被る
この国では女性は皆　チャドルを被る決まりだ
バザールで会った女性たちは
とても人懐っこい笑顔だった

「三十三橋」の袂《たもと》にあるチャイハネに寄って一休み
白い橋を渉ろうとしているが
三十三個もアーチがある長い橋は
先の方がうすらかに霞んでいる
透明で透きとおった人は　川面の夕映えに
ますます透きとおって見えなくなっていく

アラブ文化覗き見

郡山　直（こおりやま　なおし）
1926年、鹿児島県奄美生まれ。詩集『詩人の引力』、英訳『今昔物語』。国際タンカ協会、東京英詩朗読会各会員。神奈川県相模原市在住。

一九八八年十一月バグダッドでアラブ世界の詩祭
「第九回ミルバッド詩祭」が開催された
当時ある詩人団体の会長をしておられた柴崎宗佐氏から
「バグダッドでアラブ世界の詩祭があるが
参加する気持ちはないか」と聞かれた
ヨーロッパは二度ほど行ったことがあったが
中東は行ったことが無かったので、行ってみたいと思い
「行かせてもらいましょう」と言って参加した
わたしはアラブ語を勉強したこともないし
アラブ世界の文学を読んだこともなかった
イスラム教の「コーラン」を読んだこともなかったが
アラブ世界の「第九回ミルバッド詩祭」に参加した
成田からバンコックまで約六時間
バンコックからバグダッドまで約八時間飛び
バグダッドに現地時間午後九時十五分に到着
宿泊したホテルのそばをチグリス川がゆったり
流れていた
十一月二十四日開会式があり情報文化大臣の開会の挨拶
最初詩を朗読したのはシリアの詩人ニザール・カルバニ
次はイラクのアブドル・ラザック・アブドル・ワヒド
ワヒドはイラクの有名な詩人
三番目はクウェートの女性詩人スアド・アルスバー
背丈も高く、とてもきれいな容姿の女性詩人
あれからイラクのクウェート侵攻で戦争があったが
あの美人女性詩人は無事だっただろうか
二十八日にはバビロンへのバス旅行があり
バベルの塔の立っていた場所やハムラビ王記念館も見た
ハムラビ王記念館に展示されていた貴重な遺品遺物
有名なハムラビ法典のことはすっかり忘れてしまったが
ハムラビ王記念館の近くの林で
今まで聞いたことのないほど美しい声で鳴いていた小鳥
は
今でも忘れることは出来ない
バビロンのあの小鳥も
バグダッドの市中を流れているチグリス川の魚たちも
あどけない駱駝の子どもたちも
人間同士が殺し合っている戦争で
人間どもが破裂させている爆弾の轟音で
どれだけ怯えきったかを人間どもは悟るべきだ
人間どもはもう、そろそろ
戦争の愚かさ、戦争の罪深さを悟るべきだ

トルコの町角で

熱気で溶けそうな舗道沿いに
土産物屋が並んでいる
曲り角の店先で
大柄な太ったトルコ人が
にこにこと愛想をふりまきながら
右手に一本
左手に一本の棒をもって
白いグニャグニャしたものを
空中で練り廻し
落ちそうになると
大仰な仕草で
腰をかがめて
白い物をからめとる
百リラを渡した人がいた
カップに盛り込まれたら
アイスクリームだった
連れの人が私の手に
一つ買って持たせてくれた
粘っこいアイスクリームだ

もちもちしていて甘い
ひんやりした冷たさに
サングラスの内《うち》の目が和《やわ》らいだ
アイスクリームを手品のように操って
売り手と買い手とで
楽しんでいた町角の小店

小声でハミングしながら
フフフン　フフフンと調子よく
白い物をこね廻し
道化て笑わせて暑さを吹きとばす

いくつかの夏がすぎて
あの日の暑気払いの達人は今も
あの町角で明るい愛想を
ふりまいているのだろうか
遠くの空の下で

比留間　美代子（ひるま　みよこ）
1932年、東京都生まれ。詩集『日だまり』『私の少女時代は戦争だった』。詩誌「台地」、日本詩人クラブ会員。埼玉県さいたま市在住。

バビロンの羊

斎藤　彰吾（さいとう　しょうご）
1932年、岩手県生まれ。詩集『斎藤彰吾詩選集一〇四篇』『イーハトーボの太陽』。詩誌「辛夷」岩手県詩人クラブ会員。岩手県北上市在住。

木漏れ日にきらめく
たくさんの斧が
バビロンの森を一本残らず伐りはらった
戦いの船が造られる　音をなくした材木で

森のあとには方々から羊飼いの声
ウメィウメィ　白いなみが押し寄せ
生い茂る草のことごとくが
うねる泡立ちに根こそぎ食われ食われて

バビロンの野山は
のっぺらぼうに赤茶け
乾いたつちの微塵が
遠くまで砂嵐を広げた

ふとった羊は送られる
旗をかかげた城壁の橋を渡り
七曜の神々が在《いま》す
星の神殿へ　バビロン王宮へ

よだれかけした王は　まだかと窓に立つ

大きな包丁のコック長が
犠牲《いけにえ》の肉質をなぜ　なで　さばき
香うばしく焼いて　大皿に盛る

鼻をうごめかせ　王がフォークで頬張る
鏡から抜け出た王妃もしとやかにほうばる
—生きるとは人生を愉楽《たのし》むことじゃ
首都をバビロンの都を王様の行列、世界最初の
美食家《グルメ》の玉車が通る

バビロンの森は
戦争のたびにいくつもこの世から姿を消した
あまたのガイコツが踊る中
砂漠が海のように広がった
夢見の王は千夜うなされ　王妃を刺した

＊バビロンは、紀元前三千年頃に栄えたバビロニカ王朝の首都でティグリス・ユーフラテス河の流域地方にあった。ペルシャ湾をはさんで、イラク、イランなどの国がある。
＊この詩は、画文家三浦茂男氏によって六双の大作となり、北上市に寄贈。

雨あがりの公園で

雨あがりの公園は
木漏れ日のひざしがもどって
こどもたちのなにげない歓声までがまぶしい

こどもたちの遊ぶ声は
この国の健康のバロメーターだ
いまのところ
この国の平和は
公園にいるこどもたちやセミたちの数ほどは
たしかに守られている
しかし
いまある平和が崩れ落ちないという確かな保障はない

さっきまでこどもたちがいる公園で鳴いていた
セミたちがきゅうに鳴きやんだ
日常性の終止符はきけんだ
戦争は
こどもたちや女性たちを犠牲者にして始まる

きみ

苗村　和正（なむら　かずまさ）
1933年、滋賀県生まれ。詩集『ブルーペールの空』『歳月という兎』。
詩誌「RAVINE」、日本現代詩人会会員。京都府京都市在住。

けさの新聞をみたか
戦火にあけくれるシリアでは
くすぶる瓦礫のなかにかろうじてたつ少女が
小さな妹をすくいあげんとして
必死で手をさしのべているその瞬間の
報道写真を

貸借対照表（令和元年度）

岡村　直子（おかむら　なおこ）
1942年、静岡県生まれ。詩集『をんな』『帰宅願望』。
詩誌「穂」、日本詩人クラブ会員。静岡県静岡市在住。

フクフクと
緑シタタル用水路
刻まれた黙々の日々
アフガンのサバクに
ヤマト魂を築いた
キ　ズ　イ　タ
担がれた柩のなか
アナタはメイソウスル
「オレハ　ネムラサレタノカ」
師　資産

サクラサクラ
アア　サクラ
ウックシイニホン
ウツクシイサクラ
サクラミルカイ
サクラ前線
マイナス前線
死に体グループ
不　負債

イゾクハ謳う
「香料は
フッコウジギョウにアテテクダサイ」
天までとどく
きわみのロゴス
純　資産

医師である前に
マッタキニンゲンデアッタ
「中村哲」
ココロの遺産が宙をカケメグル
アナタハ
シンデナンカイマセン

くそうず

若松　丈太郎（わかまつ　じょうたろう）
１９３５年、岩手県生まれ。詩集『十歳の夏まで戦争だった』、評論集『福島原発難民』。詩誌「いのちの籠」「腹の虫」。福島県南相馬市在住。

くそうず（古くは　くさうづ）
という地名がある
新潟市草水町
長岡市草生津
西山町草生水
新潟県のほか秋田県や長野県などにもある
くさうづ
とは地上にしみ出たり湧き出たりした原油
臭水油《くそうず》では地名として不都合というわけだ
硫黄臭がつよい温泉の草津も
くさうづ
くさい

石油の成因は確定されていない
古生代から中生代にかけての生物の遺骸がながい時間と高温・高圧とによって化学変化を起こして生成されたともいう
四億年まえを生きた三葉虫が灯す照明が夜を昼に変える
一億年まえを生きた恐竜がエンジンを搭載し高速道を走る

われわれの文明は海面に拡散する油膜のうえに漂っている
一九九一年第一次湾岸戦争があった
劣化ウラン弾やバンカーバスターなどさまざまな最新兵器が実戦使用され Nintendo War とも呼ばれた戦争
世界の石油総生産量中四分の一を消費する米国が石油の自由な流通を確保しようとの
二〇〇三年からの第二次湾岸戦争（イラク戦争）も
さかのぼって一九四一年の真珠湾攻撃は米太平洋艦隊を壊滅させオランダ領東インドの石油を日本へ自由に輸送するルートを確保することが目的だった
真珠湾攻撃と同時に日本軍は南方作戦を展開しマレー半島やスマトラ島に侵攻した
石油戦争はこれからもしばしば企てられよう

われわれの文明は石油の海に漂う難破船だ
船体のあちこちに亀裂が入って
西山町草生水ではいまも原油が滲出する
われわれのはるかなご先祖の死骸から
臭水油《くそうず》がじっとりと滲出する

二章　南アジア

インド・ネパール・ブータン・パキスタン・ヒマラヤ山脈
バングラデシュ・スリランカ

『リグ・ヴェーダ讃歌』より

サラスヴァティー河の歌（七・九五）

辻直四郎 訳

シンドゥ河と並び称される聖河で、リグ・ヴェーダ神界においては、前者よりも遙かに重要な位置を占めている。その名を継承すると思われる現在のサルスーティ河は、パティアラで沙中に没する小河であるが、古代のサラスヴァティー河はおそらく海に達した大河であったらしい。後世は女神ヴァーチュ（言語）と一致され、文芸守護の女神として、弁才天の性格を備えるにいたった。

一　滋養の大水を湛えて、このサラスヴァティーは流れ進む、（敵に対する）要害として、金属《かね》の城として。車を走らす者のごとく大河はその威力により、他のあらゆる水流を駆《か》りたてて進む。

二　諸川のうちにただ独り、サラスヴァティーはきわだち勝《まさ》る、山々より海へ清く流れつつ。広大なる世界の富を知りて、ナフスの族《うから》に酥油《そゆ》と乳とを授けたり。

三　彼（女神に対応する男性の河神、サラスヴァット）は、若き女性（梵語ナディー「河」は女性名詞）のあいだの男子として、崇拝すべき女神のあいだの若き牡牛として成長せり。彼は寛裕なる人々に駿馬を授く。彼が勝利のために身を清《きよ》めんことを。

四　この恵み深きサラスヴァティーもまた、この祭儀において、快《こころよ》く享《う》けてわれらに耳傾けんことを。強き膝もつ頂礼者により祈願せらるる女神は、富を伴い、あらゆる友に勝《まさ》る。

五　これらの供物を捧げ、汝の前に頂礼して――サラスヴァティーよ、（この）讃歌を嘉《よみ》せよ――もっとも好ましき汝の庇護の下に身を置き、われらは汝に近づかんと願う、あたかも木蔭に宿るごとくに。

六　ヴァシシュタ（詩人の名）はここに汝のため、サラスヴァティーよ、天則の扉を開けり、恵み深き神よ、うるわしき神よ、讃美者に報酬を増し与えよ。――汝ら（神神）はつねに祝福もてわれらを守れ。

（『世界文学大系4　インド集』筑摩書房　より）

サリーかがやく

（表題・抄出はコールサック社編集部）

炎天や行者の杖が地をたたく
供花ひさぐ婆の地べたに油照
沐浴のサリーを遠く牛冷す
檻《らん》褸《る》土に人をつつめり旱星
向日葵の波を牛車の列が越ゆ
蚊柱や癩者の影は窓に倚る
香油売る男の手より夏の闇
地に坐せばサリーかがやく胡麻を打つ
牛追の跫《あし》音《おと》沈む熱砂かな
ボンベイの日暮は茄子のいろに似る

黒田　杏子（くろだ　ももこ）

1938年、東京都生まれ。句集『銀河山河』『日光月光』。
俳誌「藍生」主宰。

裸子を横抱きにきて水汲女
干草の牛車は星に繋ぐべし
サリー織る筬音ばかり雲の峰
明易や声明《しやうみやう》に似る地曳唄
蚊を打つや男昏れゆく板《いた》骨《がる》牌《た》
粟熟れて水甕の列ひかり過ぐ
河涸れてゐて白蝶のおびただし
炎帝や女神の膝に石の琴
布染めて屋根にはじまる星月夜
糸紡ぐ女の庭の胡麻乾く

句集『木の椅子』より

私の子供　おさな児　シバ神よ

水崎野里子訳（英語版より）

ラビンドラナート・タゴール

1861年〜1941年、インド生まれ。詩人・思想家・作曲家。
詩集『ギタンジャリ』『黄金の舟』。晩年はカルカッタなどで暮らした。

おお　わが子　幼な子　シヴァ神よ
お前は自分を知らない
お前が　狂熱の踊りのステップを踏むごとに
世界はよろめき　崩壊する
お前のコインは散乱し
破壊の旋風は　空に巻き散らす
お前が踏みにじった玩具の塵を

荒廃から　さらなる荒廃へと
お前は　世界を解放させる
お前の舞踏の振り乱した髪から
河は流れゆく　永久に
貧困の謳歌
お前は塵で　創造を具現する
束の間の　すぐに忘れ去られる
気まぐれの　戯れ

お前の衣装は　天
お前が踊りながら　投げ捨てたものを
すべて天が　抱き尽くす

お前の存在の中に潜む　豊かさも一緒に

お前は棲む　解脱の世界の中に
恥も見栄も　自分への危惧も　お前には無縁だ
欠乏の世界も　お前には　決して貧しくはない
地を汚す塵も　お前の純粋さを汚すことはない
お前の舞踏の嵐は
永久に　お前を純白に拭う

おお　シヴァ　幼子の神よ
知れ　私を　お前を愛する者と
お前の踊りの弟子と
教えてくれ　私に　解脱の知恵を
教えてくれ　玩具を破壊する　戯れを
教えてくれ　お前の足踏みの拍子に合う
踊りのステップの　踏み方を
どうしたら　自由に動けるのか　自分で織りなした
蜘蛛の巣を　いかに　引き裂くのか

(Poems 63)

訳者註

＊シヴァ＝ヴィシュヌ（太陽の光を神格化した神）、ブラフマン（梵天・創造神）と共にヒンズー教の三神のひとつ。創造・破壊・再生・解脱・瞑想・芸術・生殖の神。ヴェーダ時代（古代）の踊る神インドラと同一視される場合もある。慈悲深いと同時に残酷・無慈悲な破壊の神でもあり、三叉の槍の武器を持ち、絡まる髪の毛からガンジス河が流れ出したとも言われる。シヴァ派では最高神。

ヒマラヤは光《て》る

影山　美智子（かげやま　みちこ）
1936年、香川県生まれ。歌集『夏を曳く舟』『秋月憧憬』等。
短歌誌「かりん」。千葉県松戸市在住。

〈ナマステ〉と歓迎の意かおびゆるか牛の瞳《め》ひらく真夜埃道

錆のふくバスに労務者押しこめて風のざわめくカトマンズの朝

耳栓に綿花わたさるるプロペラ機　雲海の上《へ》にヒマラヤは光《て》る

まなうらにまだヒマラヤは光《て》りながら降りたつポカラ合歓のま赤き

難民の収容村あり粛々とじゅうたん織りて女ら老いぬ

名にききし近藤亨翁ムスタンに握手くだされ眼光なごむ

ヒマラヤのガレ場ひらきし果樹園のりんごが紅しのこしくれたり

〈有機農こは守るべし〉近藤翁のぶ厚き掌に撫づ果樹やにわとり

未踏峰ニルギリふもとに二夜あるのみをまなこは千度吸われし

これ見よと大窓占めるニルギリの雪を照らして満月わたる

歌集『雲の韻律』より

褐色の仏

葛原　妙子（くずはら　たえこ）
1907年～1985年、東京生まれ。歌集『葡萄木立』『朱霊』。「潮音」「をがたま」。東京都大田区などに暮らした。

印度孔雀おごそかに距離をたもちゐる雌雄よひとつとまり木の上

歌集『縄文』

わがまなうらしづかに緋を生むめつむりし褐色の少年悉達《しつた》の胸布

歌集『薔薇窓』

少年悉達《しつた》瞼のかさなりふかかりしつね雪の夜をくるものにして

歌集『原牛』

もつともさびしき人間の独語「天上天下唯我独尊」

白牛ら鼻に数珠巻きさすらへる　かなしみの印度いまだをはらざり

雪の音耳に磨《す》れをりさやげるは　そびえっとの亜麻　いんどの黄麻《くわうま》

カンチェンジュンガの五つの雪蔵《ゆきぐら》うつしたる写真にあゆみ瞼を落す

アジャンタの褐色の仏は水底の貝のごとくに薄目をひらきゐき

歌集『葡萄木立』

おほいなる墨流《すみながし》すなはちガンジスは機上の夢魔のあはひに流る

歌集『朱霊』

印度の夜漆黒にして泥屋《でいをく》を洩るる瀕死のともし火はみゆ

青い罌粟

沈みはじめた月の光に
蒼い罌粟《けし》の花びらが幽かに顫《ふる》えている
雪豹も眠る岩陰
やがて　冷たく
天空の湖を吹き渡る風は
無常の教えとともに
この花も散らすだろう

聖音が谺す谷あいの村で
小さな兎を飼っていた
名前はつけなかった
欠けた木の椀で犛牛《ヤク》の乳を飲みながら
遠くの白い山嶺を見ていた

あの山のどこかにいるのは
二度と曇らぬ心を持ち
二度と生まれかわることのない者
すでに生を超え
死をも超えて
静かな水のように
ただ在ることで花ひらく
いのちの奇跡を謳《うた》う

今日を終えると
昇る朝日を額に受け
とおい泉まで水を汲みに行こう
風に吹かれて
心のように揺れる
青い罌粟の花の傍を通って

淺山　泰美（あさやま　ひろみ）

１９５４年、京都府生まれ。エッセイ集『京都 夢みるラビリンス』、詩集『ミセスエリザベスグリーンの庭に』。日本文藝家協会、日本現代詩人会会員。京都府京都市在住。

ネパールで

坂田　トヨ子（さかだ　とよこ）
1948年、福岡県生まれ。詩集『源氏物語の女たち』『方言詩問わず語り』。福岡詩人会議（筑紫野）、詩人会議会員。福岡県福岡市在住。

組み木と木彫りと煉瓦の家々は
年月を耐えて撓《たわ》み　塵《まみ》に塗れたままだった
世界遺産の街バクダプルは
地震で壊れてしまったという

鶏も雀も鳩も　庭で餌を啄《ついば》み
山羊の親子が戯れ　犬は寝そべっていた
生き物すべて同じ時の中にいて
老人は腰を下ろし　若者は観光客に声を掛けていた

糸車を回して糸を紡ぐように
日々の暮らしを紡いでいた人たち
街角の至る所に神殿やパティがあって
早朝には敬虔《けいけん》な祈りの時を持ち
日暮れには若者も老人も腰を下ろして談笑していた

生きる事の意味を問うより生きることさと
笑いながら事も無げに暮らしを紡ぎ続ければ
水牛が藁《わら》を食むように時は漂う
皺深い老人の笑顔が懐かしいのは　何故

満たされない豊かさを求めてしまった
私たちの向かう道は
見えているようで時に消え失せる
本当の豊かさとは何なのか
問いはいつも何処かで霧散して
日常は変わらないまま
旅の日々に憧れる

生き物の糞が散らばる田舎道を
色鮮やかなサリーの裾をなびかせて
女たちが歩いていた
頭上には大きな荷物を載せて
私たちが捨ててきた過去を辿《たど》り直すように

道は何処に向かうのか

（パティは、縁側のような誰でも使える休憩所）

出羽からヒマラヤへ
——雲南のゆめ混沌

佐々木　久春（ささき　ひさはる）

1934年、宮城県生まれ。詩集『土になり水になり』『無窮動』。詩誌「北五星—Kassiopeia」、秋田県現代詩人協会会員。秋田県秋田市在住。

分流は散開し楚々として
鳥海の稜線は白い
草をすべりおり
なよやかな木によじのぼり
跳びこむ

波に腹ばう
かなた西に水平一線
奔流天に舞い上がる

ふと目を開ければ
カカルポ白く
あえぐ息の中で安らかに
バターの灯明を
香格里拉《シャングリラ》に見る
松贊林寺《しょうさんりんじ》の朝
遠く続く高原には
青ムギとヒマワリがゆれる
なつかしい東から太陽がのぼる

ここ日差しはくまなくそそぎ
光はゆったりと覆い
生活を風の横糸が織りこんでいく

かしこ日差しはおだやか
四季分明の山なみうねりの中で
いつのまにか眠りに落ちる
どうしてここにいる

経が流れる
経文の一語は
誰のもの

時間は刺子の衣裳に
ゆっくり溶け込み
それら集まって
あのまるい緑の地平線から
天に立ちのぼっていくよ

掲げる

菅沼　美代子（すがぬま　みよこ）
1953年、静岡県生まれ。詩集『手』『幸福の視野』。
日本現代詩人会会員、静岡県詩人会理事。静岡県静岡市在住。

僅かに許された逃避行
少年は
小さなベランダから凧を揚げる
鳥の容をした凧を

小児科病棟には
土の匂いはない　花の香りもしない

長く果てしないベッドの上の生活
友達はまだ空さえ見られない
無菌室で
天井ばかりを見詰めて暮らしている

　標高三千メートル見霽《はる》かす大地
空の蒼と土の茶色
悠々と流れる純白の雲
黄砂が舞っている　降ってくる
はるか彼方から偏西風に乗り
辿り着く太陽は鏡のようだ
そこだけが銀色に輝き

　あとは視界が狭くなる
チベット高原の人々は
タルチョという旗に
ことばや　文字や　絵をかき
天に届くように掲げる
と　歓びの歌声が大地に響き渡る

微かな風を捉え　抵抗を揚力に変え
するすると舞い上がる凧は
少年の胸の奥に閉ざされた夢のように
空の中心に引き込まれてゆく

その手応えが嬉しくて糸を引く
少年の掌は熱い

見霽かす街並　耳を澄ますと
少女の透き通った歌声が
這い上がってくる

ヒマラヤを越える鶴
（平成八年一月三日ＮＨＫテレビより）

大村　孝子（おおむら　たかこ）
1925年、岩手県生まれ。詩集『ゆきおんな』『花巻の詩覚え書』。詩誌「辛夷」、岩手県詩人クラブ会員。岩手県花巻市在住。

幾重にも連なるヒマラヤの上を
鶴の一群が横切っていく
空に散らばる点となり
あるいは天空に遊ぶ金文字となって

シベリアから印度まで数千キロ
この中には生まれてまだ三・四か月の
幼い鳥もまじっていますとテレビが説明する

先を行く親鳥の息は風に砕けながら
はげしい血脈の信号を送りつづける
あとにつづく幼鳥たちは
充ちてくる気配にひしとすがって
無言の涙を流しながら

鶴は永劫の吹雪の中を飛んでいる、と
うたった詩人がいた[*1]
人は鶴のように日々遠い空から帰ってくるのではないか、
　とうたった詩人がいた[*2]
二人とももう故人となったが
いまこの隊列の一点にまみれ
ひそかに岩手山の紫まだらを
探しているのではないか
激しい息づかいで山襞をたどる
北上川に似た潜流を探しているのではないか

風が荒れる
風にさからって方向が渦巻いている
翼は稜線にかがやく雪をかすめながら
氷河の上昇気流に
ゆりあげられ、おしもどされ
あやうく乱れかける隊列を
ふるえる弦のように流れるものがある

鶴は意識のはるかな外を飛んでいるのです[*1]
明日へ向かうものにとって
一万キロも数十メートルも同じことです[*2]

昔、共に語り合った詩人たちよ

つめたい気圏のなつかしさにまみれて
ひとつのことばが行きつくあたりに
魂の発火点はもう見えているか

深い虚空とみえるヒマラヤは
全山瞑目して竪琴をかき鳴らし
赤い燐光がふりしきる
むげんの空を鶴が行く
透明なかげを引きあいながら
親鳥も幼鳥たちも
その隊列のすきまに還った詩人たちも
それぞれに両手を胸に組み
地の果てを引く一すじの気配となって
鶴の一群はただヒマラヤを越えていく

＊1　村上昭夫詩集『動物哀歌』より
＊2　岩泉晶夫詩集『マナスルの鶴』より

インドへの道（二〇〇八年）

永山　絹枝（ながやま　きぬえ）
1944年、長崎県生まれ。詩集『讃えよ、歌え』『子ども讃歌』。
文芸誌「コールサック（石炭袋）」、詩人会議会員。長崎県諫早市在住。

【五、マハトマ・ガンジー】

「葦」は吹く風に打ち伏し
逆境のなかで屈服したかのように見える
しかし風が去れば　頭をもたげ
微風に揺れながらも　前に進む

インド独立の父と言われるガンジーの祭壇
「ラージ・ガード」を訪れた
広島の「平和の泉」の如き無垢の墓地
白い服とハジのしるしのトルコ帽
六名の男性信奉者が粛々と祈りを捧げていた

ゆすろう　ゆすろう　夢の木を
砂塵原野のまんなかに
一本はえてる夢の木を
一九四八年一月三十日
非暴力・不服従運動でインドを独立に導いたガンジー
ヒンズー教原理主義者の凶弾に倒れる
享年七八

暗雲の中　揉み砕かれ
棍棒が飛び交うが
独立の道を　ただ無心に無抵抗で
命の泉を掘り起こすまでは

政治への目を開かせた屈辱的な差別の体験
弁護士として南アフリカに渡った二三歳の時
汽車の中で白人以外は貨物車に移れと脅され
抗議するとホームに放り出された
一条の光は二筋となり三筋となり
民の胸元に虹が灯り広がりゆく
それはただ歩くだけの無言の行進
だが真の色となり　為政者に迫る

重税と無権利状態
差別撤廃の運動と真理の堅持
「サティヤーグラハ」の思想
真理が我らを自由にする
決して暴力に訴えず寛容さで
困難に耐えて目的達成に連帯組んで歩を進める
つくろう　つくろう　我らの手で

手紡ぎ車チャルカー回しつつ
集まれ　集まれ　塩の道
摑もう　摑もう　七十万の独立を
「スワデシ運動」国産の誇り

重い塩税を課す法律に反対し
海水から塩を作るため各地の海岸を訪ね
三九〇キロの道のりを歩いた「塩の行進」
映画の場面が甦る
「私の愛国心は排他的なものではありません
すべてを受け入れるものです
他を搾取し 熨《の》し上がるなら断固拒絶します」
ガンディーの言葉である

【六、ラビーンドラナート・タゴール】

雲仙のホテルでふと眼にし懐深く温め続けていた
その白い長い服を着た人が「タゴール」その人だった
人間として政治の不条理や社会の諸問題に目を向け
声なき人々の声を代弁するヒューマニスト
日本にも五回ほど渡来し
満州事変以後の日本の軍事行動を
「日本の伝統美の感覚を自ら壊すもの」であると…

自然は美しいのに貧しさに慣れきったインドの農民
ガンディーらの独立運動を支持し
農業協同組合的な自治組織を設立
農産物の直接販売　家内工業を奨励
道路や共同池や堤防の補修なども
村人が自力で行うように説いてまわる

「インド七十万の農村は　国家の体を流れる動脈である
悲しむべきは 今日その血管の血が干上がっていることである
これを癒すために 我々はどうすればよいか?
新しい秩序を築き　農村に救済の手を差し伸べ 養分を与える手段を講じなくてよいか!」
イギリス人官吏やヒンズー教徒らの反発も招くが
屈することはなかった

知性の発達とともに豊かな感性を大事にした彼は
子供たちの学校を建てる
インディラ・ガンディー元首相もこの学園に学んだ
人と自然に広い視野と想像力をもったタゴール
「近代インドの精神」、「生命の詩人」といわれる

高橋　紀子（たかはし　のりこ）
１９４７年、神奈川県生まれ。詩集『ひとり』『埋火』。
詩誌「岩魚」、埼玉詩人会会員。埼玉県飯能市在住。

仏塔

インドサルナート遺跡にて

仏舎利が眠るという
レンガ積みの仏塔を仰ぎ見る

膝から下を切り落とした男が
仏の言う方便だと
眼窩に宿る光を放つ
眼が合えば
喜捨をせずにはいられぬほどに
憐みを射抜かれる

その男の傍らで
手首のない男の子が
ない手を差し出す
屈託のない笑顔に
ひ弱なわたしは眼を逸らした

彼らは
自らの手足を切り捨て
誇りをも切り捨て
今日いちにちの糧を得るのだ

塔に向い
痩せ老いた巡礼の女が
額を土に押し付けて祈る
地面に身を投げるたびに
乾いた土が舞い上がり
黄土色の風が吹きすぎてゆく

風は
命の営みの狭間を
夢から覚めたように
立ち去るのだった

どれほどの時が巡ったのだろうか
僧侶の声明は吹き消され
精舎のレンガは崩れ落ち
仏塔だけが
遠い日のままに聳え立ち
人々のめぐる苦しみを
見下ろしている

バクシーシー　（喜捨）

声をかけられても聞こえないフリ
近づいてきても目を合わせてはダメ
そう言い聞かせてデリーの街を歩く

ニーハオ
アンニョンハセヨ
コンニチワ
チャイニーズかコーリヤかジャパニーズか
インドへ　ようこそ
豊かにお暮らしのようですね
私たちは赤子にも
満足に食べさせてやれないのですよ
ほら　見て下さいよ
お腹をすかして泣き止まない
――バクシーシー
おねがいですよ
お慈悲を

執拗に手のひらを突きつけられ
繰り返し突きつけられ
ついに

握り締めていた一ルピーを
手渡そうとして路上に落とした

鮮やかに青いサリーを翻し
転がるコインの行く末を
すばやく追いかける女の眼
子供を抱えながら
きゃしゃな指で

今日一日の
最も確かなものを
身をかがめ摑み取ったのだ

帰国した　今も
青いサリーが
眼裏に翻る

色とりどりの装飾がなされ
不確かなものが溢れ返った日本の街角
ふいに　一ルピーが
明滅する文明の灯りのもとへ
転がってきた

マドラスの熱狂の夜

二十数年前　友人とインドを旅した
少年二人と出会ったのはマドラスの浜辺
ホテルの部屋にまで押しかけてきて
しきりに映画に行こう、とインドなまりの英語で誘う
友人は疲れたから寝ると言い　僕が行くことに
もちろん全員のチケット代を払うのは僕
上映開始は夜の九時　七～八百人は入る大きな劇場
どんどん客席が埋まっていく
家族連れがたくさん　幼児もかなりの数
日本人は僕ひとりだけ
ほぼ満席になり場内の明かりが消えた
響きわたる軽快なリズムのインド音楽
主役のかなり太めで髭をたくわえた男の登場
観客のほとんどが拍手、歓声をスクリーンにぶつける
これは映画館ではない　ライブ会場だ！
のっけから車と列車の衝突、大爆発、カーチェイス、銃
　撃戦…
ハリウッド映画並みのアクションがさく裂
かと思えば出演者全員が急にダンスを踊り始める
ありえない展開に目が釘づけに

星野　博（ほしの　ひろし）
1963年、福島県生まれ。詩集『線の彼方』『ロードショー』。
文芸誌「コールサック（石炭袋）」。東京都立川市在住。

それに続くお笑いのシーン　日本の漫才のよう
体を反らせて腹の底からゲラゲラ笑う隣の席の中年男性
ヒンディー語がわからなくてもよくわかる話の展開
あらゆるジャンルの映画の詰め合わせ
あちこちから聞こえるスクリーンへの掛け声
俳優を指さしておしゃべりするカップル
女優とのお色気シーンでは口笛が鳴り
怒りの場面では観客の唸り声が場内を満たす
悲しいところでは静まりかえり
ダンスシーンでまた肩を揺らす

途中の休憩時間に少年たちがアイスを買ってきてくれた
ほんの少し前に出会ったばかりの彼らと
こんな時間を一緒に過ごしている不思議

そして後半もアクション、悲劇、お色気、お笑い…
ラストはもちろんダンス！
熱狂の夜が終わった
感情のすべてを出して映画を楽しむこの国の人たち
本当にうらやましい

興奮冷めやらぬ客たちが笑顔で出口に向かう
外はベンガル湾からの涼しい風
子供たちが親と手をつないでうちに帰って行く
時刻は午前零時過ぎ
少年たちとはしばらく話して別れた
歓声が耳から消えなくて寝付けなかったその夜

帰国して数日後映画を見に行った
開映前のアナウンス
「上映中のおしゃべりはご遠慮ください」
場内が暗くなっていく時
耳の奥であのマドラスの熱狂の夜が蘇ってきた

サラーム

おはようもこんにちはもこんばんはも
あいさつはサラームという国
パキスタン
　なんでそんな危ないところへいくの
　いってみなけりゃわからないじゃないか

戦争の傷あとはおなじ地球に住むものの痛み
観光客は飲酒を禁止しているイスラムの国で
いかに酒を飲むかの話しに熱を込める

サラーム
平和への道を歩むアジアの友人へ
東のはてから西の空へむけ
サラーム
連帯のあいさつを送る

日高　のぼる（ひだか　のぼる）

1950年、北海道生まれ。詩集『光のなかへ』、『どめひこ』。詩誌「二人詩誌風（ふう）」、戦争と平和を考える詩の会所属。埼玉県上尾市在住。

タキシーラオレンジ

はじける香り。

インダス文明から
悠久のときを秘めた土から実りは
この国に絶えることのない
平和を築きあげてきた人たちをたたえる

やさしさときびしさは　人の味
高さと低さは　山の味
ガンダーラ*は神の味

タキシーラオレンジ
地球に住むものの
あたたかい血わきおどる
ほほえみの味

＊ガンダーラ（天竺）のことわざ

カイバル峠　――2003年1月1日

歴史は峠を越えていった

アレクサンダー大王が
チンギスハンがかの地を征服しようと
玄奘三蔵は天竺に仏典を求め
ペルシャの隊商―キャラバンは富を求め
仏教は峠を越えシルクロードの
東の端まで伝えられた

巨大なスツーパ（仏塔）を
古城や要塞を見上げ
かつてアフガンまで走っていた鉄路を
右に左にと追いながら
車は峠をめざす

いくつもの戦争が峠を越えた

遠くに戦争を見るように
アフガニスタンの
国境線の説明を受けている

イランからインドにかけて生息している
イエガラスが
澄んだ鳴き声を峠に響かせていた

インダス河

カラコルムハイウェイに沿って流れ落ちる
インダス河
雨季にあふれた水が肥沃な土を運び
人間を野菜や果物を育て
パキスタンの大地を潤している

ひとが生まれ死んでいく
戦で争い命を落としていく大地に
変わりなく水をたたえているこの河が
歴史をつくる舞台になってきたのだと思いながら
たたずんでいる

青くするどい流れにのって
古代から河とともに生き抜いてきた人びとの
歓声が聞こえてくるようだ

マザーテレサの願い

万里小路　譲（までのこうじ　じょう）
1951年、山形県生まれ。詩集『詩神たちへの恋文』、評論集『孤闘の詩人・石垣りんへの旅』。一枚誌「表象」、山形県詩人会。山形県鶴岡市在住。

20世紀は戦争の世紀であったが、21世紀はテロリズムに脅える世紀となった。アルカーイダによる、アメリカ同時多発テロ（2019.9.11）スペイン列車爆破（2004.3.11）、ロンドン同時爆破（2005.7.7）。インディアン・ムジャヒディーンによる、プネー爆破テロ（2012.8.1）、ブッダガヤ爆弾テロ（2013.7.7）。イスラム国（ＩＳ）による、パリ同時多発テロ（2015.11.13）、ブリュッセル連続テロ（2016.3.22）、イスタンブール空港攻撃（2016.6.28）などのほか、小規模の自爆テロに至るまで、恐怖が消える兆しは見えない。

イラク戦争以来、テロを封じ込めるために、これまで多大な軍事力が投入されてきた。パリ同時多発テロに対しても規模は拡大し、フランス、ロシア、アメリカにつづき、ドイツと英国もイスラム国（ＩＳ）への攻撃に加わった。しかし、完全なるテロ撲滅への道程は見えてはこない。テロリストは目に見えず、事件が起きてから犯行声明が出されるのが、ほとんどのケースである。そして、テロリストは一定の場所に定住しているのではなく、各国のいたる所に拡散している。ところがまわず社会に幻滅している若者を、ＩＳは次々に取り込んでいるからだ。拠点が製われれば別の場所へ移り、組織が霧散すれば新たな組織が結成される恐れもある。

この世には二種類の貧困があると、マザー・テレサが1979年のノーベル平和賞受賞スピーチで語っている。物質的貧困と精神的貧困である。前者への対応は、後者に比べれば容易である。つまり、飢えた者にはパンを与えれば、飢えは解消する。しかしながら、後者すなわち精神的に病んだ者の貧困は取り除くことが難しい。そしてとりわけ、西洋諸国の貧困は解消するには難しい、と。

医学の発達により寿命は延び、生産手段の発達によって生活水準が上がり、人権尊重と機会均等などの原則によって人々の暮らしは格段に向上したと言われる。しかし一方では、人種差別、不平等、貧困が増し、敵意がはびこり、精神的な飢餓が蔓延している。そして、いまここにある自己の幸福とは幻想である。マザー・テレサの眼は「世界がぜんたい幸福にならないうちは個人の幸福はありえない」と告げた宮沢賢治の視座とともにあるはずだ。顔に皺を浮かべわずか二枚のサリーをまとったマザー・テレサが、いまことさらに美しい。近代文明社会の逆説を放射しているからである。

いつどこにおいても起きうるテロは、現代社会に巣くった癌である。大都市、小都市、いや小さな地域でさえ、対策が講じられている。テロ対策費は世界中で、莫大な金額にのぼるはずだ。テロリストを撲滅しようとの掛け声が、かまびすしい。そうだろうか？　マザー・テレサが今の世にあれば、こう言うのではないだろうか

「ほほ笑みをもってひとに接しよう」。

現代は日常においてさえ互いにほほ笑みあうことが難しい社会になった。しかしながら、いついかなる状況にあっても、微笑こそが他者を愛する第一歩ではなかったか。パリ同時多発テロで最愛の妻を亡くしたアントワーヌ・レリスというフランス人のジャーナリストの２週間の日記が、日本では『ぼくは君たちを憎まないことにした』（土居佳代子訳）として刊行された（ポプラ社2016.6.20）。そのなかで彼はこう述べている――〈犯罪がおぞましいものであればあるほど、罪人は完璧な悪人となり、憎しみはより正当なものになる。人は自分自身から考えをそらすために、犯人のことを考え、自分の人生を嫌悪しないため、犯人を憎む。犯人の死だけを喜んで、残された人々に微笑みかけることを忘れる〉。マザー・テレサの考えに通底するこの洞察力と精神力の強さに、どれほどの賛辞を贈ったらいいのか。

世界は歩んでいる方向を間違えている。貧しい国々の多くの貧困にもまして、富んだ国の貧困がいっそう貧しい。互いにほほ笑みあう社会を実現するにはどうすればいいのか？　配慮・関心をもって他者を迎えうる社会を創りあげること。それ以外、他に何があろうか。

天心とタゴール

室井　大和（むろい　やまと）
1939年、福島県生まれ。詩集『雪ほたる』『夜明け』。
詩誌「の」「青い花」。福島県白河市在住。

亜細亜は一つと言った岡倉天心
水平線を　かっと見詰める
世界に繋っている海
太平洋からインド洋へと
あの日の七メートル以上の津波で
水底に藻屑と消えた六角堂
残された写真と図面で
茨城大学チームが復元させた
朱塗りとギヤマンと画集のある殿堂
天心とタゴールは友達
インドと日本は芸術文化の交流があった

茨城県五浦の海で　小舟を漕いで魚を釣った
『ギータンジャリ』で　亜細亜最初のノーベル賞をとった
葦笛を吹き　竪琴を弾く音楽家
インド独立の父でもあった

高校時代　彼の「占城《チャンバ》の華」で目覚めた
入日色の手刷りのプリントがノートにある

国語の先生は　インド哲学専攻の僧侶であった
玄侑宗久氏の父君である
天心邸には東洋美術院*があった
横山大観　下村観山らが学徒だった
絵を描き　彫刻を彫った
五浦　ここが近代日本画の発信地

我を揺さぶる潮騒
白波が騒ぐ
天心の魂よ
タゴールの哲学よ
我の澪標となれ
松脂の香りがする五浦の海よ
蒼天よ
琥珀色の太陽よ

＊現東京芸術大学の前身である。

獅子吼《ししく》

ヴァイシャリの
アショカ王石柱の
絶頂の獅子は
なぜか東方に向かって　吼える

佛教東漸《とうぜん》の告知か
いや　常に呼びかけてくる声
私を確かに呼び寄せるもの

母の乳房を求める嬰児のように
磁場に引きよせられる鉄片みたいに
なんという不思議か
いま　ここに佇つ

果てしなく広がる
悠久の大地
わずかな木立を通して
生きながら　沈まんとする太陽
まさに炎える印度の佛法
そのるつぼに　私は投げこまれ

形骸《けいがい》　たちまち燃えつき

獅子の口から
無尽法界《むじんほっかい》に拡がる
私のなかの
わたし

亀谷　健樹（かめや　けんじゅ）

1929年、秋田県生まれ。詩集『亀谷健樹詩禅集』『水を聴く』。詩誌「密造者」、日本現代詩人会会員。秋田県北秋田市在住。

なにかが　ほんのすこし

持続する　主音
寸分　狂わぬ　右手が
打ち　つづける　シタールの韻の中心に
身を　しずめている

おおきなものが
宙を　転がる気配が　漂い
灼熱に　揺らぐ太陽が
傾いたのは　そのときだ
万水を　吸いよせるほどの力を　貯えながら
人間《ひと》の　歩巾が
時空を結んで　往く

＊

蟠《わだかま》りのない　空間に
透明な壁が　立ちはだかったのは
隣席のベルが　突如　鳴りだしたからだ
仕切られた　空気
除外の

香山　雅代（かやま　まさよ）

1933年、兵庫県生まれ。詩集『雁の使い』『粒子空間』。
詩誌「Messier」、日本現代詩人会会員。兵庫県西宮市在住。

隔壁を　創りだした　クロノスの足が　立ち去るや
木末《こぬれ》に　ひっかかってでもいるふうだった
いちまいが
音もなく　舞いおちる

バーンスリーは　鳴り止まない
降る雨のごと
流星が
闇のなかの　ひかりの存在を
示したように

＊シタールは北インドの撥弦楽器
＊バーンスリーは北インドの竹製横笛　ヴァーンシーともいう

ベナレスにて

巡礼者が土産に持ちかえる　壺を満たしたガンジスの水は　何年経っても腐らないといわれている　都市伝説のひとつだろうか

道端で売られている素焼きの素朴な壺　土産の重要なアイテム　リキシャを駆り　人でごったがえす街中を走りぬける　ひったくりにあわぬよう　座席でしっかり手提げをかかえる　すれすれの道行き　プージャ見学　川岸を埋めつくす祈りの大音声《だいおんじょう》　全身をつらぬく　灯籠流し　舟から水面にのべる花と灯りのなか　水は昏い茶褐色　翌早朝　沐浴見学　川の水を手で掬ってみる陽にこぼれる水は　色はついているが透きとおっていた　一瞬美しいと　内心のこえ彼方と此方には　煙のあがる焼き場　灰が堆くつまれている　川面に瞳を凝らしてみれば　ながれてゆく獣らしき屍骸が　ある岸近くで沐浴する人々は川の水で口を漱《すす》ぐ

松沢　桃（まつさわ　もも）
1948年、三重県生まれ。詩集『ウシュアイア』『夢階 ゆめのきざはし』。日本現代詩人会会員。愛知県名古屋市在住。

ヒマラヤの雪どけ水に端を発する　大河ガンジス　昔からかわらない聖なるガンジス

異国の人間が真似をすれば　おそらく体調不良　下痢　免疫がない　死者と生者に目礼　川は　乾季の空をふところに下りゆく

ユーラシア劇場の人びと

間瀬　英作（ませ　えいさく）
１９３７年、大阪市生まれ。
長野県北佐久郡在住。

シッキムⅠ

「シッキム固有の民は普通レプチャと稱せられる蒙古人種の末派である。彼等は自らロン・パー谿の民—と稱し、主として谿谷、森林の間に住し牧歌的詩的傾向の勝つた民族である。その爲め彼等は後より侵入して來つた西蔵人ネパル人等に厭迫され、今日では明かに生存競争の敗残者たる地位に立つてゐる。今日彼等の人口は僅か八千人を越えぬといふことである」（鹿子木員信『ヒマラヤ行』１９２０年６月　政教社刊）

「原住民のレプチャはもうずっと以前に森林の中に追い込まれてしまって、彼らはここでおずおずと遠慮勝ちに生活している。（中略）どんな国の言葉もレプチャ語ほど植物の名前の豊富な言葉はない」（パウル・バウアー『ヒマラヤに挑戦して』伊藤愿《すなお》訳　１９３１年12月黒百合社刊）

ぼくにとってのレプチャとは、高所のハイキングに不慣れなぼくたちの荷物をゾッキョ（牛とヤクの混血）の背に載せたりじぶんでかついだりする人。あと、カルダモンの栽培とか、ガントクのタクシー運転手とかでしたね。顔は笑っちまうくらい、ぼくと似ていました。残念なことに、山中の共通言語といえば英語になるのだけど、お互いそこのところが不得意でして。ぼくはベンガル州駐屯軍司令官にして言語学者、１８７６年『レプチャ語文法』を著わしたマナーリングの「レプチャ語からは人をののしる言葉がみつからない」という説の真実、確かめたかったのですが、上手に聞きだせなんだです。

さて、１９７５年、亡国のシッキムに代わる為政者インドは、レプチャ（当時の推定人口、仏教紅帽派西蔵人の末裔ブティヤと合わせて五万程度）を、シッキムおよびダージリン丘陵地域唯一の先住民族として優遇し、コンクリ住宅、年間百日の雇用保障、さらに子弟に高等教育の機会等々を提供しました。

そして、夏鳥の便りには、いまどきのレプチャ社会。賄賂、虚偽申告、接待漬け、賃金不払い少なからず、と。

ここまで書いたところに、怒羅権君から野暮用の電話。彼、日本人ですけど、ネパールのインドアーリア系少数民族バライリ（一万五千かな）の血が半分入っていて、ほんとうのところぼくと親族の関係はないのだけれど、なぜかぼくの義弟ということになっておる。説明不能。法律より文化人類学の領域とでもいうほかないな。ぼくは思わずこういっていました。動機は。わかりません。「怒羅権君よ。君は凄腕だ。お金も女性も溜まるだろうよ、でも、忘れんな。君はぼくのオトウトだぞ」

シッキムⅡ

むかしダージリンのウィンダメアホテルで、「伝説」にご拝眉したことがあります。ホテル経営者のテンドゥフラ夫人。前掲のバウアーの著書に、チベット軍司令官兼ダージリン警察本部長ラ・デンラ氏自宅訪問の際、聡明なご息女登場のくだりがありますけど、その後年の姿です。

１９２３年生まれでシッキム王国最後の王となったパルデン・トンドゥプ・ナムゲル陛下が、１９４０年サンフランシスコ生まれ、サラ・ローレンス大一年生のホープ・クック嬢（後のギャルモ妃）と出会ったのがウィンダメアの談話室でした。ふたりは１９６１年結婚。婚約パーティーもテンドゥフラ夫人の主催でこの談話室で開かれました。

王は暗愚であったとも不幸であったともいわれます。でも１９５０年締結の条約によって、宗主国インドに、外交、防衛、郵便、電信、電話を委ねた王にやれることはかぎられていました。王国人口約二十万人中75％がネパールからの移民でして彼らはインドによる併合を望んでいたし、民主主義の体制でものいうのは数ですもんね。いっぽうギャルモ妃はアイリッシュの血をひく美貌の人でした。彼女、１９８０年、亡命先のニューヨークでパルデン・トンドゥプと離婚、ピューリッツアー賞受賞の史家、マイク・ウォレスと再婚（のちに離婚）。１９８２年、廃王死去。ねっ。彼、ウィンダメアの恋を貫徹したのです。それでじゅうぶんしあわせだったと思いますけど。

テンドゥフラ夫人のことば「昔のほうがよかったとは申しませんが、当時の階級制度や形式主義の悪口をだれがどういおうと、わたしにはとてもたのしい日々でした」。ホテルですけど、ビクトリア朝の記憶を残した木造二階建てで、二千二百メートルの高所にあって老化がすすむけど、それがまたいいんです（しのびよる霧の匂い。カンチェンジュンガ、遥か）。

サム砂丘で　あったこと

小田切　勲（おだぎり　いさお）
1938年、静岡県生まれ。東京都町田市に暮らした。

風の谷のナウシカの舞台そのまま
荒涼とした赤砂岩の丘にそびえ立つ岩砦・・・・
ジャイサルメールから北西に三時間余
両側からジワジワせめる砂に杭した
細いアスファルト道路をひた走ると
そこはもうタール砂漠の端にかかっていた
私たちはそこで　ラクダに乗って砂丘の頂で落日を眺め
星空のしたで焚火を囲んで　夕食をとる計画である
私の乗るラクダは名を　ラティ　といい　生まれつき
口元がほほえんで　目がもの問いたげで　愛嬌がある
ゆらりと立ちあがると　まだらな灌木　合歓《ねむ》類は目の下
　にあり　視野は広がる
安定は悪く　前後左右にゆれながら　腰の芯で釣り合い
　をとるのは　見た目以上に調整が必要
身体がだんだん温かくなってくる
これで何十日も砂漠を旅するのはさぞきついことだろう
ようやく見晴らしの良い　風紋の美しい黄砂の丘に
たどりつき　スタート時と同じくラクダは
ガクンと前足を折り曲げ　ひざまづく

周囲の起伏にはラクダ　御者　見物客が三々五々
休んだり　あちらこちらを　散策している
そして　それは　この時起った
私たちがくつろいでいたすぐ横で　御者が歌い出した
終わってパラパラと拍手　次を催促
仲間の一人が立ち上がり　それにあわせて踊りだす
どこからともなく数種の楽器が持ち込まれ
歌に奥行きと　リズムと　力が加わる
その踊りに見よう見まねで何とうちのカミさんが・・
そしておそれを知らない面々　私にザックを押しつけ
くわわってゆくではないか

まわりには瞬時に多民族の人々の輪　輪
雑多なかけ声
手拍子　足踏み
ヒゲ面　ターバン　鮮やかなサリーがひるがえり
ヨーロピアン　太ったの　やせたのが　混じりあい
砂ぼこりが舞いあがり
その向こうに全てを赤く染めて夕日が・・・・
シャッターチャーンス！

踊りまわる人々
とりかこんだ大勢の人々
舞いあがるこまかい砂ぼこり・・・・
とても写せる状態にない
腹にひとのザックをかかえ
片手にカメラを持ったまま
私までもヨタヨタと踊りの群れに入りこんでいた
この時　人々は響きあい確かにひとつになった
人種も　宗教の違いも　テロも　国家間の紛争も
狂牛病も　老いも　若さも　超えて・・・
みんな笑っている
お腹の底から幸せそうに
人々の喜びを我が喜びとし　そして許し合い・・・

やがて人々　ラクダ達は　それぞれ帰途につき
再び砂丘に静寂は戻り
さわやかな風が吹き渡る
見はるかす深い半球は
人々の熱い想いを吸いあげ　オレンジ色に染まる

あれは幻だったのか
あるいは大きな存在のちょっとした
イタズラ心だったのか

事前に何人かに聞いたインドの印象
そしてリシケシでのヨーガ
瞑想体験
しかし　現実にここで繰り広げられた人々の動きは
あらかじめ　計算され　予測されたものではない

この時刻に　インドのこの場に
これらの人々が　ラクダ達が出会わなかったら
この一回限りの自発的な乱舞は起り得なかったものだ

私は立ち会え　そして感動した

今我が家に戻り　あのインドの喧騒　雑踏　臭い
息をのむ美しさ　汚さを一旦洗い落し
再び牛のように　反芻し始めている
人々が国境で分けられた各人の家に帰り　そこの空気
水での生活に戻ると　なぜ肩をいからせ　ノノシリ合い
殺し合いを始めるのだろう
あの時砂丘で感じた　なんの先入感もなく　武装してい
ない心の結びつき　それがどうして永遠に続かないので
あろうか

三章　中央アジア

カザフスタン・キルギス・タジキスタン・トルクメニスタン・ウズベキスタン・中国　新疆ウイグル自治区・モンゴル高原・チベット高原

飛天の道

馬場　あき子（ばば　あきこ）

1928年、東京都生まれ。歌集『あさげゆふげ』『渾沌の鬱』等。短歌誌「かりん」創刊。日本芸術院会員。神奈川県川崎市在住。

蜃気楼の国のやうなる西域の飛天図を見れば夜ふけしづまる

風早《かざはや》の三保の松原に飛天ゐて烏魯木斉《うるむち》に帰る羽衣請へり

匂ふといふ色雪にあり烏魯木斉の空に天山は暮れ残りゐつ

ゴビ灘《たん》に羊を飼ひて一生《ひとよ》過ぎまた一生すぎ幾世かしらず

天山北路白楊河上風つよく霧ふぶくなか人は地を打つ

葡萄の子ぶだうの遊び西瓜の子すいくわの遊び食むといふ遊び

敦煌は棉摘みごろの驢馬の脚ゆきてはるばるまた戻りくる

敦煌の暗窟に飛天満ち満ちてその顔くらく剝落しをり

大鳴沙ゴビの砂打つ音たてて悲しむ飛天雨降らしけり

馬乳子葡萄《まなえずう》は飛天の嬰児《あかご》やしなひて蜻蛉《あきつ》にまじるその子かなしむ

歌集『飛天の道』より

ゴビの鶴

（表題・抄出はコールサック社編集部）

モンゴル　ゴビ沙漠・陰山山脈から百霊廟へ　三句

目のかぎり紫けぶり飛燕草《ひえんそう》

野鼠《やそ》啖《くら》ふ鷹炎日を冠とす

天の川鷹は飼はれて眠りをり

ゴビ地帯に入る　三句

火の雲やわれをめぐれる地平線

燐寸《（マッチ）》摺りてゴビの沙漠の虫を見き

ゴビ沙漠夜雲なほ灼け羽搏つもの

トフミン廟　四句

包《パオ》ふかく夕焼の裾さし入りぬ

ゴビの鶴夕焼の脚垂れて翔《か》く

炎天やくるりくるりと跳鬼《チャム》の舞

夕焼けしゆゑにかなしき馬駱駝《らくだ》

加藤　楸邨（かとう　しゅうそん）

1905年〜1993年、東京都生まれ。句集『寒雷』『怒濤』。
俳誌「寒雷」創刊主宰。東京都大田区などに暮らした。

ウズベキスタン　ブハラ　五句

塔灼けて蟻ものぼらず天の青

鸛《こふ》がつかむ熱かげろふの塔の尖

鸛…コウノトリ

沙熱し沈黙世界影あるき

死の塔を灼きて太陽老いざりき

噴きて涼し地底の水の砂に満つ

アフガニスタン　五句　カブール空港

四囲雪解荒地の言葉充満す

テペ・サルダールの仏教遺跡

生も死も一沙漠裡ぞ雲雀たつ

旧王宮

糞《ふん》ころがしに沙漠の太陽顔を持つ

ヘルマンド河

手もて空を押すごとし沙漠に種播くは

ヘラートのガザルカ聖廟

杏咲き蛙鳴きふと信濃空

「沙漠の鶴」「死の塔」「糞ころがしの歌」より

胡客の歌

（表題・抄出はコールサック社編集部）

中国より泊りの客はウイグル人なり

胡人泊めし夜深の空の霾《よな》にごり
春愁の胡客の歌に低く和す
『寒九』より

去勢後の司馬遷のゐる桃林
『菊塵』より

蓬莱やすこし戸惑ふ八十路の座
支那寺は子の墓小さし藪柑子
『長嘯』より

易水に鳥の屍またぐ凍りをり
洛外に凍る一寺や紙銭焼く
唐詩には寒の牡丹の賦のなかり
『易水』より

能村　登四郎（のむら　としろう）

1911〜2001年、東京都生まれ。句集『枯野の沖』『羽化』。俳誌「沖」創刊主宰。千葉県市川市に暮らした。

イランの砂漠　テヘランの一夜

夜の熱風砂漠にちかき睡りなり
火取虫寄せへらへらとイラン文字
街果は砂漠か砂と熱風くる
視野すべて赭き砂のみ炎帝下
砂漠灼く熱気が空をやや昏め
炎帝や今人影を絶つ砂漠
炎帝下砂漠に生くる砂の襞
鬱として砂漠灼熱の時充つる
『欧州紀行』より

祈禱旗《ルンタ》はためく

インド　二〇一〇年

ガンジスの祈りの中を鳥帰る

春宵を深めヒンズーの火の祭

中国　二〇一一年

天高し甲骨文字の馬跳ねて

泰山に夕日あまねし黍襖

孔廟《こうびょう》に瓢《ふくべ》干しあり商へり

楷《かい》もみぢせり王羲之《おうぎし》の生誕地

ネパール　二〇一二年

春霞抜けてヒマラヤ眼前に

狼の遠吠えに覚め春北斗

春暁やダウラギリ峰発光す

鰓《えら》呼吸して高度五千の氷河

杉本　光祥（すぎもと　こうしょう）
1938年、東京都生まれ。句集『山旅』『峰雲』。
俳誌「沖」「三田俳句丘の会」。千葉県柏市在住。

チベット　二〇一四年

秋深む牧羊犬の生き生きと

胡桃割る指節くれし老女の手

愛人とは妻のことなり毛糸編む

僧院の裏鳥葬の鷹舞へり

朝凍みの地の塩なめて犛牛《ヤク》育つ

鶴翼の峰に雪煙絶え間なし

モンゴル　二〇一五年

馬頭琴大草原の月涼し

青野駆けわれモンゴルの風となる

チベット　二〇一六年

祈禱旗《ルンタ》はためくチョモランマの凍て空に

カイラス山五体投地にしぐれけり

天山の鷹

照井 翠（てるい みどり）
1962年、岩手県生まれ。句集『龍宮』、エッセイ集『釜石の風』。俳誌「暖響」「草笛」。岩手県北上市在住。

台湾　三句

翡翠なる大河のほとり田水張る

人日や甲骨文字を走る罅

寒念仏透きとほりくる尼の膚

ネパール　四句

蕎麦の花桃色なるや釈迦の里

木のペンに泥のインクや筆始

僧のあと恋猫廻すマニ車

人を焼く煙出で入る燕かな

シルクロード　七句

天山《テンシャン》の鷹蒼穹を絞りけり

楼蘭の木乃伊抱けば沙の音

楊貴妃の触れし柘榴と思ひけり

棉の花争ひのなきけふひとひ

駱駝ふと匂ひて雨となりにけり

舞ふ沙の炎立ちたるシャングリラ

玄奘の虹の半身追ひ続け

バリ島・ジャワ島　四句

底なしの神の棚田を下りゆけり

ドリアンや籠りきりなる雨季の魔女

神降りて濡れくる瞳プルメリア

見はるかす風葬の丘烏蝶

沖縄　ひめゆり学徒隊　二句

死ぬ朝の木綿に包む仏桑花

乙女らの自決の岬青かりき

アジアの片蔭

山田　真砂年（やまだ　まさとし）
1949年、東京都生まれ。句集『海鞘食うて』『西へ出づれば』。
俳誌「未来図」、俳人協会会員。神奈川県逗子市在住。

インド 二句

牛と来てそのまま牛と泳ぎたり
緋のカンナ終生路上で生活す

チベット 二句

雲の峰五体投地の近づき来
神のみの天地八月雪が降る

中国 二句

西安を西へ出づれば残暑かな
敦煌《とんこう》の良夜かなたに驢馬打たる

中国・ウイグル自治区 二句

綿摘むや西方浄土に尻向けて
ウイグルの美女はけだるし蝿叩

ベトナム 二句

サイゴンの夕立をゆけり松葉杖
南国の奇妙な果実星飛べり

カンボジア

ほうたるのあのあたりから地雷原

トルクメニスタン

駱駝百頭杖に追はれて秋の風

モンゴル 二句

モンゴルの夏野頭の中に収まらず
草原に片陰の無し金輪際

トルコ

冬日燦泡の白さのダビデ像

ネパール 三句

青田よりあがりてサリーきつくする
虱《しらみ》とる母娘も神の御前に
老いたればサリーゆつたり着て日傘

レバノン

レバノンの片蔭戦車二台分

シリア

薔薇色に遺跡は暮れて涼しかり

吐魯番《トルファン》

アレキサンダーの夢を見た
蚕が糸を紡ぐ古い夢だ
アレキサンダー大王の兵士たちが
初めて絹を見たのは紀元前三二七年だから
もう遠い昔
いまひとつ
天山北路の絹の道を越えてきたのは
木と絹の弦でできたトンプラだ
黄河の絹が
はるか西の地中海の町まで運ばれていったのは
大王東征よりのちのことである
ヨーロッパからきたトンプラという弦楽器が
天山越えをしたのは
いつのことか明らかでないが
ぼくは思い起す
砂にうずもれた町々をめぐりゆく
西からきた即興詩人のことを
吐魯番《トルファン》はタクラマカン砂漠の北辺の町
春になるとゴビの黄砂の風が吹く

秋谷　豊（あきや　ゆたか）

1922〜2009年、埼玉県生まれ。詩集『日本海』『秋谷豊詩集成』。詩誌「地球」編集・発行者。埼玉県などに暮らした。

夏は熱風が吹いて実った麦が枯れてしまう
干あがった村の土でできた干ぶどう小屋
赤い山はだをむきだしにした火焔山
ああ　唐の詩人岑参《しんしん》の送別歌
彼が「君を送る九月交河の北」と歌った
遠く遠く見えない塔と城よ
吐魯番の女はどれも美しい
赤いスカーフのかげの耳飾りは
満月の夜の葡萄棚の下の影を忘れないだろう

それより淋しいのは即興詩人だ
トンプラをかかえトルコ帽をかぶった彼の歌は
ウイグル語で
太陽　クン
月　アイ
雲　ホルト
山　タオ
そんな単語をならべた即興の曲に
ぼくは耳をすましたが
その声のする方向へと

ぼくは砂塵の中を歩いて行ったのだ

海の道

井上靖さんの詩に
ウイグルの集落の人たちは
酒をのむと　太古　ここは海だったと
そんな歌を唄うとある
ぼくの貧しい比喩をもってしても
砂漠は海であった
タクラマカンの黒い砂嵐の中を行く
玄奘三蔵も
インドへの道を熱海波濤の路と書いた
少年時代　ぼくは海を見たいと思った
海はどこまで行ったら見られるか
しかし平野の果てから果てまで歩いても
海はなかった

子供の頃からあこがれてきた
幻の国の幻の海
それをいまたしかめようと思う
黒い嵐の吹き荒れる砂の海を

われわれは徒歩とロバで横断した
キャラバンでぼくが愛したのはロバであった
哀れなロバは夜まんじりともしなかった

「よく眠れたかい」
「ロバみたいに眠ったよ　干し草の中でね」
砂の廃墟があらわれては消え
どこまで行っても水平線は見えない
ロバに乗ったウイグル族の少年に
ぼくは吟遊詩人みたいな顔をして
詩を二つ三つ読んでやったが
昼はまだ深々とした闇だった

ビビハニム・モスクに別れを告げて

森　三紗（もり　みさ）
1943年、岩手県生まれ。詩集『カシオペアの雫』、評論集『宮沢賢治と荘巳池の絆』。宮沢賢治学会、日本現代詩人会会員。岩手県盛岡市在住。

さようなら
丸い何日置いても食べることの出来る　ナンというパンの暖かさが伝わってくるサマルカンドの裏街　遠く雪を抱いている　パミール高原へ続く山々が見え　青いビビハニム・モスクのドームの屋根が空に浮いている　アフラシャフの滅びた丘の次に出来た町を見下ろせる新しい丘　サマルカンド外国語大学の近くのアパートに居てセントラルヒーティングが切れ　小さな一つの暖房機しかなかった　お湯のぬるいシャワー　そして　火力の低いガス　でも　滞在は楽しく　子供たちが劇場の前ではしゃぎ　登場人物たちと遊戯していて　ウズベキスタン語の歌が聞こえてきた　そんな思い出を心の奥深くしまったまま

さようなら
ビビハニム・モスクの内部は滅亡したままで補修を待っている　ビビと町の人々に愛されビビハニム廟を補修するタジク人　修理のマイスター　ウスミュライフ・ラフモニフ・ラヒムは　訪れる観光客に語る　始めて十年経つ　後六百年は必要だと言う　補修完成のいらだち

千九百スムを臨時に払う　生涯かけて補修する笑顔が美しくまぶしい　廟が廟を呼び　巡礼の後に従い　「死者の通り」を歩く　シャービスィンダ廟群の　息を飲む装飾の美しさ　死者が横たわる棺のどこかに　真珠が眠っているように　十二の廟のタイル模様は　どれ一つとして同じ模様は無く　墓守の手引きで「楽園」のドアに再会祈る

さようなら
どこか巷の店先から焼き鳥に似たシャシクのおいしい香り　サムサを揚げる匂い　敬虔なアラーの神に十五人の一族を連れた長が祈りの先導をしている　死者と生者が入れ替わる錯覚がする　喧騒なバザールの帰途　堰を流れる家庭排水　投げ捨てられたビルディングの陰のゴミ
　迷子になってしまったサマルカンド大学を出たプレジデントホテルの交差点　私は交差点のあたりで行き来して　あなたを待つより術はなかった　不安な街角　テロが起こっても何の不思議もなく

さようなら

結婚式に呼ばれ　古典的な中央アジアの歌が流れる　日本人の客は初めてと歓迎され　私たち夫婦が一番目にスピーチした　旅立ちは豪華で祝福されるが　二人で航海の荒波を乗り越えて行く　花婿　花嫁は　片手を胸に礼儀正しくすべての祝辞を起立したまま聞いている　会費は一切なく　招待客は五百人　お祝いを持ち寄り　民族衣装に身を飾り　絨毯を持って来て祝う人もいる　クルド人の末裔が　シルクロードをキャラバンを組みサマルカンドから天山南路で長安まで　伝えてきた技の見事なじゅうたんや陶器　祝宴最後は踊子と踊り上手たち招かれて私は踊るナニャトヤラ　ウオッカの酔っぱらいを煙に巻く

山の文化館で*

気をつけて　上ってください
なにしろ明治の建物ですから
少しへこんだ木肌に半世紀まえの
小学校の階段が甦り
いちだん　いちだん　暗い急な階段をのぼると
ぱっと　あかるい畳の広間に
澄みきった秋の光があふれていた
火のない囲炉裏をまえに
登山家の詩人秋谷豊さんは
深田久弥の「中央アジア探検史」をめぐって話され
籐脚のガラスの机にひろげられた原稿
胸元に赤いベストがのぞく詩人に
窓外の大きな銀杏の木がさざめいて
まだ黄緑色の葉が
ちらちら
　　　　ちらちら　影を降らしていた

シュガール・ヒマール峰
天山山脈　ボコタ
タクラマカン砂漠
ろば　らくだ　ランプ

池田　瑛子（いけだ　えいこ）
1938年、富山県生まれ。詩集『母の家』『岸辺に』。
日本現代詩人会、富山県詩人協会各会員。富山県射水市在住。

ゆうべテレビで見たシルクロードの地図に
地名を嵌めこみながら聞いていた
フランスの登山家ジュプラの詩
いつか山で死んだら
　　古い山の友よ伝えてくれ
フランス語で愛唱していた深田久弥の訳詩という
山の話を聞くために
久弥を訪ねた井上靖がその歌を知り
『氷壁』で主人公が遭難した親友を偲ぶ歌にしている

帰る電車は夕映えのなかを走り
遠ざかる田園に
妖しいカードを撒き散らしたように
家々のガラス窓が赤く染まっていた
燃えるような夕焼けに包まれていることを
たぶんあの家々の人は知らないのだろう
ほんのひととき　誰にも
気づかれずに赦されている抱擁のように

*深田久弥記念館

アムダリア河畔の種売り娘

アムダリアの大きな鉄の浮橋を
夕暮れ時に悪魔の子が渡ってきた
「ねえさん　ひまわりの種いくらだい」
露店のスカーフの顔をジロリと見上げ
田舎娘をねぶみした
「イッパイ　百スムだよ」
娘の返事に
悪魔の子はぺろりと長い舌をだし
「まちがいないな　そらイッパイ百スムだ」
きれいな指でコインを投げ
台の上にひろげてだしたおおきな袋
アムダリアに落ちる夕日は息をのみ
落ち着きはらった娘は
台の下からキラキラ輝くグラスをだす
ちいさくちいさく盛られたひまわりの種
「さあ　まちがいなくイッパイ百スムだよ」
袋に種がパラリと散った
夕暮れ時のアムダリアの浮橋は
ギーコ　キーコ　うすわらい
悪魔の子はひろった枝でカンカンたたき
渡りかけたバスを転がして
おこってかえった

草倉　哲夫（くさくら　てつお）

1948年、福岡県生まれ。詩集『夕日がぼくの手をにぎる』、評伝『幻の詩集　西原正春の青春と詩』。詩人会議、日本現代詩人会会員。福岡県朝倉市在住。

ウズベキスタンにもたくさんの民話があります。その中に、トルストイ民話に出てくる悪魔の子に似た話を一編見つけました。ウズベキスタンにも悪魔がいるんだと、思いました。アムダリアの鉄の浮橋を渡る時、その悪魔の子が僕にあいさつしました。僕はその悪魔の子を主人公にしてこの詩を書きました。
なお、アムダリアには、軍事上の必要でわざと橋がかけられていません。

砂漠の　影

死者の夢なか
白い灰の堆積

うつろい易い砂の予感
埋《うず》もれた湖《うみ》の輝よい

乾いた雨音　太古の…
遠い　海なかの横笛《フルート》

幾つかの滅びた平野を越え
没陽に　とおく母の呼ぶ

—薄暮れた　影の輪舞—

黄砂《こうさ》の街

暮れなずむ
龍胆《りんどう》青の空から

神原　良（かんばら　りょう）
1950年、愛媛県生まれ。詩集『星の駅—星のテーブルに着いたら君の思い出を語ろう…』『オタモイ海岸』。日本現代詩人会、日本詩人クラブ会員。埼玉県朝霞市在住。

風が　ふる
ジギタリスの影が　墜ちる

妹は　今朝　身罷《みまか》った
「神を待つ」
と　ひと言
然し　その神は来たか

無音のまま
街は　黄塵《こうじん》に閉ざされ
降りながら　化石する雨の中に

立ち尽くす　風の運河
髪の白い少女
一瞬　妹の幻影か　あれは

天の星・地の星

谷口　ちかえ（たにぐち　ちかえ）
旧満州奉天生まれ。詩集『地図のかなたへ』『木の遍歴』。
日本詩人クラブ、日本現代詩人会各会員。東京都練馬区在住。

生きている輝きを
健気《けなげ》にも美しいと感じたのは
そこに圧倒的な自然があったからだ
　海の底が隆起して
　三億年の時が刻んだカルスト・石林
　古代の地殻変動が
　五千を超える二つの峰を分けたところ・虎跳峡《こちょうきょう》

命の脈動がつなぐ営みを
ことさらはっきり感じたのは
想像を超えるはるかな時と　今という一瞬とが
光と闇のはざま深く切り結ぶのを見たからだ
　林をなす石に映える彝族《いぞく》の娘の民族衣裳
　千段を往復して
　長江の激流間近に客を運ぶナシ族人力車夫の汗

大陸の賑わう大都市を知らないまま
西域のシルクロードへ
西南のシルクロードへ
辺境にばかり誘われるのは

生きている意味を何度でもまるごと感じたいからだ
それは世界のどんな片隅にでも咲く花
この大地に散りばめられた　ひそやかな星

雲南省――
そこはまた友が　その友の友が
父を亡くした戦地
援蒋ルートで　久留米師団が壊滅したビルマ戦線で

定期入れにいつも恋人のように隠していた紅顔の
その遺影を　わたしもまた忘れない

今日一日　なぞっていた思いを
今宵　ここから手紙に書く
　天の星となった父たちに
　戦後へと送りだされた私たち
　息絶えた父たちが命の脈動を託した私たちも
　風雪の厳しい岩場に咲いた　ひともとの茎
　光年の光と交叉する
　地上の星

莫高窟《ばっこうくつ》一五八窟
——佛涅槃像　西壁

オアシスの林の中のけものの踏み分け道から
断崖の中腹に穿たれた洞に足をふみいれると
すっと
幻影が浸透してくる
睡蓮
あっ
睡蓮が足元に花を灯している
こんこんと湧きでる泉の水面に
どこから射しこむのか
（洞のなかなのに）
月光のようなにぶいひかりがゆらゆらゆれている

熱砂
熱風の回路をめぐって
前奏の建元二年
アランニャ[*1]をもとめて
竜堆《ヤルダン》をまたぎ
この世の辛酸をさまよってきた
ひとりの遍歴の沙門が三危山に金色の光を見て
熱砂のほてりを管のような洞の奥にさしこみ
菩提をねがって禅定に入る

埋田　昇二（うめた　しょうじ）
1933年、静岡県生まれ。詩集『富嶽百景』『ガリレオの独白』。
詩誌「鹿」「青い花」。静岡県浜松市在住。

楽僔[*2]さん！
母さんどこ！
巡り巡ってやってきましたよ
あなたの胎へ帰ってきましたよ

いきなり
からだの芯を襲うあの愉悦のような波がさわさわうちよ
　せてきて
ひたひたと震えがきて
ざらざらした石壁に身をさらす
般若をこする
般若をなめる
きしむ
霊魂たまらず
みだらな欲望に身をまかせば
波羅蜜多となるか
白い砂が痛い
（しなやかにのけぞる予感の寸前）
あっ
号泣の声がする

やっぱり
愉悦
のあとの心を空にしてゆったりと横たわる巨きな涅槃仏
　を囲んで
天を突いて慟哭している仏弟子たち
悲しみのあまり剣で我が身を傷つけている男たちのむれ
　に
（ぼくも仲間入りして）
羊水に漂いながら捨て子になった夢をみている
霊のまま
あなたの胎児になって
いつまでも
あなたの水子でいたい

変ですね
あなた仏陀さんって
救世観音さんではないのにねえ

でも傍らに
（仏陀さんが逝ったのに）
宝冠をかぶって立っている
菩薩さん！
瓔珞《ようらく》をゆらして微笑んでいるのは
許せない

気味が悪い
ぼくにはあなたたちがただの記号だとは思えない
たとえ白装束《しろしょうぞく》を着ていたとしても

毒きのこが入った粥をのみながら
たましいをあそばせながら静かに村を去っていった
仏陀さんに
捧げる花は
記憶の切断面からふきだすのはいつも黒まだらの鬼百合
　だ

花瓶にさした百合がざっくり切られたあとの
黎明の死に耐えて
ここ
洞のなかで
それでも
蓮の花が咲く水面はゆれているのだが
幻影から解き放たれると
仏陀さんは涅槃に入って
たいくつな菩薩さんに囲まれて
ぞっとしているにちがいない

＊1　アランニャ　梵　阿欄若 aranya 閑静で僧の修行に
　適した所、寂静処
＊2　楽僔　前秦の建元二年（三六六年）はじめて莫高
　窟を開鑿したという伝説上の沙門

楼蘭の美女

安森　ソノ子（やすもり　そのこ）
1940年、京都府生まれ。詩集『香格里拉で舞う』、エッセイ集『京都 歴史の紡ぎ糸』。詩誌「呼吸」、日本現代詩人会会員。京都府京都市在住。

年間降水量が　一〇ミリ前後と極端に少い中国内陸部の
　楼蘭で
偶然という過程は置いておき
鳥の羽根を一本ピィーンとつけるおしゃれ心
私も血液型はO型　身長は同じく一五二センチ
やがて永眠の時を迎えれば
星降るもとでの友でありましょうから
現世で努力を積んだ女心は
きっと新鮮な共通の話を送り合うことでしょうから

それにしても　一九八〇年に発見された貴女は
自然と人間のロマンを考えさせ
美しい声で永遠への時空を語って下さるのです
女性ミイラと呼ばれても　伝わってくる心音
黄色人種ではなく白色人種系の顔　姿態
中国の楼蘭古城近く
夏期には気温が四〇度前後まで上り
土葬された遺体は高温　低湿度下で自然にミイラ化した
　場合の　愛しい〈生還〉

栗色で　波うつやや長めの頭髪
くぼんだ眼　高い鼻筋　薄い唇
身長一五二センチ　血液型はO型の貴女と
ようやく再会できました

タリム盆地のタクラマカン砂漠まで来た甲斐がありました
草で編んだ面覆をそっと掛けられ
雁の羽を一本挿したフェルトの帽子をしっかりとかぶり
仰臥の姿勢で永眠の旅につき——
羊の皮と粗い毛織物を身にまとい
四肢を伸ばし　革靴を履いていた麗人

青銅器時代に生きていたとされ
死亡時の年齢は　四十歳から四十五歳
時を経て　遺体ではなく史実を発光する豊かな個性とし
　て現れためぐり合わせに
二十一世紀の人々と共に　胸高鳴らせ　頭を下げている
　のです
教わりたい　伺いたい　地上での当時の暮しを
この天体で生を受けた者の幸を語り合いましょう

信仰

山口　修（やまぐち　おさむ）
1965年、東京都生まれ。詩集『地平線の星を見た少年』（共著）、『他愛のない孤独に』。東京都国立市在住。

腑に落ちた
携帯をスマホに持ちかえて
〝今〟必要な電気と　充電のため
〝前もって〟必要な電気とは何か違う

あとを引くのは快に垂らした不安の一滴
人参は常に鼻先に吊るされている
二万世紀前の馬は振り返ってはみたが
人はもう振り返ることもしない

一方　チベット・ラルンガルゴンパの仏僧は
父の死から僅か三ヶ月後に亡くなった母を
鳥葬で弔う　亡骸は人の手で骨肉を砕かれ
禿鷹が群れ　全てを食い尽くす

最先端の心ない科学は然もありなんと頷くか
心あるロボットが輪廻転生を主張し始めたら
だが禿鷹は虚空を見つめるだけ
その姿は救いだ

人が人に添えた掌から　人の手が
掌の窪みに宿る神の眼差しが失われてゆく

それでも、祈りを暮らす彼の地の仏僧の心が
私たちの心ではない、と決して断言はしない

百年、千年を渡り今をも呑み込む
深くゆったりと流れる大河のせせらぎが
遠く近くに聴こえる——という
そんなひとつの信仰でいい、私たちには

決して断言はしないが…
ここがそこで、あの時が今なのかもしれない

万年を遡る流れが巡り巡っている
馬の　禿鷹の　だれかれの足元にも

鳥に啄《ついば》まれるために

下地　ヒロユキ（しもじ　ひろゆき）
1957年、沖縄県生まれ。詩集『読みづらい文字』『とくとさんちまて』。宮古島文学同人、日本現代詩人会会員。沖縄県宮古島市在住。


　土葬にされた男は夢の暗がりで呻《うめ》く。土葬はいやだ。冷えた土の底で暗闇の中で少しずつ腐りながら醜いゾンビの姿となり何世紀も密室の恐怖を味わっているなんて。生きていた頃、俺はいつも社内の片隅で息苦しい想いで死んだも同然だったのに。

　火葬にされた女は薄暗い枕元で叫ぶ。火葬はいやだ。死んだ後まで1000度の劫火に焼き尽くされたくない、骨の髄までボソボソにされギュウギュウに骨壺に押し込められるのはいやだ。生きていた頃、我が家の家計はいつも火の車だったのに。

　水死した幼児と老人は失語の闇の奥、人差し指を立てる。水に攻められ、火に侵され二度も死ぬ螺旋《らせん》の苦しみを誰かに伝えたそうに・・・。

　僕の全身全霊は呟く。僕が死んだら鳥葬にしてくれ、遺骸は陽のさんさんとふりそそぐ見晴しのいい岩山に野晒《のざら》しにしてくれ・・・。やがて天空に、ひとつふたつ・・・、黒いシミが現れ、無数に現れ僕の死体に群がるだろう。生きていた頃、僕は鳥が大好物だった。どんな不信心者にも訪れる聖夜、まるまる一羽をナイフで仕分ける歓喜は忘れられない。極めつけは鳥の骨で作った笛だった、吹くたび心の深奥で、いつも沈黙している場所が・・・、その時だけは応答した・・・。

　だから鳥たちよ、思う存分、食べておくれ僕を、僕であった眼球、耳、脳髄、心臓、はらわた・・・。あらゆる気管のひとつひとつが鳥たちの胃袋に収まり、鳥とともに天空に舞い上がるだろう。鳥とともに大地ははるかな想い出となりゆっくり遠ざかるだろう哀しみもなく、鳥とともに懐かしい眼差しのような天空はゆっくり近づくだろう喜びもなく、そして、初めて味わうめまいのような浮遊感を胸一杯に吸い込んだ無数に分裂する僕だったすべては、もう一度、必ずもう一度、目覚めるだろう。

大黄河

ぼんやりと毎日を過ごしていても
ときには
意外なできごとに出会うものである

ある夜のこと
テレビレポート「大黄河」を見ていたら
チベットの若い僧がでてきて
鳥葬される死者を前に
こう語っていた
「人を殺した者も　馬を盗んだ者も
　裏切り者も
みな　極楽浄土へ旅立つことができる……」

その時
顔立ちを見ていて気がついたのだが
この僧は
数年前に甲子園で力投していた某高校のピッチャーでは
　ないか
たしか
あの時の彼にまちがいなかった

林　嗣夫（はやし　つぐお）
1936年、高知県生まれ。詩集『そのようにして』『洗面器』。
詩誌「兆」、日本詩人クラブ会員。高知県高知市在住。

こめかみを這う静脈
首に光る汗
筋肉の腕やはげしい目の静寂
（そして
　空の青も　立っている砂漠も）

甲子園から黄河上流へ
その圧縮されたひとつづきの時間を
ゆっくりとたどってみることができる
この僧は
機会さえあれば
甲子園での激戦の思い出を
語ってくれるはずである

四章　東南アジアⅠ

ミャンマー（ビルマ）・タイ・ラオス・カンボジア・ベトナム・マレーシア・シンガポール

乳海攪拌

インド　エレファンタ島
麻服の背の皺離島に船が着く
シヴァ神の三面勁《つよ》し夕暑し
エローラ
炎帝や石窟あまた従ふる
石像の顔の壊《く》えをる炎暑かな
タージマハル
白鷺は魂か王妃の廟へ翔ち
カンボジア　アンコールワット
睡蓮の密々殖ゆる伽藍かな
地獄図や慎みたたむ白日傘
青蔦のうねり蛇神の回廊へ
乳海攪拌《にゅうかいかくはん》大蛇は鱗落しつつ
石柱の涼や細腰女神像

角谷　昌子（かくたに　まさこ）

1954年、東京都生まれ。句集『地下水脈』、評論集『俳句の水脈を求めて　平成に逝った俳人たち』。俳人協会理事、日本文藝家協会会員。東京都三鷹市在住。

アンコールトム
夏暁や菩薩の巨顔泛く寺院
木々騒ぎ象のテラスの灼けてゐる
タイ　スコータイ
かささぎが越ゆるはるかな仏塔を
仏像の首無きが並む盛夏かな
天井の守宮が卓に落ちにけり
アユタヤ
夕焼に煉瓦遺跡の影沈み
おもかげやパパイアに匙深く入れ
スリランカ
ジャングルの夕焼よ歩む親子象
蓮の花捧げをろがむ仏陀の歯
シギリヤロックあえぎ登れる額の汗

Bangkok　バンコク

血流のバンコク　バイクがくねりくねり
バンコクの乳房重たき夜を歩く
マンゴー熟れるけだるき川を遡る
緑濃くなる水辺の暮らし　胸はだけ
仏塔の影ののびくる物乞う掌
匂い立つバンコク　痩身の仏紛れ
うつうつ川波　タトウゆがませ操舵の腕
寺院暮れ　老婆も睡蓮《ハス》もたたみ込む
少年の首も浮上の暁寺院
菩提樹のねじれ花噴く　崩壊仏

中永　公子（なかなが　きみこ）
1953年、大阪府生まれ。句集『星辰図ゆるやかなれば』『受胎告知』。
俳誌「青群」、現代俳句協会会員。兵庫県神戸市在住。

昼月欠け　首切断の仏たち
仏塔暮れ　昨日の夢の犬眠る
バンコクに白い花輪の朝が来る
プルメリア　タイの少女の黒瞳がち
乞食のつぶやき充満　香辛市場
床下にシャツ干す暮らし　風の老婆
アユタヤの涙の渦の布袋草《ほていそう》
三輪タクシー　釣銭くろく握り込む
月光と豚骨投げ込む　路地の鍋
象に乗り　遺跡も夜も揺らいだまま

仏手柑

（表題・抄出はコールサック社編集部）

初潮の目指すは唐招提寺なり
黄落の万恒河沙《まんごうがしゃ》の音がする
登仙の羽は無けれど月を待つ
糞掃衣《ふんぞうえ》被て夏草は道の端
冬波の五体投地のきりもなし
活火山百を並べて草石蚕《チョロギ》喰う

句集『萬の翅』より

煩悩具足五欲も完備雪の底

ベトナム三句

アオザイや国の形も女体にて
ベトナムコーヒー呑めば目玉が熱くなる
メコン川永久《とわ》に濁りて永久の夏

高野　ムツオ（たかの　むつお）

1947年、宮城県生まれ。句集『片翅』、評論集『鑑賞 季語の時空』。
俳誌「小熊座」主宰。宮城県多賀城市在住。

散ればみな莫逆《ばくぎゃく》の友冬紅葉
宵闇や舌に崩れる金楚糕《ちんすこう》
俳句とは斯くあるべしと仏手柑《ぶっしゅかん》
蓬莱に盛れ汚染土の百袋は
万緑のここが奈落や極楽湯
冬晴や五臓六腑の隅々へ
笹鳴《ささなき》は六道輪廻する火花
どんど火の跡黒々と五欲あり
見上げたる我も蛟《こう》龍《りゅう》春の月
茶毘《だび》の火となりても生きよ桜満つ

句集『片翅』より

憧れのアンコールワット

秋野　沙夜子（あきの　さよこ）
1942年、東京都生まれ。エッセイ集『熟年夫婦のあじわい』『勘ちがい知らぬ間の罪つくり』。短歌誌「かりん」。栃木県小山市在住。

ラジオから「ルソン・アンナン・カンボジア……」流るる歌に知りしカンボジア

教科書の写真に見たるアンコールワット　見るは叶わぬと思いて五十年

旅好きの長女に誘われ夢のごと連れ立ち行きしアンコールワット

真直ぐなる広き参道行きたれば突如現わる巨大なつくし

四百年森に埋もれしアンコールワット　二百年前に陽の目を見たる

広き道哀しき笛の響きあり通る我らに奏ず「赤とんぼ」

参道に手製竹笛奏でるは内戦犠牲者傷い軍人

参道に傷い軍人並ぶ様終戦直後の上野思ほゆ

ワット壁十二丈に廻るレリーフは狩猟・漁猟に農工商ぞ

アルタミラ・高松塚にワットの壁記録望める人の性知る

血塗れの床

中田　實（なかだ　みのる）
1953年、東京都生まれ。歌集『奄美』。月光の会。
千葉県市川市在住。

免許要《い》らずバイクの後ろに三、四人街に流れ込むプノンペン街の

プノンペン優しき音の都市の名に首都ただ中に刑務所ミュージアム

高校の教室を改造し拷問室に　床に残るは血の痕そのもの

独房の仕切り空間ゆ生還し刑務所片隅に自筆本を売る

この部屋の床にぞ　血・血・血　生生と血塗れの床二百万民《たみ》の

この国の現し代の史に千九百　七五年の遥けし大量虐殺の

喉元に剃刀をあて忍び寄る背後の執行人喉元を裂く

壁一面に絵と顔写真続き行く老いも幼なも男も女も

その部屋より外に出る刹那　外光の眩きに眼を閉じたる刹那に

ガイドの声語りし後も響きをり　ポルポトも悪《あく》ベトナムも悪

歌集『奄美』より

円かなくち

座馬　寛彦（ざんま　ひろひこ）
1981年、愛知県生まれ。現代短歌舟の会、歌誌「まろにゑ」。
千葉県我孫子市在住。

種子となりマングローブの岸に着くルバブの音を漂ううちに

月と日が代わるがわるに寄せる岸　スピーカーから響くガムラン

マンデリンを濃いめに淹れておおどかな土の匂いにむせる愉しみ

鉢植えの若いパクチー夏闇に香りはじめる　きみ雨もよい

仏塔《チェーディー》は虚空に竦むいただきの祈りの蕾をかたく閉ざして

くきやかに施無畏の印をのこし往く遊行仏はくらい通路へ

陰鬱なマグマのように「リサイクル工芸村」にプラごみ盛《さか》る

われわれの禊ぎの水で「プラスチック村」を出る川混濁のくろ

メコン川おのが記憶を食って吐き苦りもにごし〈今〉に居直る

メコンオオナマズのような歯牙のない円かなくちだ喰いつく風は

女たちへのエレジー

　女たち。
チリッと舌をさす、辛《から》い、火傷《やけど》しさうな
野糞《のぐそ》。

ジャラン・ブッサル（星州坡《シンガポール》）の煤毛《すすげ》のダイモン・サリ
　ン。やつはヒンヅー種の莫連女《ばくれんをんな》。さながら
　火喰鳥《ひくひどり》。男とみれば誰《だれ》にでも赤い舌をペロリ
　と出し大声をあげてわめきちらす。――バロ
　ア（この乞丐坊《きつかいばう》）くれてやらあ。

スマトラのメダンの新市《しんいち》をながしてあるくペカロンゲン
　うまれの出稼《でかせ》ぎ女。しやなりしやなりと腰を
　ふる。腕をふる。その胸には、それもまがひ
　の金貨の釦《ボタン》。釦穴にさした花一輪。あの女た
　ちの黒い皺《しわ》。黒い肛門。

暹羅《シャム》のわたりもの共。あの女どものおほかたはしがな
　い妾稼業《めかけげふ》。夜も昼も、数珠《じゅず》を爪《つま》ぐるやうに
　銭勘足《ぜにかんじやう》。

金子　光晴（かねこ　みつはる）

1895〜1975年、愛知県生まれ。『金子光晴全詩集』『マレー蘭印紀行』。東京都武蔵野市に暮らした。

ステレツの日本女《にほんをんな》たち。よごれ浴衣《ゆかた》一枚でしだらなくね
　そべつたあの女たちの腹の上を、紅殻色《べんがらいろ》の翅《はね》
　をおつ立てて、大きな油虫奴《め》の一群《いちぐん》が風を起
　して翔《と》びわたる。

マレイ半島、バトパハでは、女といふ女は、のこらず歯
　ぬけ。

芙蓉市《フーヤンし》で、黄《き》ろい眼《め》やにのかたまりで眼がふさがつて、
　昨日《きのふ》の客のみわけがつかない女。襟垢《えりあか》が固《かた》つ
　てひびが入《い》り悪疾《あくしつ》のかさぶたがあつちこつち
　に。市場《いちば》から市場へふごに入れられ、はこぼ
　れて転々とうられてきたオラン・チナは、ど
　つちむいて生きてゆくのか、じぶんの方角す
　ら皆目《かいもく》しらない。

辺外未開《へんぐわいみかい》の地をさすらつて、どこまでもくつついてゆく
　この身こそ、女共にたかるかなしい銀蠅《ぎんばへ》。

ヤンゴン――「ミャンマーの旅」より

小山　修一（こやま　しゅういち）
1951年、静岡県生まれ。詩集『人間のいる風景』。
日本詩人クラブ、日本作詩家協会会員。静岡県伊東市在住。

高菜漬けと魚のはらわたが混ざったような発酵臭が
ふつふつとたちのぼり　肺を充たし　脳髄に纏わりつい
　てくる
賑やかなダウンタウンの街道にも路地裏にも
所狭しと露店が並び
雑然とした市場《いちば》の空気は蒸し暑く澱んでいた
スーレー・パヤーを正面に見て
魚や鶏肉売りの通りに歩をすすめる
目鼻立ちの際《きわ》立つ二十歳くらいの娘が
指を血に染め
こちらに笑顔を見せて魚を叩き切っている
日常品や衣類の店　布製品の店
果物　野菜売りの通り
「ビルマの竪琴」の国の日常に足を踏み入れた僕は戸惑
　いながら笑顔をつくり
マンゴスチンとバナナを買い求める
ミンガラーバー（こんにちは）
チェーズーティンパァデェ（ありがとう）
市場をひと回りした後　タクシーをひろい
日本人墓地に向かう
ここは太平洋戦争下七万二千人の日本兵が亡くなったと
　いわれている白骨街道の国なのだ
昭和三十年代の故郷の空気に似ている草いきれの中
無念の思いを残して逝ったであろう人々の霊魂にお線香
　を焚向け　手を合わせる

現在《いま》は観光客が訪れる人気の多民族仏教徒の国ミャン
　マーだが
温和な市井の人々の白い歯列の向こうでは
軍部が省庁を牛耳り　軍人が銃を肩に睨みを利かせ
イスラム系ロヒンギャ族の迫害を続けている
ひび割れのような国境線　色分けされた大地
（その内側に住む者は国民と呼ばれ、国家の名の下の不
　条理にさえ知らず知らず加担するのだ）
古い木造の家々が寄り添う帰り道
屈託のない表情の人々と目が合う
ちりちり照り付ける午後の太陽
じわり汗　土埃が舞う
少年僧の集団と擦れ違う

水上の家

カンボジアのシェムリアップから程近い
東南アジア最大のトンレサップ湖は
伸び縮みする湖として知られている
その面積たるや　乾期は通常
日本最大である琵琶湖の四倍ほどのものが
雨季にはその約六倍ほどに膨れあがり
水深一メートルが九メートルに達するというから
年に最低二回は住居を移転するらしい
勿論　陸に近い所には水量に関係のない
超高床式の住居もあるが

湖上には丸太や竹などで組んだ筏状の上に
建物が浮かんでいる　そこには住宅の他に
学校　教会　病院もあり　更に食堂
豚や鶏の家畜も飼われ　水上であっても
陸の生活と変わらない
またこの湖の上には百ほどの集落があり
一つの集落にはおおよそ一万人が生活し
ベトナムからの移住者も多いらしい
この国ではかつて内戦があり
隣国では国を二分する戦争があったのだ

安部　一美（あべ　かずみ）

1937年、福島県生まれ。詩集『父の記憶』『夕暮れ時になると』。詩誌「熱気球（詩の会こおりやま）」、福島県現代詩人会会員。福島県郡山市在住。

水上は土地代がかからないというから
短期間であればこうした場所での
生活も悪くはないと思えるのは
旅行者ならではの安易さからか

湖上遊覧を終えた観光客がバスに戻ると
どこからともなく子どもたちが
片手を差し出してバスを取り囲んだ
危険ですから窓を開けないでください
添乗員が車内で呼びかける
道路沿いの質素な木製の櫓の上では
大人たちが黙ってそれを見ている
バスが動き出すと
裸足の子どもたちが追いかけて来たが
やがて砂埃の中に消えた
その時　かつて日本でも
敗戦で進駐して来た米兵のジープに
子どもたちが駆け寄り
チューインガムをせがんだ風景が
オーバーラップした

夕陽のしずく―ミャンマーの友へ―

吉村　伊紅美（よしむら　いくみ）
１９４４年、京都府京都市生まれ。詩集『夕陽のしずく』『日本人のための英語ハイク入門』。英語ハイクの会 EVERGREEN 代表、「饗宴」同人。岐阜県岐阜市在住。

曼珠沙華夕陽のしずくのみほして

ある日とつぜん
曼珠沙華が
燃える炎を吹きあげるように咲くとき
軍事政権への抗議は
灼熱の太陽をのみこんだ炎となって
友の住む国の隅々に
広がって行った

抗議デモに加わった僧侶に　若者に
銃弾が炸裂した
大地は若者の血を吸うヒルとなり
空は母の嗚咽を汲みあげ
雨期はいつになく長く続いた

受取人不明で戻ってくるかもしれない手紙を
友に投函するとき
曼珠沙華の赤い華は土の中に消えていた

ピラカンサスの木に潜り込んで
山鳥が赤い実を啄《ついば》んでいる

今日も胸に浮かぶ風のように舞う友の姿
長い髪を独特の髪型に高く結いあげ
金色の櫛を挿し
ロンジーの裾さばきも軽やかに踊る水鳥の舞
岸辺の花とせせらぎが囁き合うミャンマーの舞踏
友は赤い実を口に含んでほほ笑む

ある日とつぜん
曼珠沙華が夕陽の一滴をのみこんではじけるとき
友からの便りを口にしたあの山鳥が戻って来ると
わたしは待っている

からゆき初音

三池炭鉱の　積み出し港だった
口之津港《くちのつこう》からバッタンフルの
船底に隠されて
中国や東南アジアに売られて行った
からゆきさんと呼ばれる娘たちがいた

おそらくその中の　一人なのだろう
クアラルンプールの　日本人墓地に
残された墓碑銘は　大仁田初音
出身地は熊本　享年十五歳

明治から大正の　影のような時代
影のように生まれ　影のように生き
貧困の罪を　咎なく背負わされ
そして影のように　消えた娘たち
あまりにも若過ぎる　その死の理由《わけ》を
墓碑の何処にも　見いだせないけれど
想像するには　あまりにも惨く
知らずに済ますには　これもまた辛い

そんな娘たちが　残したとされる
気品漲る　望郷のうたと
それにも増して美しい
文字に目を見張る

（注）バッタンフルとは、イギリスの船会社バターフィル・カンパニーの訛った呼び方です。

志田　昌教（しだ　まさのり）
1953年、長崎県生まれ。
詩人会議会員、福岡詩人会議会員。長崎県南島原市在住。

からゆきさんの辿った道

小雨に煙る島原大師堂で
からゆきさんの寄進を受けて建てられた
天如塔《てんにょとう》と呼ばれる栄螺堂《さざえどう》を仰ぐ

青く塗られた八角形の塔は
釈迦の座す蓮の花の花弁を意味し
来世への祈りが込められている

賤業婦《せんぎょうふ》と白い目で
見られるのはまだいい
病でお払い箱になった女たちは
鰐の養殖場に叩き売られた
生きているものしか鰐は餌にしない
だから息のあるうちに
容赦なく池に投げ込まれた

そんなからゆきさんを
元手をかけず
外貨を稼げる有効な手段と
逆に奨励をした文化人がいた

万民の自由と平等を掲げ
教育史に名を残す彼の偉人《か》だった
どうやら彼の唱える人間の中に
女性は含まれていなかったらしい
「女売るのも国のため」
女衒《ぜげん》の男が書いたという
そんな本まで残っている

大師堂での郷土史会が
終わったあとで
雨で流れた町歩きの代わりに
特別に公開された天如塔内部の
螺旋階段を昇って行く

歩かなければ見えないものがある
歩かなければ聞こえぬ声もある
からゆきさんは天に昇れたのだろうか
最上階の窓に
広がる雲が見えた

神々の供《そな》へに

西原　正春（にしはら　まさはる）
1912〜1945年、福岡県生まれ。詩誌「九州文学」、日本プロレタリア作家同盟員。福岡県大牟田市に暮らした。

私に逡巡《しゅんじゅん》はない
私はうしなわれた
神々の供へに
私も行く
　すべて古いことの終焉《をわり》に
　すべて新しいことの嚆矢《はじめ》に
私は一枚のしへんと化し
私を需《もと》めた民族の次の日のために行く
私は一枚の笹の葉だ
私は動揺し
沈み
流されるだろう
それは巨大な潮流のなすがまんまだ
白く罩《こ》めた硝煙《しょうえん》のなか
地平を追ふて進むものの影は
蜿々《えんえん》と續くだろう
私もそのなかへ行く
私は銃口を向け
曳金《ひきがね》を引くだろう
皇國《みくに》のための敵に
そして又白兵《はくへい》の影でみてやらう
胴中《どうちゅう》を貫いた銃剣の閃《ひらめ》く一瞬に
私の無為《むい》な生涯のなかで
一番高く眞剣な夢のひととき
銃火に明け暮れる地平の涯《はて》
神々の祈りに死者の花はひらき
夜はだんだん帰って行くだろう
光りの朝がやってくる

昭和十七年一月作

ビルマ戦線
――西原正春の戦闘幻視

彼はついに発砲しなかった
引き金を引いたが
　照準していなかった
撃つより撃たれる方が
　突き刺すより刺される方がいい

お前の小さい体體《からだ》がみるみる紫色に
かわった、ピクピク手足をのばし
お前は少し泣いて死んだ。

照雄よ！可愛い俺いらの照雄よ…
お前を誰が死なせたのだろう――
　誰がお前を死なせただろう――＊

ぬかるみに足を取られ泥水につかり
歩兵銃を抱きしめて
仲間の兵士とひたすら前へすすむ
　あわれな照雄よ
おまえは　みるみる紫色に変色し
すこし少し泣いて死んだ

呉屋　比呂志（ごや　ひろし）

1946年、福岡県生まれ。詩集『守礼の邦から』『ブーゲンビリアの紅い花』。詩誌「1／2」、詩人会議会員。京都府京都市在住。

　幼くして死んだ弟よ
　いま　おれにはお前の魂のかけらが視える………
敵が凱歌をあげ
赤く濁った雨のなかを
かれと仲間を踏み付け疾駆して行った
泥寧と雨に混じり
ビルマの赤い土よりもなお赤く西原は血の臭いに染まった
やがて
詩人のされこうべのうえに　つばくろが舞い
ひらりと海のほうへ飛び去った

＊「西原正春の青春と死」『照雄よ』（草倉哲夫著　朝倉書林）より部分

いつから

根来　眞知子（ねごろ　まちこ）
1941年、鳥取県生まれ。詩集『雨を見ている』『たずね猫』。
日本詩人クラブ、現代京都詩話会各会員。京都府京都市在住。

夕食の冷奴に
ミョウガや青ジソを添えて
香りもごちそうのうち

いつから気づいたんだろう
独特なそれぞれ香り
野菜がもつやおらかい香りを
なくてはならぬものとして

ぎょうざをこねるときの
ニンニクやごま油が効いた匂い
部屋中に満ちる
カレーの複雑な香辛料の匂い
食欲がわいてくる強烈なそんな匂いには
子どもの頃から慣れていたけれど

かつて東南アジアの香辛料は
金と同じで取引されたとか
肉の保存料でもあったそれらは
肉食が主なヨーロッパの人たちの必需品

でも　それだけではない
香りは人びとの脳に染みこみ
ハートを深く揺さぶって
なくてはならぬものになった

この前食べたタイの生春巻き
パクチーのパンチのある匂い
決してかぐわしいとはいえぬ
あの匂いに慣れて
おいしいと思ったのは
いつから

鉄橋

安井　高志（やすい　たかし）
1985年～2017年。千葉県生まれ。詩集『ガヴリエルの百合』、歌集『サトゥルヌス菓子店』。歌誌「舟」、詩歌誌「無責任」。千葉県八千代市に暮らした。

クワイ川には黒い橋がかかっていた。

踏みつぶした蟻の亡骸が恨みごとをいう暇もなく、片っ端から乾いていく……。僕がタイを訪れたのはそんな夏だった。

カンチャナブリの空は嘘くさいほどに青くって、バスの移動で疲れ切った僕たちをでたらめな暑さで打ちすえていた。添乗員さんがハンカチで顔を拭いながら、僕らの目の前にある黒い橋の歴史を喋り始めた。

橋の名前はどうやら「メクロン河永久橋」というらしかった。第二次大戦中、ビルマ占領を契機に作られた泰緬《たいめん》鉄道の一番の難所で、多くの捕虜兵が意志のない歯車として日本軍に強制労働をさせられた場所だった。

「こんな悲しい歴史があるんです。私たちもその事を決して忘れては……」

僕はそんな事を聞きもせずに、一分一秒でも早くエアコンの効いたホテルへ帰りたいと考えていた。やがて説明が終わって僕らは望み通り帰っていった。痩せ細った老犬のように炎天にうなだれながら……。

日本に帰ってしばらくして、団体旅行のアルバムが送られてきた。そこにはクワイ川の目の前でピースサインをしながら、無理に笑顔を作る僕らがいた。それは陽光で茶色く焼け落ちた椿のように、みじめで、汚らしく、疲れ切っていた。

なのに、写真に映る風景は油彩のように鮮やかな顔ではしゃいでいた。天に向かって子供みたいに大きく両手を広げていた熱帯植物たち。ミルクティー色に輝く水面。橋はそんな全てを父親のように諭しながら許しながら、ただ無骨に黒く光っていた。

（短歌）

甘ったるい君の涙を舐める夜三日月が凍る音も立てずに

ハッピーバースデイよ飛べ憎いんだ僕の心を砕いた君が

料金は君の依存だファム・ファタル優しくするのも受容するのも

エラワン哀歌

夕暮れの雑踏の中を
男はリュックサック一杯の爆薬を担いで歩く
鶏の皮の焼けた臭い
香草の臭い　油にはじける玉葱　人参　ピーマン　もやし
一日中照り付けていた太陽の熱のなごり
吐気をおぼえる人いきれ
男は何も考えていない
　悪こそ力　むかしからずっとそうだった
　変えなければならないのは確かなことだ　何かを
暗黒の使者の役割を自分がなぞっているという
ふわふわした居心地の悪さ
エラワンの祭壇に香を捧げる人々
何かの運命に導かれてここに来た
まさにこの時この一点で交わった
運命で結ばれたものへの憐憫　か
　君たちをみんな抱きしめるよ
　こんなにも愛しているのだから
そうして
意思を捨てて歩く男は
肩から爆薬をも下ろし
道端において
ふわふわと
心虚ろにその場を去って行ったのだ　とか

＊エラワン祠はタイ・バンコクの中心部にあるヒンズー教の祠。ブラフマー（天地創造神）が祭られており、金運アップにご利益があるとされ、バンコク第一のパワースポットともされている。一九五六年建設作業での事故多発を受けて土地の悪霊調伏のために設置された。二〇〇六年三月二十一日精神に問題を抱えたイスラム教徒によってブラフマー像が破壊される事件発生（犯人はその場で暴徒に殴り殺され、像は二ヵ月後修復された）。二〇一五年八月十七日爆破事件発生。二十人死亡、百二十五人負傷。

志田　道子（しだ　みちこ）
１９４７年、山形県生まれ（一歳より東京在住）。詩集『わたしは軽くなった』『エラワン哀歌』。詩誌「阿由多」、日本現代詩人会所属。東京都杉並区在住。

国道一号

宇宿　一成（うすき　かずなり）
1961年、鹿児島県生まれ。詩集『光のしっぽ』『透ける石』。
詩人会議会員。鹿児島県指宿市在住。

フエまでは
国道一号を行く
車は速度を落としながら
海辺から高地へ向かい
長いトンネルを抜けて
ランコー湾へと下って

端の車線を
逆行するスクーター
道を横切る
麦わら帽子の半ズボン
水田を耕す
固い肉を痩せた皮膚に閉じ込めた水牛たち

ハノイからホーチミンまで
ベトナムを縦断する大動脈は
のどかな景色に包まれている
争った北と南を繋いでいる

ベトナムは
もともと北部の国だった
南下して
チャンパ王国を奪った
少数民族、たくさんいる
ロンさんがそう教えてくれる

チャンパは良いレンガを焼いた
美山には古い像が残っている

分断も
統一も　等しく
悲しみに包まれたのだ

線路が
国道沿いに一本
真っ直ぐに伸びていて
そこを青い列車が
南へ走るのを
一度だけ見た

空がかき曇ったが
スコールは来なかった

ひとこと

農耕民族の詩

私が出かけたとき　稲はまだ幼穂の文化期だった
いまは　赤黄色に実っている
私が出かけたとき　あなたはまだ娘だった
いま　あなたは子供たちに囲まれている
ひとりを抱き　ひとりを背負い
ひとりを足にすがらせ　ひとりの手を引いている

これはヴェトナムで見つけた写真集「わが祖国」のなかの写真に添えられた詩。民謡なのか、写真家グエン・マン・ダンの詩なのかわからないが、農村の貧しさゆえに出稼ぎに行かざるをえなかった男の詩なのだろう。ヴェトナム語から英語に訳されているこの詩、訳すのに「幼穂の文化期」はちょっと苦労したところ。原語では「稲は割れていなかった」とある。稲は「幼苗分けつ期」を過ぎると「幼穂文化期」という生殖成長期に入る。ひとつの花のなかで雌しべと雄しべが育ち、穂が葉鞘のそとに出ると、まもなく雌しべの柱頭が左右に開いて、受精するのだという。農耕民族は稲のこうした生育相を知り尽くしていて、少女が母になることと、稲の実りをみごとに重ねたのだろう。豊かな実りを祝福する歌に、哀愁がまつわる、農耕民族の男歌だ。父と娘、兄と妹と読むこともできるけれど、その場合哀愁は消えてしまう。

太原　千佳子（たはら　ちかこ）
1937年東京都生まれ。詩集『物たち』『いい日を摘む』。
日本詩人クラブ、日本現代詩人会会員。東京都世田谷区在住。

スーチンの女

一九二〇年
南フランスの港町
極貧のなか出会った女
たった、一四センチ角の絵の中に
顔だけが大きくせまる港の女
赤い絵具が激しく動く

だが、彼女は南仏を離れ
行方不明になっていた

ところが
二〇一七年　極東の果て
日本のテレビ番組「なんでも鑑定団」
に、姿をあらわしたのだ
激動の二十世紀を経た
百年の旅
おそらく
ベネッチア　イスタンブール
ドバイ　シンガポール
ハイフォン　長崎

美濃　吉昭（みの　よしあき）
1936年、朝鮮大邱市生まれ。『或る一年～詩の旅～Ⅲ』『或る一年～詩の旅～Ⅱ』。日本詩人クラブ、関西詩人協会会員。大阪府大阪市在住。

港町を転々とながれ……

鑑定は、彼女本人だと
そして、三五〇〇万円と云った

愛と憎しみ　不安と喜びの交錯
欺瞞への憎悪の眼
若さ漲る彼女の百年前
と、変わらぬ顔だ

めざめ、スーチンよ！
ねがわくば
美術館で会おう

＊ハイム・スーチン（一八九三～一九四三）
リトアニア生まれのフランスの画家、
互いに貧しいモジリアニと親交を結ぶ。
激しい悲劇的な画風。

ロンビエン橋を守る人びと

鈴木　比佐雄（すずき　ひさお）

１９５４年、東京都生まれ。詩集『鈴木比佐雄詩選集一三三篇』、詩論集『福島・東北の詩的想像力』。文芸誌「コールサック（石炭袋）」、日本現代詩人会会員。千葉県柏市在住。

青空の下の無数の白雲の峰を切り裂いて
航空機は水の都に降りていく
ノイバイ空港からハノイ市街に入るためには
紅河《ソンホン》を越えねばならない
バスが渡るのは、チュオンズオン橋だろうか
川上に見えてくるのは、あのロンビエン橋だろうか
レンガ色の豊かな水量がゆったりと流れ
紅河は上空から見えていたトンキン湾に流れている

一九六四年八月にトンキン湾事件を引き起こした米軍は
飛行場と市街を分断するために
紅河に架かるロンビエン橋を何度も爆撃した
東京大空襲を立案・指揮したカーチス・ルメイ将軍は
「北ベトナムを石器時代に戻してやる」と北爆を開始し
解放戦線のいる南ベトナムのジャングルやマングローブ
　の森に
ダイオキシンを含む枯葉剤七五〇〇万リットルを投下し
　続け
ベトナムの自然の柔らかな芽吹きや赤子のＤＮＡを掻き
　毟った
そんなダイオキシンが沖縄からベトナムに送られ
日本人がアメリカの狂気に加担した胸の痛みを決して忘
　れてはならない

北ベトナム軍は米軍機を防空体制で
待ち伏せして撃墜しロンビエン橋を守り続けた
損害を被ってもすぐさま軍と市民は力を合わせて復旧し
　た
一九七二年にソニー製の誘導装置をつけたスマート爆弾
　で
橋の一部は破壊されてしまった
けれども橋は応急措置をされて通ることが出き
近くに浮き橋も作り往来は確保された

戦後の一九八六年には
チュオンズオン橋が完成した
私たちは今、チュオンズオン橋を渡って
一九六八年にアオザイ姿でパリに現れて世界を驚かせ
一九七三年の「パリ和平協定」に調印した
グエン・ティ・ビン女史に会いに行く

二〇一三年七月三十一日の昼下がり

紅河の色をした屋根は絶えることなく続き
ビン女史の回顧録日本語版『家族、仲間、そして祖国』と
『ベトナム独立・自由・鎮魂詩集175篇』を積み込み
バスはバイクの群れの中にまぎれていく

アンさんの笑顔の秘密

クアンナム省の元解放軍兵のツックさんは六十三歳
戦争中に枯葉剤を浴びたという
奥さんは五十六歳で四人の子供がいる

末娘のアンさんは生まれた時に身体が柔らかく
二歳になって這いはじめ四歳になって初めて立つことが
　できた
七歳の時にその原因がダイオキシンの影響だとわかった

アンさんは十五歳で一四〇㎝の背丈でほとんど盲目だ
内股で絶えず動いて意味の分からない奇声を発している
キラキラした目をして素敵な笑顔を振りまいている

その笑顔が純粋で私達の話し声に反応しているのだろう
うりざね顔のベトナム美人になるはずだったアンさんは
排便が大変なのでいつもおむつが必要だという

トットさん夫婦は私たちがプレゼントを手渡すとお礼に
奥さんがランブータンの果物と生ジュースを出してくれ
　た
手絞りされたパッションフルーツはとびきり美味しかっ
　た

トットさんは私たちの取材の後に次のような挨拶をした
遠い日本からこの暑いベトナムに来て下さり感激してい
　ます
皆様のご支援により広い家に建て直すことができた
木の柵で囲った狭い場所から娘に一部屋を与えることが
　できた
家を建て直す資金の支援をして下さった日本の多くの皆
　様に
どうか感謝とお礼の言葉をお伝え下さい

アンさんの笑顔がとても素敵なのできっと
お二人の愛情が深いからではないかと私が伝えると
トットさんはいつもお風呂に入れて添い寝をするといい
父がいないとアンさんは眠れないからだと打ち明けた

私たちはベトナムの父母の愛情の深さに触れ
家の前の草の上に水牛の親子が寝そべり
村人や父母の愛で包まれた新しい家を後にした

ベトナム証跡紀行

天瀬　裕康（あませ　ひろやす）
1931年、広島県生まれ。詩集『ロボットたち』、歌集『時は流れ往けど』。
漢詩「楓雅之朋」会員、「短詩型ＳＦの会」代表。広島県大竹市在住。

オートバイの　群れが動く
単車の濁流が　走っている
二人乗りでも「構わない」らしい
交通信号など　無視しているようだ
ベトナム人の　青年が運転する　単車の荷台で
私は反芻した　これは観光旅行ではないのだと

戦前に育った世代なら　たぶん
仏印という名を記憶し　懐かしむインドシナ半島
越南《えつなん》とか安南《あんなん》と呼ばれ　時に漢民族に支配された
遣唐使の阿倍仲麻呂は　安南節度使でも名を残す
十世紀には大越《だいえつ》と称し　長期政権を立てたという
十六世紀の邦人は來遠橋　すなわち日本橋を作る
華僑のように　経済的実権を保ったわけではなく
戦時中も残虐行為はせず　仲良くやってきたのだ

フランスの植民地になってもキリスト教化されぬ
ベトナムの大乗仏教は　日本にも馴染みがあるし
戦後の経済援助・技術支援も日本が最大のせいか
親日的な国だから観光目的の旅行者も少なくない

たとえば　ベトナムの北にある首都のハノイでは
孔子を祀る文廟とか　一本で法堂を支える一柱寺
建国の父を称え祀るホー・チミン廟へと巡り行き
夕刻には伝統音楽と　何か訴えかける水上人形劇

だが私は翌日もまた　あの単車
マフラーを靡かせて　水田地帯を南下する
そうだあの劇は農民の辛い暮らしを昇華したもの
フォーというコメ製ベトナム麺を喰ってまた奔《はし》る

縦に続くこの国の　ほぼ中央のダナンでふと止り
中部の遺跡を廻る　ダナン自体も爆撃の跡だらけ
ミーソンの遺跡は　ベトナム戦争で壊されたもの
古都のホイアンは　歴史の街で中国との関係なら
福建会館でみられ　又は海のシルクロード博物館
満月の夜となれば　幻想極まるランタン祭の明り

朝　目覚めれば　また単車
スクーター型の　二人乗りの航時機か
とにかく飛ばす　過去へ！未来へ！

歴史に名の残るチャンパ王国跡も壊されていた
「奴らが悪いんだ」とドライバーの青年が云う
そうとも「奴らが悪いんだ」谺がすぐに応える
奴らとはフランスか？　いや　そうじゃあない
「アメリカさ」と虚空からの声が云った

南ベトナム解放民族戦線ことベトコンや
北ベトナム兵士の隠れていそうな森林に撒かれた
ダイオキシンなど猛毒の枯葉剤八万キロリッター
「ベトちゃん・ドクちゃん」の第二世代を超えて
第三世代にも　催奇形作用をもたらすのであった
それが分かるのは後日だが　この犯罪性は大きい

むかし西貢《サイゴン》と呼ばれたホーチミン市のはずれに
クチの地下道というベトナム戦争の戦跡がある
おとな一人　やっと通れる程度の狭いトンネルだ
その一部には医務所・武器製造所・司令部があり
カンボジャ国境まで二〇〇キロの地下街であった
独立を勝ち取った鉄の男ホー・チミンはやさしく
「ホーおじさん」と呼ばれ　市の名前にもなった

そのホーチミン市の　戦争証跡《しょうせき》博物館の前庭に
私を乗っけた単車は　突っ込むように停車した
そこに米軍の戦車や　飛行機が展示してあった

三階建ての館内には　この戦争の悲惨さが漂う
子どもが泣き叫びながら逃げる写真
爆撃を避けるため　泥の川に埋まった母子
戦死した北ベトナム兵士の遺体を蹂躙する米兵
北ベトナム兵と区別できぬ米兵が虐殺した民間人
ベトコンと同一視されて　銃の標的にされた農民
第二次世界大戦の　三倍に近い爆弾が投下されて
二倍近い戦費が使われたが　それは表面的な数字
博物館の小さな別館では　拷問が再現されていた

「死んだ奴らはみなベトコンだと思え」と上官は云う
ベトコンは人間ではないから「皆殺し」ということか
ベトナムが共産化すれば　周辺も共産化するというが
ウェストからスリットが入る民族衣装アオザイを着た
女性の姿は　まことに優雅で恐怖政治は感じられない
いまの緩い社会主義国ベトナムや東南アジアを見れば
あの戦争に大義などなく　戦争好きな大国が起こした
まさに質《ただ》すべき長い悪夢　また戦争が始まるのか……

私を　荷台に乗せた単車は
周囲を　満遍に眺めたあと
再び　気ぜわしく走りだす

メコン　——黄色い澱み

鳥についばまれ　風に彷徨う死者が
　回し続ける転生の経文筒車《マニ》
秘められたチベットの奥地
太陽に凍りついた　蒼く透き通った光の壁の
ゆっくりとした　ひとしずくの時間
始まりの　メコン
中国　ミャンマー　タイ　メコンデルタへ
河は　国々を分かち　言葉をたがえ　人々を裂く
争いの涙と暮らしの汗の砂粒を　寄せ集め
流れの中に黄色く濁り　透明な水の匂いを失う

タイのトーチカに囲まれて
　ひるがえるカンボジャの旗
国境の聖なる地　カオ・プラ・ウィハーン
取り戻されたメコンの　緑の静けさのよどみに
　影をおとす　天空の聖寺　クメールの寺院跡
七頭の蛇のくねる崩れかけた石段の途中で
まだ教えを学び始めたばかりの　子どもの僧が二人
ほどけかけた一枚布の衣に　黄色く戯れあう声が
蝶が黄泉《ヨミ》への羽を休める　えぐられたくぼみの水に

萩尾　滋（はぎお　しげる）
1947年、福岡県生まれ。詩集『アジアの片隅で』。京都府向日市在住。

小さな漣を立てている

フェリーといっても二槽の船に板を渡しただけ
　発動機が青い煙を吐いている
押しつぶされそうなまでに
　屋根に荷物を載せたバスが乗り込んでくる
素早く天秤棒をおろしての商売が始まる
風まで割り込んできて
戯れに　お札を河に飛び込ませる

ゆっくりとした流れが
泥を積もらせた河辺に
裸で遊ぶ姉弟の無心な姿を眺め
時間を忘れた太陽に
待ち切れない月が　白く照らし返す
　澱みの　メコン

フェリ・ベトゥンラー

地球のねじれに　空に裏返った太古の海
女神テチス　カスピ・アラル・黒海を　裳裾に遠く
　肩衣に白く　乾いた塩に光る湖を残し
神々の座に
吐く息に　大陸を渡る風を産み
涙の滴《しずく》に　積み重ねた地層を削り駆け下る
　河を産む　生命の母

はてしなく暗い深みに
吸い込まれる永劫の時間のうねりを
アンモナイトの渦に　黒く化石化し
マチャプチャレ
「魚の尻尾」の名前に　太古の海の名残を残し
アンナプルナの嶺に　氷瀑《アイスフォール》の亀裂《クレバス》と雪崩に
人界を拒み続ける　神の頂
蒼く澄んだ果てしない冥《くら》さの中の
はね上がった尾の先に
　紅色の額印《ティカ》の朝が光る

変わり行く季節の流れを白く翼に受けて
アネハヅルよ
　おまえは今日
　蒼く年輪を凍らせた　雪の壁《ヒマール》を越えるのか
越え行く先の
　乾ききったタクラマカンの砂漠には
ナツメの花が黄色く　おまえを待つのか

神鳥《ガルダ》の翼を　持つことを許されない私は
ヒンドゥーの教えと
カーストの撚り糸に
　地面に縫いつけられ
額にかかる　刈草を入れた背篭《ドッコ》の重みに
　おまえを見上げることもできない
さようならは言うまい
フェリ・ベトゥンラー（また会う日まで）

雲に切れ込む山肌に
　櫛で刻み込まれた棚田の波紋
谷狭《たにま》をはい上がる麦のうねり
あぜ道に咲く
　白いアザミの　トゲが痛い

シンガポールにて——歩く

水崎　野里子（みずさき　のりこ）
1949年、東京都生まれ。詩集『アジアの風』、詩論集『多元文化の実践詩考』。詩誌「PO」「コールサック（石炭袋）」。千葉県船橋市に暮らす。

二十年ぶりに出かけたシンガポールの街は
陽光に満ち溢れていた　花々に満ち
木々は緑に照り　人々はやさしかった

ありがとう　素敵な街になった　よく歩いた
歩き回った　地図を片手に　ホテルから
展覧会場まで　あたり見まわしうろうろと

シンガポールはインド系と中国系商人
まずは二つの国の移民文化の総合　そして
元イギリス植民地　長い統治　日本統治は二年間

展覧会場に着くまで　大きな交差点を行ったり来たり
道を聞いた若い女史「あちらです　一緒に行きましょう」
途中で　女史は指さす　あれが旧日本総領事館

石造りの建物　広場の奥　今は別の名前表記　Cathy
やがて女史のおかげで展覧会場に着いた　地下鉄入り口
小さな公園の中　公園には赤紫のブーゲンビリア鮮やか

思い出す　ストラットフォード・コートと名のビル
インド街　中国街は　いまだ現役　わたしたちは
ホテルの隣のビルの地下の食堂街で中華料理を夕食に

ビーフン麺　具たくさん　にこにこおじさん　思い出
ホテル隣のビルの1階　小さな　ミシン縫いの衣類の店
マレーシアから来た　若い女史が店主　きれいな英語

多元の古い歴史が今　多元の総合文化へ　再生している
今　シンガポール　新しい独立アジアの国　エネルギーに
満ちる　熱帯雨林を　見事　ハイカラ都市に　変えた国

IT産業の中心地　今　世界経済を牛耳る国　色豊か
不思議な花々に囲まれ　天空へ　熱帯雨林を見下ろし
蘭の植物園は　螺旋形　空へ　伸びる　歩く　上る

蘭の花　満ちる　空へ　歩く　雲　歩く　空へ
林立する　逆さキノコ形の　巨大タワー
中空に架かる　螺旋形の吊り橋　中空を歩く　渡る

マーライオンは吠える　港を見下ろす丘の上から
かつて　日本の漁船も辿り着いた　港町　今は
ありがとう　こんな立派な国になって　日本は

潰すだけだった　かつての日本の夢が現実になった
ありがとう　私は二人の女史に　そう言った
ニッポンジンだと　寄って来てくれた　若い女史

返歌
はるかなる新嘉坡の思ひ出や無数の紅舌燃え上がる
共に歩んだブーゲンビリヤの花の精かし

（令和一年六月訪問）

蘭の花　満ちる　空へ

マレーシア思郷の唄

貝塚　津音魚（かいづか　つねお）
１９４８年、栃木県生まれ。詩集『若き日の残照』『魂の緒』。
「那須の緒」同人、日本詩人クラブ会員。栃木県大田原市在住。

シンガポールから自動車を飛ばして三時間
ジャングルの中に開けた町マレーシア　バトゥ・パハ
20世紀初頭から鉱山開発ゴム農園事業の為に多くの
日本人が暮らしていたバトゥ（石）とパハ（ノミ）
という意味でその地名からも鉱山開発で栄えた街である
華やかな戦前の遺構が多く残るノスタルジックな街並み
放浪の詩人・金子光晴が愛してやまないバトゥ・パハ
かの地は太平洋戦争時日本兵が銀輪部隊として自転車で
行軍　可惜《あたら》命を置きざりし祖国に帰れなかた地でもある
熱帯の町は夜になると活気を帯びる
飲食店街にはスバルの歌がジャングルに届けと活気ずく
カーステレには岩崎宏美の「聖母たちのララバイ」が
企業戦士としてマレーシアの地で戦っていた
ヤシの葉影の夕陽を一人追いかけると何故か涙が流れる
斃死《へいし》故郷に帰れなっかた日本兵たちの心境を思ってか
望郷の念なのか

マレーシアはイスラム教　人種的には大人しく従順
しかし宗教となるとこれは違う　やられたらやり返せ
〃目には目を〃　交通事故などで相手を傷つけたら
その場を早々に立って会社に報告しなさい
その場にいるとそこで仕返しを受けるからである

テレビ工場には朝になるとジャングルから湧き出した
人々がバスに鈴なりになってやってくる
流れ作業　管理されたコンベアーシステム
時々作業者が発狂しラインが止まることが屡々《しばしば》あった
考えてみればそれは当たり前であった
今までジャングルで自由気ままに生活して来た人達が
朝から晩まで同じ作業で緊張を強いられる状況である
私が担当している職場も例外ではない
私がいないと作業者は机に頭を付けて寝ているのである
職場に返ってきて怒鳴り散らすと
彼らは水槽のメダカのように動き回った
無論マレー語ではない　日本語一辺倒である
作業は自分がやって見せて、マネージャーから作業者に
時には日本語のできる通訳を連れ通じ
マレーシアには金曜日お祈りの時間がある
私の部署の責任者（マレー人）は昼過ぎお祈りに行くと

お前は日本に返れないと何度か脅された
マレー人からは怨まれて
そんなことで叱正　改まらず次々に何人か首にした
帰ってこないことが屡々あった

夜は殆んど仲間と中華街の食堂でビールと中華料理を
そこは一週間前にコレラで人が死んだ所だったり
道端に営業している粗末な食堂によく行った
会社の食堂キャンテーンが有ったが口に会わず
泥棒に入られるのは当たり前で家入に三つの鍵

昭和50年代日本の会社が海外に生産拠点を展開
気候風土　社会環境　人　言葉　宗教
マレーシアという全く違った世界で　朝から起こる
激しい雷雨のスコール・道路の冠水　唯一同じなのは
人間であり・寝食・会話して・生きて居ること
そんな灼熱の熱帯雨林で対峙してきた自分がいた
マレーシアバトゥ・パハに対する反省の念もある
マレーは問いかける　みんな同じ人間だよ
人はジャングルで生まれ巣立っていたと
当時の彼ら彼女らはもう生きてはいないだろう
そんな中でいつも自分を慰めてくれる歌があった
テレサ・テンの（帰国後この歌の運命を知る）
何日君再来（ホーリージュンザイライ）である

夜来香（イエライシャン）と並び称される
チャイニーズ・メロディーを代表する一曲
しかし、作者との思いとはかけ離れたところで
時の権力者達や様々な政治的思惑に翻弄され
これほど数奇な運命をたどった歌はない
国は違えども心に流れるものは変わらない
彼らもジャングルの何処かで
この歌を口ずさんでいたはずである
後に仕事で中国や台湾を訪れた時でも
夜の街に優麗　なよやかな歌が流れていた
今この歌が自由に謳歌できる平和を改めて感受する
アジアの経済立国として立てるマレーシアよ

何日君再来
好花不常开，好景不常在
忘れられない　あの面影よ
・・・・・・・・・・・

※これ以降は著作権の関係でインターネットでお聞き願いたい。

炎天下問我　——マレーシア紀行

長谷川　破笑（はせがわ　はしょう）

１９４７年、東京都生まれ。
俳誌同人誌「吟遊」、漢詩同人誌「葛飾吟社」。千葉県松戸市在住。

渡航直前に葛飾吟社のIさんから誘われたネット句会に入会することにした。

初回の句

冬の旅サザンクロスの季語なき地

吾娘《あこ》嫁して幾冬ぞ指節くれし

末の花待ちて咲きしや姉の梅

を投稿して、平成二十八年二月十六日から二十一日までマレーシアの首都クアラルンプール（Kuala Lumpur）に行ってきた。マレーシアは他民族（マレー人、華人、インド人、他）、多言語（マレー語、英語、広東語、タミール語）、多宗教（イスラム教、仏教、ヒンドゥー教）が融合せず共存共生しているユニークな国である。

今回の旅は、マレーシアが推進しているメディカルトラベル（Medical Travel）の視察旅行である。通称国際患者とでも訳すのだろうか。

久しぶりの南国への旅、それもほぼ赤道直下である。好きなお土地柄である。約八時間の飛行機、窓側の席、夜間飛行でもあり寝るだけと思っていた。最後の二時間くらいであろうか、窓外を見て驚いた。無数の星である。黒い紙に穴を開けて、火をかざしたような眩いばかりの星が光っている。このような星空は見たことがない。南国の空には星が多いのか、一万メートルの高さからは星が良く見えるのかは分からないが、とにかく無数の星が見える。仰ぎ見る星空ではない。窓越しに見る星達である。新発見であった。

初日は半日観光をした。市内で一番古いモスクへ行った。ここで会ったボランティアガイド風の小父さんの言には打たれた。マレーシアは旧英国の植民地。独立を教えてくれたのは日本人だと言う。絶対君主の英国を追った日本軍は軍政の中である歌を教えたそうだ。全部は分からなかったが、小父さんが言うに「立てアジア！立てアジア！立てアジア！……」と唱うそうだ。これで独立心が植えつけられ、戦後、英国人が戻ってきた時に独立戦争が始まったそうだ。そして独立した。この箇所だけは日本も良く思われているようだ。うれしかった。お父さんが日本軍の通訳をしていたそうだ。親父が生きていたら日本語で話ができたのにと言っていた。いや、じゅうぶんだよ。

次にクアラルンプール（ＫＬ）発生の地であるオール

ドマーケットスクエアに行った。クラン川（klang）とゴンバック（Gombak）川の合流点である。合流して一筋となった川にかかる橋の両側にはブーゲンビリアの花が咲いていて、南国の象徴的な景色である。愚生の大好きな景色である。ＫＬは錫鉱山の労働者を住まわせるために開けた町であった。労働者の多くは広東省、福建省から集まった中国人である。ここマーケットスクエアは労働者向けの賭博場で栄えたところであったという。当然、金貸し業も寄り付き、後にマレーシアの金融街となった。ちなみにゴム園労働者として連れてこられたのがインド人である。これで、土着のマレー人、華人、インド人がこの地で共生することになったわけだ。

さて、ＫＬ最初の夕食だ。この地にはハッピーアワーというのがあり、夕方二時間くらいは酒類が安価になる。たいそう立派なビル地下の中華料理店、ハッピーアワーのビールの恩恵に浴した。酒類は高い。イスラムの国だ。

初日が終わって暑さの絶句一首。

吉隆坡偶作
馬来通赤道、赫赫照陽光。
擦汗還流汗、手巾生妙香。
　クアラルンプールにての偶作
馬来《マレー》は赤道に通じ、赫赫《かか》と照る陽光。
汗擦きて還《ま》た汗流れ、手巾《はんかち》は妙香を生ず。

二日目は訪れたクリニックで日本人の診療を担当している日本人医師と会食した。マレーシアの医師免許を有する唯一人の日本人だ。中華料理、印度料理、馬来料理からなる海賊料理を味わった。まだ春節気分の残る時期である。イサンと云う中華料理を体験した。イサンとは、魚聖と聞いたが魚盛と書くのかもしれない。中華普通語ではユーシェンyushengだが、ここは広東語もしくは福建語だ。発音が異なる。面白い中華の世界だ。イサンとは魚、野菜を細く膾《なます》に切って盛り付け、会席者全員が箸で混ぜ合わせてから食す料理である。混ぜるときに箸で高く摘み上げるのがお作法である。中国南方の正月料理の初体験であった。食事の席上の面白い話を一つ残しておく。先生の出勤途上、車道に大きなトカゲが歩いていた話をお聞きした。先生は写真をパチリ。同僚に見せたところ、「おい、これは食べられるトカゲだぞ」と言われた。身の丈、有に一メートル超はあったそうだ。いったいどこにいるのだろう。裏山から出てきたのだろうとのこと。すごい国だ。

最終日の公式訪問は二か所。JETROを表敬訪問し、マレーシア事情を拝聴した。日本企業は多数進出しているが、給与が安い、幹部は日本から来るのでマレーシア人は中々、幹部にはなれない、ということで就職先としてはあまり人気がないとおっしゃる。日本の海外進出の典型である。また、JETROの方がおっしゃるには、日本人はアジアの人々、国々を自国よりも一段低いと見がちであるが、どうしてどうしてマレーシアの病院設備、医師は優秀ですとの言には、いたく同感であった。グローバルの世の中、日本人は変わらなければならないと思った。いまだ、エコノミックアニマルから抜け出せていない。アニマルならまだ救われるが守銭奴に落ちないように警告したい。

最後に訪問したデンタルクリニックが素晴らしかった。階段教室があるのにはびっくりした。英国の歯科大学と通信で結び遠隔授業が受けられる設備、単位も取得できるそうだ。院内の施術もスクリーンに映し出され、技術研修も行われているそうだ。JETROの方がおっしゃっていたことが良く分かった。日本は国内で十分に教育が行われるから基礎技術を習得し実習、研修を経て開業できるが、それで終わり。しかし、自国内で医師、歯科医の教育が完結できることは素晴らしいことではある。対してマレーシア、自国での不足を海外の進歩した医療技術で補うことができる工夫、我が国はなんでも自前で行おうとする。それはそれで素晴らしいが、時間差が生まれる。また、海外の先端技術を取り入れる際の障壁もある。時間がかかる。

多民族多言語多宗教それに加えて省略の文化。国民の生活の優先度は一に宗教、二に家族、三、四がなくて、五に仕事のようである。素晴らしい。

熱い熱いＫＬ滞在であった。南国は良い。アバウトだと云うが、ケセラセラではない。無駄が無いとも言える。余計なことはしない。日本の昨今の状態と言えば、個人情報保護、セキュリティで障壁が進歩速度を遅らせている。島国の精緻に作られた箱庭文化である。巨象に踏まれたら、一ころである。

マレーシア滞在記を絶句一首にて締めたい。

於吉隆坡炎天下問我滅却心頭雖熱自涼
飛機来到赤陽城、覊鳥翮休緑草庭。
炎暑滅絶煩悩境、黄昏涌起古蘭声。

吉隆坡に於いて炎天下我に問う心頭を滅却すれば
熱しと雖えども自づから涼しか
飛機来し到る赤陽の城、
覊鳥翮《はね》を休める緑草の庭。
炎暑滅絶す煩悩の境、
黄昏に涌き起こる古蘭《コーラン》の声。

中国語ではマレーシアを馬来西亜、クアラルンプールを吉隆坡と漢字表記する。クアラルンプールとは、吉《めでたい》と隆《たかまり》と坡《つつみ》で吉隆坡である。よくぞ名付けたり。

＊イサンは魚生(yusheng)との漢字表記

スンジョノ

スンジョノ
呼ぶと　少年はうっすらと目を開けた

トゥアン
仕事ができなくてすみません

病院のベッドに横たわっている少年の手を
おれは思わず握った

なんと細い
そこに横たわる少年たちは
一様に腹がふくれ
呼吸をするたびに痩せた胸が激しく上下する

人手不足のためジャワで徴用された少年工たちは
食事もろくに摂っていなかった

ジャングルで出会ったこの少年
手になにか握っている
見せろ　といったら
それは青い生の豆だった

玉川　侑香（たまがわ　ゆか）
1947年、兵庫県生まれ。詩集『戦争を食らう 軍属・深見三郎戦中記』『四丁目の「まさ」』。詩誌「プラタナス」、詩人会議会員。兵庫県神戸市在住。

それが食事か
おれは愕然《がくぜん》とした

少年たちは栄養が足りない
そこへ　マラリヤかアメーバ赤痢か
薬もないのです　もう三人も死にました
看護の女性が涙を流してしがみついてくる
どうしてやればいいのですか

その夜
スンジョノは　死んだ

裏山に埋葬してやる
経を知らないおれだが　経を詠んだ
オマエハ　ワザワザトオイジャワカラキテ　カワイソウ
　デアッタ
ココロダケデモ　アオイソラヘカエレヨ　ジャワヘカエ
　レヨ
経を知らないおれの　衷心からの経である

五章　東南アジアⅡ

インドネシア・東ティモール・香港・台湾・フィリピン・南太平洋の島々

青バナナ

（表題・抄出はコールサック社編集部）

Ⅰ大陸荒涼　より十句

弾痕街熱風に兵を叱る声
大陸の蝙蝠《こうもり》よ青き兵隊に
暖き赭土《しゃど》殺戮の日の杳くなる
雲を愛し日日を虚しく爪のびたり
松葉杖歩む樹間に落暉《らっき》とどめ
ねむれねば黄土の果ての海恋しき
兵燹《へいせん》や太古のごとき夕まぐれ
江の風血便の闇を深くする
密偵が消えてゆく雲の地平線
霧寒したそがれて友を焼きに行く

鈴木　六林男（すずき　むりお）

1919年～2004年、大阪府泉北郡（現岸和田市）生まれ。句集『荒天』『一九九九年九月』。俳句誌「花曜」創刊代表。大阪府に暮らした。

Ⅱ海のない地図　より十句

帽振るは先遣隊員椰子林
交る蜥蜴《とかげ》弾道天に咲き匂ふ
回想を風にさらして歯を磨く
いつ死ぬか――樹海の月に渇きゐる
狙撃兵マンゴの黄と撃たれ墜つ
落暉無風煮えゐしは糧の青バナナ
闇ふかければ繃帯の白きかな
海のない地図書き甘きものを欲《ほ》る
黒土帯右腕関節が血をたらす
英霊とゆられまぶしき鱶《ふか》の海

句集『荒天』より

島の記憶（抄）

（抄出はコールサック社編集部）

前田　透（まえだ　とおる）
１９１４年〜１９８４年。東京都生まれ。歌集『漂流の季節』『煙樹』。短歌誌「詩歌」。東京都杉並区などに暮らした。

──昭和十七年より同二十年十二月迄チモール島に原住民と暮す

うすあをき靄にけむりて河の辺に若き陸地はたたなはりけり
少年はあをきサロンをたくしあげかち渡り行く日向《ひなた》の河を
王《ラジャ》の子と肩くみ歌ふトラックの荷框《がけう》に風は打ち当るなり
クアク河乾季の河原こえ行けばヴィロー山に雲湧けるみゆ
混血児オリヴィユの眉やさしけれ夜半の踊りに吾を誘《いざな》ふ
ジェルマヌはパンの実のごとやさしけれひそやかに朝の挨拶するも
ジャスミンの花の小枝をささげ来てジュオン稚くわれを慕へり
しびれ蔦河に流して鰐を狩る女らの上に月食の月
さそりが月を嚙じると云へる少年と月食の夜を河に下り行く
ジュオンよ汝《なれ》がひとみにうつりゐる月食の月は河水の上

歌集『漂流の季節』より

敷島の道

（表題・抄出はコールサック社編集部）

洪　長庚（こう　ちょうこう）

1893年〜1966年。台湾生まれ。「台北歌壇」特別会員。台北市などに暮らした。

秋に咲くコスモスの花蓬萊《ほうらい》は夏より初冬の今に咲きつぐ

海上の強風警報解かれたり暁の岬釣舟集《つど》ふ

堤防の上なるみ仏ちぢれ毛に避雷針のせて黙し立ち居り

野柳の浜今は砦の跡のなく長閑《のどか》に立てる乙女岩かな

さだめなき現《うつ》し世に我腹据ゑて土地売り払ひ家建て残す

防空壕を庫に建て換へ子に残す共に見し世の憂き思ひ出に

わが庭の灯籠の位置定まりて白粉花《おしろいばな》の種子をふり播《ま》く

胆疾を纏《まと》ひて癒ゆる日を知らぬ侘《わ》びしさに詠む敷島の道

いたづきのからくも癒えて春の空ふかす「長寿」の初煙草かな

古稀の山越え去り逝きて寂しさの果てなむ国に親を訪ぬる

バグース*・父

星野　元一（ほしの　げんいち）
1937年、新潟県生まれ。詩集『草の声を聞いた夜』『ふろしき讃歌』。個人誌「蝸牛」主宰。新潟県現代詩人会、日本現代詩人会所属。新潟県十日町市在住。

父はテレビの中にいた
桟敷の中段あたり
チラッとしか見えなかったが
あの顔はたしかに父だった
身を乗り出して相撲を観ていた

昭和二十一年春、父はボルネオのバリクパパンから帰ってきた。ハマダラカの勲章をつけた二等兵となって。その後の父は怒ることがなかった。子どものような上官にいじめられたからだ、と子どものわたしに母はいった。

バグース　南十字星と椰子と丸木舟の匂い
バグース　戦火の隅っこの文化の匂い
バグース　父がもち帰ったニンゲンの匂い

昭和五十年夏、父は胃癌で死んだ。稲は出産をひかえていた。牛や馬はもう家族ではなかったが、手や足や腰はまだ農具だった。家も村も、地球も。手帳には作付けや供出や母や子のことがメモされていた。

バグース
あれはたしかに父だった
雪国は田も畑も休みで
汽車も雪で止まったりするから
小正月くらいはと思っているのだ
もう三十三回忌だというのに
初場所を観ていた
バグース　といって

*すばらしい、最高（インドネシア語）

トラジャの樹

朝倉　宏哉（あさくら　こうや）
１９３８年、岩手県生まれ。詩集『叫び』『朝倉宏哉詩選集一四〇篇』。
詩誌「幻竜」、日本現代詩人会会員。千葉県千葉市在住。

インドネシアのスラウェシ島の
トラジャでは
嬰児が死ぬと
樹に埋葬する

立木の幹に穴を穿ち
死児をおさめる
むしろでふたをする
樹の生育につれて
穴はふさがる

樹といっしょに
嬰児は育つ
すくすくと枝は伸び
あおあおと葉は繁り
うるうると花は咲く
鳥や蝶や蜜蜂は来る

樹のなかで嬰児は夢をみる
血は樹液になり
肉は樹心になり
骨は年輪になる
目や耳や口は
遊園地のような
樹のなかで憩い
風のように歌う

風にさそわれて
母親たちは森に来る
森はざわめく
母親たちはいそいそと
それぞれのわが子に歩み寄り
そのまっすぐな樹を
抱きしめて泣く

ひとよ
トラジャの樹を伐るな
それはほんとうに
嬰児を殺すことに
なるのだから

川の流れに
（インドネシア・ダヤック族の場合）

川の流れに逆らってはいけない――と
うたう教え
受け入れて
ここにも
川下へと流れていった若い者たち
もう遡れない
まだ流れにのらない子供たち
ながれていく日はみえている

切り落とした鶏の首
　祈りの歌のあいだ
　両足を握られてもがいていた
　そしてあしたは
　滅多にないご馳走
　ソト・アイアムに
　　あるいはゴレ・アイアムにされる

滴る血を皿に受けて
喉と額に塗られた歓迎
回し飲んだ米の酒
咳込む強さの濁り酒に手をのばして

なべくら　ますみ
１９３９年、東京都生まれ。詩集『時間の丸木舟』『川沿いの道』。
日本現代詩人会、日本詩人クラブ会員。東京都狛江市在住。

何気なく飲んでは知らん顔をしていた子供
踊る男の手足が
褐色にぬめる
踊る道具としての弓矢
ねらう架空の獲物
踏み鳴らす床は
二百年を持ちこたえた鉄木
黒々とほこりっぽい
歴史のうちには
一族としての五百人をささえたロングハウス
まだ流れ続ける
川沿いの人々

天井へのはしごははずされて
遮断された流れ
届かないランプの灯り
ぼう　と
誇る頭蓋骨は先祖の証し
天井から下がったハンモック
ゆらされて
赤ん坊がねむる

海のソネット／二題

白　秋

砂岩のすべり台をつかって海へ下りると
透き通った海溝の中で
たった今　スンダ列島[＊1]を越えてきたブダイ[＊2]の群れが
虹色の日の光をはね返している

一千光年を経て届く彩りにひときわ目立つ
原初のブルー、グリーン
のぞき込めば神々の住まいする水底の
も一つその先にあそぶ人らの声までもきこえる

磯ヒヨドリの奏でる口笛を
白い秋の風が　海面に頬ずりよせながら運んでくる

明日はまた一気に冷たい雨になるかもしれないが
今日一日のぬくい大気に身をまかせて
この岬《はな》に身じろぎするのを忘れている

＊1　スマトラ島・ジャワ島などインドネシアやブルネイ・マレーシアなどの東南アジアの列島。
＊2　武鯛、舞鯛、不鯛、醜鯛とも言われ、インド洋、西太平洋から本州中部までの岩礁に生息する。

山本　衛（やまもと　えい）
1933年、高知県生まれ。詩集『讃河』『黒潮の民』。詩誌「ONL」、日本現代詩人会会員。高知県四万十市在住。

半　島

黒潮の行く手に立ち塞がるように
足摺はぬーぼーと岩鼻を海上に差し出す
マリアナ海盆に棲まう大小さまざまの魚類を伴っての長旅も　この断崖の梁《やな》で足踏みをする

親から子へ　子からその子へ
人は変わらずここでの営みを続けてきた
季節の変わり目を狙う台風はこの半島を目指し
時代には国を滅亡に導く通路にされたりもした

それでも動かない人も数多く存在した
この地を捨てたい人の中からも踏みとどまる者も少なくなかった
そんな人々の地団駄が亜熱帯樹の根元を踏み固めた

人々は巨石群の灯台に火を絶やさず
この地をあくがれて辿りついた魚族の漁網を改良し
祖霊を祀り　血を清め　血を確かめて

＊伊豆諸島南方のマリアナ・トラフは、背孤海盆と言われる海面下の盆地。

ことばの汀

北畑　光男（きたばたけ　みつお）
1946年、岩手県生まれ。評論集『村上昭夫の宇宙哀歌』、詩集『合歓の花』。詩誌「歴程」「撃竹」。埼玉県児玉郡在住。

運転手さんは話し続けます
インドネシア語と英語と日本語で

（日本モ津波、洪水、地震ソレニ噴火ノ国ネ
（日本　原発事故ノ国ネ
（ボクノ家族
（海ニ流サレタ

海鳴りのする
夜の海は
ウミホタル*で青白くひかっています

子を失った親
親を失った子
彼らの口は
小さい夜の海になります

運転手さんの喉のひふが透けて
ことばの海が
青白くひかっています

ひかりはさまようひかりをよび

生きのこったひとの喉でひかるのは
呑まれてしまったひとの魂です

鏡に写ったわたくしの
喉のあたりもひかり

七十七年以上も前
日本兵が戦った南の国インドネシアで
ことばの汀に立つわたくしです

＊微小甲殻類でミジンコに似ている。肉食、発光性をもつ。
夜行性で日中は砂の中にいる。

香港の君たち

遺書を書く君たちを知りました
愛する誰に　何を書いたのでしょう
短い命を覚悟するなんて

遠い国のできごとかもしれないけれど
暗い夜　君たちのところへ　心が飛んでいきました

「１００万ドルの夜景」を見せられてきたけれど
街頭の人波　煙と銃口の恐怖はここまで届きます
遠い天を仰いでも　空の布地に星の輝きは見えません

それでも輝く地上に光る微粒子たち
国も　世代もちがう　君たちなのに
今と未来への暗雲を見るまなざしは
どこかで　つながっています
島は　地下深くつながっているように
海も　分け隔てなくつながっているように

香港の君たち　一粒の雨たち
やがて大地を潤し　樹の道を通り
小さな葉へと　自由に昇っていけるでしょうか
熱い大地を冷やせるでしょうか

今日は雨　散歩道で樹を見上げました
葉は小さな子供の手のように瑞々しく膨らんでいます
触れてみれば　握手をしているようです

石川　樹林（いしかわ　じゅりん）
１９５３年東京都生まれ。
文芸誌「コールサック（石炭袋）」会員。東京都国立市在住。

マスク

梅津　弘子（うめづ　ひろこ）
1941年、山形県生まれ。詩集『五十年たった』『山ガール』。
日本現代詩人会、詩人会議各会員。神奈川県横浜市在住。

外出の時はマスク　帰宅したら手洗い
肺炎を気にし　主治医が念を押す

昼の湘南電車の中
ふと　前の座席
七人みんな　マスク
白いマスク五人
片隅の学生風の二人
黒い色のマスク

ふと　香港はどうなっているのか
流れる景色を見ながら　想う

中国に返還　二十二年
自由が身についた香港人
逃亡犯条例　再び香港には帰れない
豊かな生活より　自由を選ぶ香港人
自分が　香港人だったら
黒いマスク　黒いシャツ
デモに行くだろう

香港のクリスマスイブ
スローガンを叫びながら
ウィンドウショッピング
いいじゃん

レストランに入るが
料理の注文はしない
いいじゃん

ふと　寄った
近所のドラッグストア
黒いマスク　売っていなかった

重たい空気

門田　照子（かどた　てるこ）

1935年、福岡県生まれ。詩集『ロスタイム』、方言詩集『無刻塔』。詩誌「東京四季」、日本現代詩人会会員。福岡県福岡市在住。

娘夫婦の引越し先を訪ねる旅は
慣れない空路を香港まで
　タクシー代の他は現金を持たないこと
　手荷物は最小限　決して手放さないこと
英語も広東語もからきし駄目なわたしは
娘の忠告を緊張して守るエトランゼ

鮮やかな色合いの街の
人々の甲高い声の
入り混じる異人種の不透明さ
わたしの目は濁っているのだろうか
空気が重たく不安感がつのる
曲りくねった延々の坂道の途中に建つ
高層ビルの住居は宙空の静寂を保っている

積木細工のようなビルの街香港を
一望できるヴィクトリアピークの展望台
小綺麗なショッピングセンターと
怪しげな露店が混在する観光名所の陰に
滑り台やブランコの並ぶ小さな公園があった

晴れ渡った午後の陽ざしのなか
幼児と若い母親のおだやかな風景に癒され
わたしはやっと軽い空気を深呼吸した
しかし
嬉々として遊ぶ子供を見守っているのは
楽しげな母親だけではなかった
暗い眼をした悲しい表情の女がひとり
元気な幼児に引きずられながらの
のろのろとした気だるい姿

わたしはようやく気付いていた
若い女は母親とは限らないのだった
フィリピンから出稼ぎに来ている女たち
貧しい故郷に夫や子供を残して
二年から三年の住み込みだという
休日には他家との掛け持ちで働く女もいる
故郷からの心配ごとの報せでもあったのか
一人で泣く自由は許されないのだろう

子守り　犬の散歩　掃除　洗濯　買い物
休む暇もなく用事の多いメイドの時間

香港の喧騒のエネルギーを支える
辛い女のたくましい細腕
差別の中を生きる女たちの吐く息の重さ

身重の娘を案じてはいたものの
クリスマス休暇をのんびりとして
ショッピングでも楽しむつもりのわたしに
のしかかってきた重たい空気
幸せであることの甘えと驕りとの
目や耳を覆って過ごすしかないのだった

一番星の伝説
—「台湾人元日本兵士の補償問題を考える会」を結成した王育徳先生へ—

兵士には遠方に揚げた白旗が見えるかどうか
ラジオから流れる玉音放送が聞こえるかどうか
いずれにしても醜《シコ》ノ《ノ》御《ミ》楯《タテ》は
もうとっく
にぼろぼろになった

台湾人は植民宗主国に従って戦ったが敗戦者になった
植民宗主国が負けてから突然戦勝者になった
どうであれ体がぼろぼろになったから
本当の敗戦者であった

台湾人の宿命なのか
補償の請求に協力してくれる味方はいないのか
溜息をついて諦めようとする夕暮れに
日本の方角に突然現れた一番星は
一番早く夜明けの方向に導いた

星は微かな光を放ってその細道を照らした
長くて歩きにくいが
一歩一歩着実に進める道だったのである

周　華斌（チュウ　フワピン）
1969年、台湾・台南生まれ。詩集『詩情kap戀夢』。
詩誌「蕃薯詩社」「笠詩社」。台灣台南市在住。

様々な偶然が重なってたくさんの協力を仰いだお蔭で
過去にはなくて
未来にもない伝説になったのである

伝説によると
あの星はエネルギーを使い切って墜ちてしまった
あの星が墜ちた後
微かな光は輝き続けて道の先を照らしたそうである

たとえその伝説はあまり知られていなくても
あの星の本名はあまり知られていなくても
確かにその伝説は歴史の岩に彫刻されたのである

注一、一八九五年台湾は下関条約によって日本に割譲された。一九四五年終戦後台湾は中国国民党政府（中華民国）に接収されて、突然戦勝者になった。／二、台湾人は日本兵として約20万人が出兵。戦死者は3万人にのぼる。／三、一九七四年モロタイ島で三十年間残留した台湾出身日本兵の中村輝夫が発見されたのをきっかけに、王育徳先生は、台湾には日本から見放された一切補償を受けていない元日本兵が数多くいることに気づき、「台湾人元日本兵士の補償問題を考える会」を設立し、訴訟と議員立法を促す両面から運動を展開された。弁護士、台湾兵元上官、国会議員、一般人など多くの方も支援した。王先生の他界した二年後、一九八七年日本ではやっと台湾人の戦死者遺族と戦傷者に弔慰金二百万円を支払う法律が制定された。

亡命者の帰郷
―王育徳《おういくとく》紀念館《きねんかん》の創立―

近藤　明理（こんどう　めいり）
1954年、東京都生まれ。詩集『ひきだしが一杯』『故郷のひまわり』。
詩誌「阿由多」「プラットホーム」。東京都練馬区在住。

父のふるさと台湾に
父の記念館ができる
生きている間一度も帰ることが許されなかった故郷
中国人に占領されて弾圧され
それに抵抗した人々が大量虐殺された台湾
父の最愛の兄の命も奪われた

パスポートも持たずに国を出て
育ての国日本に亡命した父
大学に入りなおして台湾語を研究する傍ら
台湾独立運動を展開した
そのためにブラックリストに載り
生まれ故郷に帰ることができなくなった

離れても台湾のことを思わない日はなく
台湾の歴史書を書き
台湾人元日本兵士の窮状を助ける活動をし
自分の全てをかけて
台湾のために六十一年の人生を生きた

二十五歳で別れを告げてから
一度も帰れなかった台南の家
そこから百メートルしか離れていない名園の中に
王育徳紀念館は作られる

父の大好きだった唱歌「故郷」
志を果たして
いつの日にか帰らん
山は青き故郷
水は清き故郷

国を出て七十年
亡くなってから三十三年
今父の魂は晴れて故郷の土を踏む

注：第二次大戦後、台湾は中国国民党の占領統治を受けた。一九四七年中国人の弾圧に抗議しようとした台湾の人々が大量虐殺される事件も発生した。戦前、日本の検事であった伯父も犠牲となった。二〇一八年、台南市政府によって「王育徳紀念館」が開設された。

潮音寺

龍　秀美（りゅう　ひでみ）
１９４８年、佐賀県生まれ。詩集『花象譚』『ＴＡＩＷＡＮ』。
福岡県詩人会、日本現代詩人会会員。福岡県福岡市在住。

トウサンあなたの骨は　コーラのカンカンに入れて
鵝鑾鼻《ガランビ》の断崖からバシー海峡に向かって
思いっ切り投げてやるよ

カアサンあなたの骨は　大吟醸の瓶詰めに入れる
うんと美味い酒にするからね

東シナ海の向こうから　月が何千回と昇っては降りる間
残酷な時代の大波に揺られ揺られて
思い切り酩酊できるだろう
波も一緒に酔ってくれるだろう

あの大戦の末期
輸送船の墓場と言われたバシー海峡には
10万人の日本兵の魂が
いまだに波のまにまにたゆたっている
ついにたどり着けなかった輸送船そして誰一人も
着かなかった船は着かなかったことによって
忘れやすい日本に忘れ去られてしまったから
海が荒れる日には一斉に雄叫びを上げる

海峡を見渡す断崖に立つ潮音寺は
悲劇を忘れなかった地元の台湾人によって守られ
流れ着いた無数の日本兵を祀っている
乾し魚を売る素朴な人々の
虫歯で真っ黒な口腔の洞穴が
深海の海底のように開いている
霊たちがその海底を続々と歩いてくる
そっと出された　節くれた手足の断崖を登って
ここ潮音寺に辿り着く

だからトウサンあなたの骨は
ここから投げられるのがふさわしい
無意味な忘却のために並べられた
日本の納骨堂などに　閉じ込められてなるものか

ついに日本人にはなれなかったそして台湾人にも
元日本人であることによって忘れ去られた台湾人
嵐の日には10万人の日本兵たちと一緒に叫ぶのだ
顔面に叩きつけるバシー海峡の潮風に
力いっぱい叫ぶのだ
陽気な泣き声のように　ひきつれる笑い声のように

台湾の地を再び踏みたい

志田　静枝（しだ　しずえ）
1936年、長崎県生まれ。詩集『踊り子の花たち』『夢のあとさき』。
詩誌「秋桜・コスモス文芸」、関西詩人協会会員。大阪府交野市在住。

記憶のない国　台湾
いつも夢見るように抱き続け
思い続けていた台湾南部に
この二月地震が発生した
今年こそはぜひ訪ねたいと
私の悲願でもある
幼少のころ住んでいたと聞いた
高雄にほど近い距離ではと思う
被災に遭われた人々に
お見舞いの言葉をかけたい

十六階建て住宅倒壊で
業務上過失致死傷の罪で建築業者は
起訴されたと新聞紙上で知った
百十五人死亡とある
建築コストを下げるため
設計図を変更し必要な資材を
使わなかったと認定された
いくばくかの利益を出そうと
やってはならないことを仕出かした

悔やんでも亡くなった方々は
戻ってはこない　人の欲は醜いものだ
一度は必ず行ってみたい国
父は私に話してくれた
台湾の山にシャクナゲが咲いていて
遠くに居ても香りが漂ってきたのだと
山全体がシャクナゲで良い香りに包まれ
もう一度行きたかったが叶わなかった
そう言って笑った父

何という山だったのか尋ねたいが
もう父はいない
私の中で台湾は幻のようで
故郷のようで懐かしく
ずっとこれからも私の懐に咲く
シャクナゲの香りが
いつまでも漂っている

M葬送

1

南海の孤島の砂浜で
Mは死を迎えていた

暑い日差しの中で　意識は遠く薄れ
自分の腕は鳥に啄《ついば》まれ
腸はすでに壊死《えし》し
もぞもぞと白いものが動き
這い回っている

波が押し寄せては
Mの体を　やさしく洗い
少しずつ肉片を剝がし
沖へと連れ去っていく

Mは目を空に見開いたまま
意識の底で感じていた
裸のまま　自分の体が腐敗し
少しずつ形を変えながら
自然の中に融かされていくのを

酒井　力（さかい　つとむ）

1946年、長野県生まれ。詩集『光と水と緑のなかに』『白い記憶』。日本現代詩人会、日本詩人クラブ会員。長野県佐久市在住。

あかあかと沈む夕日を
さえぎって
潮騒の調べが　Mの耳に響いてくる

自分の体を失うことの
恍惚の時間が
波間から押し寄せている

2

絶海の孤島で
ずいぶん長い間
寄せては返す波が
Mを洗い続けている

赤みがかった骨の祠《ほこら》に
ヤドカリが群がり
すみかとしていたが
それでもMは
相変わらず空を眺めていた

雲のかがやき

ぬけるような青い空に
のんびりと　かすかに笑みを浮かべ
時折涼しげに　風を呼び込んでは
そうしてじっと　死の先を見つめる
Ｍ

椰子《やし》の葉陰では
蟻の一隊が　列をなし
何やら今日も　妙に乾涸《ひから》びた肉片を
せっせと運んでいる

小さな蟻の行列は　陽炎《かげろう》を揺らし
たちまち暗雲となって　巨大化し
Ｍの視線を過《よ》ぎり
空へ上昇していく

3

孤島に漂着した存在の
自然界への変換
Ｍの死はＭだけのものであった
やがて国と国の戦争があり
続々と軍兵の死骸
辛うじて生き残った人たちの
生々しい体躯が浜にうちあげられ
どの人もすべて
そこで生き長らえることもなく
Ｍと同じ運命をたどっていった

Ｍの魂は
ひそかに海原を漂いながら
悲惨な残影を追い
その一つひとつを　拾い集め
自分のなかに織り込んでいく

人は全体の権力の前に屈し
一兵卒として立派に死ぬことが
国の誉《ほま》れとされた時代
いったい誰が　誰のために戦った戦争だったのか

孤島の位置さえ定かではないが
いまも寄せては返す時間が
死者たちの呻《うめ》き・嘆きを運んでくる

＊台湾に向かう日本の輸送船・熱河丸《ねっか》に叔父力男は通信兵として乗り組んでいたが、昭和十八年十一月二十三日午前五時十分頃、台州列島上陳島東北約八里の海域で、アメリカ軍の潜水艦によって沈められた。

骨骨《こつこつ》

佐々木　洋一（ささき　よういち）
1952年、宮城県生まれ。詩集『ここ、あそこ』『キムラ』。
宮城県栗原市在住。

安《あん》さんが　トマトを買ってくれと言うが
トマトは好きじゃないので　買わない
好きなものであれば
血でも紅《べに》でも珠《たま》でも何でも買うが
赤く熟したトマトはダメダ
裏町に入った時
安さんは　苦い烏龍茶と紛い物の時計と妖言を買ってく
　れと言ったが
トマトはなかった
みんな買った
夕暮れがくると　トマトも夕焼けを放棄し闇に紛れる

安さんが　闇を買ってくれと言うので
闇を買うことにした
人闇　二〇〇ドル
あまりの安さに悲しくなる
闇の向こう
安さんのハイヒールの踵が
骨　骨　うそぶいている

＊2005・11　台北にて

望郷の地　台湾

星　清彦（ほし　きよひこ）
1956年、山形県生まれ。詩集『あなたに』『幸せに一番近い場所』。詩誌「覇気」、日本詩人クラブ会員。千葉県八千代市在住。

私は父の本当の誕生日を知らない
父も自分の本当の誕生日を知らない
それは誕生日の候補が幾つかあるからだ
父は日本で生まれ台湾で育ったが
敗戦と同時に着の身着のままで
内地へと引き上げて来た
当時日本の暦は太陽暦だったが
台湾は太陰暦を採用していた
行ったり来たりしているうちに
戦後の混乱も加わり
どれが正しい誕生日なのか解らなくなったと言う
「私には三つの誕生日がある」
生前父は自慢にもならない自慢をしていた

少年期まで過ごした台湾の事を
何故か父は話したがらなかった
唯ひとつ十四才で志願した少年飛行兵の話だけは
機嫌よく話してくれたことがある
「赤トンボ」と呼ばれた練習機が並んでいた
当時最新型の「飛燕」には誰もが憧れた
だがまだ訓練は始まったばかり
一日中ネジを巻きやっとのことで順番が来る
グライダーに載ると数秒間
飛行場の中をサーッと飛ぶのだそうだ
そしてまたずっとネジを巻くのだと
だが初めて数メートルフワリッと浮かんだときは
どれだけ心躍ったことだろう
たった数秒間でも操縦桿を握った感動は
どれほどのものだったのだろう
今となってはただ察するのみである
晩年父は
「台湾に行ってみたいなあ」とよく口にした
何かの傷をずっと抱えていたのかもしれない
けれども五十年経って漸くその傷も癒えたのだろう
台湾で覚えた得意のビーフン料理も
いつか伝授してくれる筈だったが
幾度もの大きな手術を乗り越えたのに
結局台湾を訪れることも
美味いビーフン料理を伝授することも
叶うことなく墓の中で静かに眠っている

霧中に立つキリン首　ビンロウヤシ

橋本　由紀子（はしもと　ゆきこ）

1946年、岡山県生まれ。詩集『少女の球根』『青の植物園』。
詩誌「鹿」、日本現代詩人会　会員。静岡県島田市在住。
ビンロウヤシの実を舌で回し
時々座席下に吐き出す　高速バス運転手

台北を出て霧にかすむ田園地帯
草地から天空に突き出　揺れる長いキリン首
ビンロウヤシが　群れないで揺らいでいる

ガイド案内　山壁に現れる台湾流行墓地　左窓
パルテノン神殿　自由の女神　ベルサイユ宮殿
エッフェル塔　サモトラケのニケ　イングリッシュ
ガーデン　ディズニーシンデレラ城
ミニミニ　テーマパーク墓

テレサ・テンの墓も在りと　墓地は二箇所続いた
死者となった愛しい者達へ　残った生者が贈る
豪華宮殿は　哀悼か懺悔か　愛の証明書なのか
生者の翳りも　打ち上げ花火となり
旅行者の窓を走り掠め　一瞬にして後方に

来世のためのお札を　墓前で燃やす
台湾の風習　風にあおられ　毎年火事数件在り
常習性ありと禁止されたが苛酷な仕事の労働者は
手放さぬという　運転手はドライブインで
ビニール袋詰めの　ビンロウヤシ実を買い足し

世界を　少しかじっては　吐き出す
右窓の窓を確認　ルンとつぶやき発車
キリン首を越えて　台湾一周ツアーの始まり

高雄の空

秋山　泰則（あきやま　やすのり）
1938年、東京都生まれ。詩集『民衆の記憶』『泣き坂』。
美ヶ原高原詩人祭主催、日本現代詩人会会員。長野県松本市在住。

耕一さんは高雄の上空でなくなった
小さな木の箱の中で石になって帰ってきた
おじさんもおばさんも二人の弟も
親戚中の大人も子供も泣いた
葬列の白い幟《のぼり》が風で揚がったとき
「耕ちゃんの襟巻きみたい」と言う声がした
おじさんは何も書いてない白い幟を竿からはずして丁寧
　に畳み
シャツのボタンを外して胸にしまった
その間　葬式の列は道端に止まり
提灯行列で興奮したことを
ラジオの臨時ニュースに沸き立ったことを
新聞やラジオより先にみんなで戦争を喜んでいたことを
　悔やんだ

あれから何十年か生きておじさんが
次におばさんがなくなった
また何十年かして耕一さんの二人の弟もなくなった
耕一さんがいた頃の家族はみんないなくなった

おじさん達が行けなかった台湾の空へぼくは行った
耕一さんが果てたという高雄の空は大都市の上にあった
横に流れた白い雲　その端で光ったものを見て風防かと
　思い
旋回する翼かと思った時に
ぼくは心の中に平和がないことを知った
戦争が無いことが平和なのではなく
平和は戦争をさせない人間の心にあることを知った

「赤とんぼ」の車輪

かわかみ　まさと
1952年、沖縄県生まれ。詩集『与那覇湾―ふたたびの海よ―』『水のチャンプルー』。詩誌「あすら」、日本現代詩人会会員。東京都中野区在住。

せっぱ詰まった軍《いくさ》の庭の別盃式《べっぱいしき》
雲海をさ迷う声なき弔辞

「カブトムシ」*1ほどの
か弱い馬力を食いつなぎながら
「サラ台風」*2よりのろまな
鄙《ひな》びた色合いの特攻機は命の捨て所へ
機体は木製の骨組み
羽根は粗い布張り
いさぎよく燃えるには申し分ない
昭和20年7月28日早朝
「赤とんぼ」*3八機は台湾の基地を出発
石垣島で給油し宮古島でしばし羽根を休めた
ふたたびの別盃をかわし
「赤とんぼ」は250キロ爆弾を抱え
同日夜10時過ぎによろよろ飛び立った
イザ　逝かん　月夜の大海原
月のウサギは波のまにまに跳ねては踊るよ
〈お月さま見捨てないでね〉
〈目の前のウサギと遊びたや〉

死に神さまは気まぐれだ
善悪の熨斗《のし》を引っ剥がし
罪なき生き死にの禍根をあばきだす
如何なる運命か振り向かない
貧相な「赤とんぼ」・八機のうち
一機はタイヤのパンクで離陸不能
二機はエンジン不調のため引き返した
そのうちの一機は不時着大破し
特攻隊員は重傷を負った
不時着した「赤とんぼ」の車輪は
パンクした機体へ移され
有無を言わさず修復された
出撃を免れたはずのパンクした特攻機は
死に神さまの手引きで
うな垂れて最期の標的へ飛び去った
擬死の陰影は遠ざかる島影の如く
徒《いたずら》にのっぺり伸びた
嗚呼！　罪作りの車輪よ
未来永劫　絶望の淵を回り続けよ！

月の光に魅入られた「赤とんぼ」
〈うさぎ追いしかの山……〉[*4]を口ずさみ
鉄の嵐の渦中へまっしぐら
「赤とんぼ」は波しぶきを浴びながら
死に所にたどり着いた
あまりの鈍《のろ》さに米艦のレーダーは探知できず
対空砲火は布の羽根に無傷の穴を空けただけ
「赤とんぼ」は嘉手納沖に屯《たむろ》する
米国の駆逐艦一隻を撃沈し
艦船二隻を大破した

「赤とんぼ」は身に余る戦果をあげたのだ

月のウサギが眠りにつく頃
「赤とんぼ」の亡き骸は
珊瑚樹の暗みにまぎれて
物音ひとつ立てず
青白く光りだす……
嗚呼！　無情　無常
さらなる無の上のお月さまよ！

赤とんぼ月夜の海の喪章かな

＊1：フォルクスワーゲン・タイプ1。世界最多の累計生産台数を誇る伝説の大衆車。「カブトムシ」や「ビートル」の通称で呼ばれる。
＊2：別称、第一宮古島台風。昭和34年9月、宮古島付近を通過した台風14号、国際名：サラsarah。最低気圧905hpa、最大風速70m/s。宮古島に甚大な被害をもたらした。
＊3：神風特別攻撃隊第三竜虎隊　九三式中間操縦練習機（通称：赤とんぼ）。「第三竜虎隊」はよれよれの「赤とんぼ」を操縦し、宮古島から嘉手納沖の米艦に突撃した。宮古島市営陸上競技場の東の嶺に、「神風特攻隊第三次竜虎隊」の碑が建立された。
＊4：童謡・唱歌「ふるさと」の歌詞。作詞：高野辰之、作曲：岡野貞一

沈丁花

中川　貴夫（なかがわ　たかお）
1951年、岡山県生まれ。詩集『花の記憶』『吉備野の花詞 II』。
詩誌「ネビューラ」、日本現代詩人会会員。岡山県岡山市在住。

詩を書くために明け方起きた僕は
窓を開ける
三月の透明な大気とともに
沈丁花のひっそりとした香りが
鼻をくすぐる
僕は少し幸せな気分になる
そして　この花は誰かに似ていると思う

そうだ　Yさんだ
施設で介護職員だった頃
ディサービスでお世話をしていた男性だった
利用者さんたちとの歌や娯楽の輪に入らず
テーブルの片隅に座り
本を読んでいる寡黙な方だった
お年になっても背筋がしゃんと伸び
礼儀正しかった

職長に一度尋ねた事があ
Yさんは何をやっていらっしゃったのかと
あの利用者さんは　江田島の海軍兵学校で
教官をやっていたとの答えだった

ある日送迎の車で
僕の親父は予科練*の志願兵だったと告げた
Yさんの瞳がやわらぎ
当時の事をポツポツと語り始めた
……この年まで生きてしまいました。戦争に敗れた日
からこのかた　私には辛い時間でした　しかし今でも
忘れられない事は　日本の領土であった南洋の島々の
緑のきらめきです　飛行機乗りであったお父上なら
分っていただけると思いますが

それから暫くして僕は職場を変わり
数年の後　人づてに
Yさんが鬼籍に入られたと聞いた

職業軍人としてのYさん
ようやく戦争が終わりましたね
僕がそうつぶやくと
沈丁花の香りの中に
ひっそりと微笑む彼の面影が浮かんだ

＊予科練…海軍飛行予科練習生

「希望の国」の末路

清水　マサ（しみず　まさ）
1937年、新潟県生まれ。詩集『遍歴のうた』『鬼火』。
日本現代詩人会、新潟県現代詩人会。新潟県新潟市在住。

私が育った集落には
小さな店が軒を連ねていた
米屋　魚屋　菓子屋　煙草屋　醤油屋　酒屋　鋳掛屋
鍛冶屋　桶屋　仕立屋　自転車屋　医者どん　私設郵
便局

暮らしの必需品のすべてが
慎ましく並ぶ通りを　使いに出された

そのうえ駐在所まであって　巡査の一家が住んでいた
白い上下の制服の腰にサーベルを下げて
巡査は集落を見廻っていた
鼻の脇に大きないぼがある彼を
村びとは　いぼ巡査と陰で呼んでいた

自転車は隠しておくようにと父が言った
どぶろくを作っていた家と
ミシンのある家は密告されたと　大人達が囁いていた
集落の通りを青年団が鳴らす軍歌で

出征兵士を送った
名家の門前では伝令犬として戦場に赴く犬の壮行の儀式
があった
犬に縋《すが》って泣くその家の　おばあ様　の姿が今も心に焼
きついている

国民学校三年生の夏　食べものも着るものもなく
貧しさに耐えていた子どもらは
戦争に負けたことを知らされた
若い女教師は泣いた

八歳の子どもらに
教師の悲しみがわかる訳もなく
みんな黙って教師を見ていた

そして我が家では　身籠った新妻を遺して
二七歳の叔父がフィリピンのルソン島で戦死した

七〇年が過ぎた今　歳月は　すべてを消し去り
その道を引き返そうとでもいうのか
末路に向かって進んでいる

夜の底

長津　功三良（ながつ　こうざぶろう）
1934年、広島県生まれ。詩集『影舞い』、詩論集『原風景との対話』。
詩誌「竜骨」「火皿」。山口県岩国市在住。

現地で仕事をしている友人を訪ねて　真夏のフィリピンに行った
貧富の格差が激しい　実質貧困の生活から　抜け出せない
治安の不安定な　国に　行った
すぐ　ピカドンのあとの　ひろしまの　生活を思った

戦後すぐから　私は　早く復員した父と　基町で暮らした
西練兵場の北　輜重隊《しちょうたい》の跡である
市営の　被災者用応急木造家屋《バラック》である
二畳の玄関と四畳半と六畳の居間　天井はない　そのまま屋根板
自給のための畑作りに　土地を掘り返すと　馬の骨が沢山出て来た

綺麗な場所がない
高級住宅という場所のあたりにも　ゴミの山がある
悲惨なものだ
それでも　子供が　沢山居て　楽しそうに　生きている

水道は　二十軒で共同使用　洗濯など
一本の水道栓の周りに　集まってやった
飲み水は　バケツに汲み置いたままのやつ
雨漏りがするので　焼け跡から拾ってきたトタン板を張る
夏など　昼寝をすると　肩の形が　そのまま　畳に残った

友人たちが　ボランティアしている　スラムも行った
失礼だが　凄いとしか　言いようのない　生活水準だ
狭い場所に　板や　トタンを張りつけて　家　と称している
他人の土地に　勝手に建てて　住んでいる　のだそうな

父の仕事が　新聞販売店だったから　バラックを建て増しして
仕事場にして　広島駅と　流川の中国新聞に行って受け取り
包丁で　切り離して　配達していた　新聞はタブロイ

ド判だった
腹は　減っていた
それでも　当たり前のこととして　生きていたのだ

このスラムでも　パンツ一丁で　人らは生きている
いま　この国では　戦争もしていないのに　貧しいまま
に
僅かな金で　人を刺したり　臓器移植のために　二つあ
るものは
一つ売ったり　そう家族が生きていくためには　何でも
やる世界が
ここには　ある
わかるか　うまれたからには　生きようとする
また　家族のために　何かを　しようとする　場所があ
るのだ

微熱の伝説
――あるいは令和元年9月28日――

秋色の霞む風が揺れている
僕は八十一歳になった

父　大工　昭和18年病死　47歳
長兄　満鉄社員　昭和20年6月戦死　24歳
ボーゲンビル島ルンベン
ほとんどの兵士が餓死か病死
上官のN中尉は生き延びて
部下の遺族を訪ね歩いた
会った母が
アンニャは病気《びょうぎ》で死ぬはずぁねぇ
アンニャは　病気で死ぬはずぁ　ねぇ
N中尉は調べて申請し直し
長兄は戦死と訂正され
上等兵が伍長となり　勲八等が与えられた
ボーゲンビル島は屍の島と言われたという
そして昭和20年8月15日
戦争は　日本が負けて　終わった
僕は6歳で尋常小学校1年生
玉音放送を聞いた記憶がない

残ったのは母
次兄三兄　そして僕
次兄は北海道の徴用から帰り
三兄は高等科2年

僕は何も知らない
だから僕は何も語れない
以後74年生き続けてきたことも
妻と二人の子どもに恵まれたことも

母　昭和49年10月に亡くなる　73歳

風が少し強くなったなぁ
そうか
僕もやがて死ぬ

少しきな臭い砂浜の嵐

あゆかわ　のぼる
1938年、秋田県生まれ。詩集『荒野にて』、エッセイ集『黄昏て道険し』。詩誌「日本海詩人」。秋田県秋田市在住。

南洋の木鉢

工藤　恵美子（くどう　えみこ）

1934年、テニアン島生まれ。詩集『テニアン島』『光る澪　テニアン島Ⅱ』。詩誌「鶺鴒」、兵庫県現代詩人の会会員。大阪府茨木市在住。

戦場となった島
テニアン島に生まれた証のように
居間に飾ってあった　南洋の木鉢が残る
太い鉄木を刳り抜いたもの
ひと抱えはある舟形　重さ五キログラム
側面いっぱいに描かれた
パラオの神話伝説　戦後七十年余を経る

ギブダル島の老婆神ヘヅブソングルの家の前に大樹のムヅ（パンの木）があり、木の中が洞になっていた。其の洞から海の潮が吹き上げ　魚が木の枝から降って落ちた。ヘヅブソングルは、毎日居ながらにして魚を食べていた。村の者が妬んでパンの木を切り倒してしまった。すると、海の潮が吹き上げて、吹き上げて、ギプダル島は海の中に沈んでしまった。

（ギプダル島の神話伝説　土方久功著）

パンの木に生る
赤い魚の絵を指し示しながら
話してくれた父の影
ひきこまれて聞いた
十歳のわたしと　七歳の妹

思い出せない物語を探し続けていた
テニアン島へ何度目かの慰霊の旅で知り合った
パラオ大学の先生から教えていただいた
——パンの木に魚が上ってくる話はギプダル島の話以外はない。パラオのルバック（老人）達の証言から判りました。と
ルバックによって
今でも　語り継がれている神話伝説
一枝一枝に魚が生り魚の木になった
南洋の木鉢に描かれた　赤色のユーモラスな魚
残り続ける鮮やかな色彩
海へ沈んで行ったギプダル島
私を惹き付ける
南の島

＊ギプダル島―パラオ諸島のハベルダウブ本島オギワルから四マイル沖にあった。

六章　北アジア

ロシア・モンゴル・モンゴルと中国国境・縄文・アイヌ

オホーツク挽歌

宮沢　賢治（みやざわ　けんじ）
1896〜1933年、岩手県生まれ。『銀河鉄道の夜』『風の又三郎』。
岩手県花巻市に暮らした。

海面は朝の炭酸のためにすつかり銹びた
緑青《ろくせう》のところもあれ〔ば〕藍銅鉱《アズライト》のところもある
むかふの波のちゞれたあたりはずゐぶんひどい瑠《る》〔璃《り》〕液《えき》
だ
チモシイの穂がこんなにみぢかくなつて
かはるがはるかぜにふかれてゐる
（それは青いいろのピアノの鍵で
　かはるがはる風に押されてゐる）
あるひはみぢかい変種だらう
しづくのなかに朝顔が咲いてゐる
モーニンググローリのそのグローリ
　いまさつきの曠原風の荷馬車がくる
　年老つた白い重挽馬は首を垂れ
またこの男のひとのよさは
わたくしがさつきあのがらんとした町かどで
浜のいちばん賑やかなとこはどこですかときいた時
そつちだらう、向ふには行つたことがないからと
さう云つたことでもよくわかる
いまわたくしを親切なよこ目でみて
（その小さなレンズには
　たしか樺太の白い雲もうつつてゐる）
朝顔よりはむしろ牡丹《ピオネア》のやうにみえる
おほきなはまばらの花だ
まつ赤な朝のはまなすの花です
ああこれらのするどい花のにほひは
もうどうしても　妖精のしわざだ
無数の藍いろの蝶をもたらし
またちいさな黄金の槍の穂
軟玉の花瓶や青い簾
それにあんまり雲がひかるので
たのしく激しいめまぐるしさ
　馬のひづめの痕が二つづつ
　ぬれて寂まった褐砂の上についてゐる
もちろん馬だけ行つたのではない
広い荷馬車のわだちは
こんなに淡いひとつづり
波の来たあとの白い細い線に
小さな蚊が三疋さまよひ
またほのぼのと吹きとばされ
貝殻のいぢらしくも白いかけら

萓草の青い花軸が半分砂に埋もれ
波はよせるし砂を巻くし

白い片岩類の小砂利に倒れ
波できれいにみがかれた
ひときれの貝殻を口に含み
わたくしはしばらくねむらうとおもふ
なぜならさつきあの熟した黒い実のついた
まつ青なこけももの上等の敷物《カーペット》と
おほきな赤いはまばらの花と
不思議な釣鐘草《ブリーベル》とのなかで
サガレンの朝の妖精にやつた
透明なわたくしのエネルギーを
いまこれらの濤のおとや
しめつたにほひのいい風や
雲のひかりから恢復しなけ〔れ〕ばならないから
それにだいいちいまわたくしの心象は
つかれのためにすつかり青ざめて
眩ゆい緑金にさへなつてゐるのだ
日射しや幾重の暗いそらからは
あやしい鑵鼓の蕩音さへする

わびしい草穂やひかりのもや
緑青《ろくせう》は水平線までうららかに延び
雲の累帯構造のつぎ目から
一きれのぞく天の青
強くもわたくしの胸は刺されてゐる
それらの二つの青いいろは
どちらもとし子のもつてゐた特性だ
わたくしが樺太のひとのない海岸を
ひとり歩いたり疲れて睡つたりしてゐるとき
とし子はあの青いところのはてにゐて
なにをしてゐるのかわからない
とゞ松やえぞ松の荒さんだ幹や枝が
ごちやごちや漂ひ置かれたその向ふで
波はなんべんも巻いてゐる
その巻くために砂が湧き
湖水はさびしく濁ってゐる
　（十一時十五分、その蒼じろく光る盤面《ダイアル》）
鳥は雲のこつちを上下する
ここから今朝舟が滑つて行つたのだ
砂に刻まれたその船底の痕と
巨きな横の台木のくぼみ
それはひとつの曲つた十字架だ
幾本かの小さな木片で
HELL と書きそれを LOVE となほし

ひとつの十字架をたてることは
よくたれでもがやる技術なので
とし子がそれをならべたとき
わたくしはつめたくわらつた
（貝がひときれ砂にうづもれ
　白いそのふちばかり出てゐる）
やうやく乾いたばかりのこまかな砂が
この十字架の刻みのなかをながれ
いまはもうどんどん流れてゐる

海がこんなに青いのに
わたくしがまだとし子のことを考へてゐると
なぜ〔お〕まへはそんなにひとりばかりの〔妹〕を
悼んでゐるかと遠いひとびとの表情が言ひ
またわたくしのなかでいふ
（Casual observer! Su〔p〕erficial traveler!）
空があんまり光ればかへつてがらんと暗くみえ
いまするどい羽をした三羽の鳥が飛んでくる
あんなにかなしく啼きだした
なにかしらせをもつてきたのか
わたくしの片つ方のあたまは痛く
遠くなった栄浜の屋根はひらめき
鳥はただ一羽硝子笛を吹いて
玉髄の雲に漂つていく
町やはとばのきらびかさ
その背のなだらかな丘陵の鴇いろは
いちめんのやなぎらんの花だ
爽やかな苹果青《りんごせい》の草地と
黒緑とどまつの列
（ナモサダルマプフンダリカサスートラ）
五匹のちいさないそし〔ぎ〕が
海の巻いてくるときは
よちよちとはせて遁げ
（ナモサダルマプフンダリカサスートラ）
浪がたひらにひくときは
砂の鏡のうへを
よちよちとはせてでる

裸足少女

（表題・抄出はコールサック社編集部）

与謝野　晶子（よさの　あきこ）
1878～1942年。大阪府生まれ。歌集『みだれ髪』『小扇』。東京都千代田区などに暮らした。

子等《こら》おきてかへり見《み》がちに君《きみ》を追《お》ひ海《うみ》こゆる日《ひ》もさはれ疾《と》く来《こ》よ
生《うま》れたる日《ひ》のごと死《し》ぬる日《ひ》のごとく今日《けふ》を思《おも》ひてわれ旅《たび》に行《ゆ》く
わが泣《な》けば露西亜《ロシア》少女《をとめ》来《き》て肩《かた》なでぬアリヨル号《がう》の白《しろ》き船室《せんしつ》
金色《こんじき》の波《なみ》もも色《いろ》の波《なみ》の山《やま》うちかさなりてみづうみ氷《こほ》る
ここちよき胡地《こち》の皐月《さつき》の厚氷《あつごほり》夕日《ゆふひ》の花《はな》のひろく散《ち》りしく
蒙古犬《もうこいぬ》コサックの顔《かほ》たそがれの灰《はひ》ばむ原《はら》を追《お》ひくる如《ごと》し
水《み》づきたる楊《やなぎ》の枝《えだ》もシベリヤの裸足少女《はだしをとめ》もあはれなりけれ
シベリヤに流《なが》されて行《ゆ》く囚人《しうじん》の中《なか》の少女《をとめ》が著《き》たるくれなゐ
蒙古犬《もうこいぬ》はた駅《えき》の人《ひと》六人程《むたりほど》ありと記《しる》すも旅《たび》はけうとし
やごとなき白銀《しろがね》いろの冬宮《とうきゆう》かはた亡霊《ばうれい》の住《す》める家居《いへゐ》か

歌集『夏より秋へ』より

チェーホフ『サハリン島』
＊十九世紀末文学として読むドキュメント

望月　孝一（もちづき　こういち）
1944年、神奈川県生まれ。歌集『チェーホフの背骨』、エッセイ集『山行十話』。短歌誌「かりん」会員。千葉県松戸市在住。

娯楽劇得意に紡ぎしチェーホフがペンの力で網掛けし島

夏来れば道なき原野に轍《わだち》つけシベリア拓きしその果ての島

シベリアに枷《かせ》を付けられ途切れなく進む列あり戻る列なし

足枷の囚人木を伐り道ひらきラーゲリ次々島に建てゆく

冤罪の息子哀れと母付き来たる故郷に夫と子を捨て来しと

徒刑囚にその妻添い来て飢えたれば身を売り明日を継ぎおりたり

サハリン島は南ほどよし東よりは西側がよし夏のジャガイモ

不正義を糾さむチェーホフ極東の地獄の沙汰を見据えて綴る

絶望のはての堕落を救うもの「それは子供なり」チェーホフの背骨

徴用の朝鮮人に石炭を掘らせしこの島　昭和の戦に

歌集『チェーホフの背骨』より

韃靼海峡

――安西冬衛追想

急ぎ潮が引く
沿海州の断崖は
わずかに黄土色の砂丘をつらねる
潮騒よ　何処を指して立ち去るのだ
ここ韃靼海峡を　ひたすらに

船はサハリン島の細長い文鎮と
タタールの民が点のように点々
この沿海州との海湾を
北を指して突き進む
海豚《いるか》が急ぐ
船の前後に船団さながら

ラザレブ岬の気配
干潮時ラザレブ岬とサハリン島の西海岸
その最狭部航行できる幅一・八キロ
あとはサハリン島西海岸から浅瀬がつづき
地表を洗うように漣み
猛スピードで北上する引潮
間宮林蔵が発見し

畠山　義郎（はたけやま　よしろう）

1924年、秋田県生まれ。詩集『赫い日輪』『色分け運動会』。詩誌「密造者」発行人、秋田県詩人協会初代会長。秋田県北秋田市に暮らした。

シーボルトが西欧にもたらした
大陸とサハリン島の地峡よ
北へと突きゆく潮騒の
ばんばんと走り去るおと
いちめんの濃霧が衣服を湿す
海図と機器を睨む　舵手
鳥一羽飛ばず
盲目の船首

オホーツクから黒龍海湾を下降し
干満が激突　攻守が変ろうとする
間宮の瀬戸を渡り
目標はニコライフスク　アムール河口
往くか戻るか
渦巻く激浪を越え　北か
満潮に乗り沿海州へ帰るか
北の涯　干満激突する荒海を渡る
一匹の蝶の船

歌

煙草《マホルカ》をおれたちに配り終えると
ばあさんが歯の抜けた黒い口で言うのだ
わしの孫がのう　あんたらと戦って
ノモンハンで戦死した

ばあさんは一生懸命で駆けてきた
足が弱いのか杖をついて駆けてきた
白い髪がまゆのようにまるいばあさんである

おれたちを恨んでいるかいと聞く
うんにゃあ　もう忘れた
ずいぶん昔のことだし
男たちの領分のことで分らねえが
女らには　むごい戦争でありました

絶対天天皇崇拝者の男が
煙草にむせんで涙を流し
ばあさんと言ったきり　なにも言えなかった
おれの肩を叩いて苦しいと言った
移動トラックが動き出す

鳴海　英吉（なるみ　えいきち）

1923〜2000年、東京都生まれ。詩集『ナホトカ集結地にて』『鳴海英吉全詩集』。詩誌「列島」「鮫」。千葉県酒々井町に暮らした。

おれたちは軍歌の一ふしを合唱した
（ここはお国を何百里　離れて遠い満州の）
うたごえはしめっぽく　みんな言うのである
ばあさんの孫は　おれが殺したんじゃない
白いまゆのようなばあさん

墓

日本人の墓があると言う
いまはこの共同農場《コルホーズ》で知っている者は
おれたち　じじいばかりになった
雪のなかを敗走しつづけたが
最後まで投降することを拒んだ
そして　おれらは彼らを倒した
死体を見たら　凍傷で足がくずれていて
一歩も歩ける状態でなかった
彼らは勇敢なる日本兵士《ヤポンスキー》である
そしておまえらは　兵士のクズである

おれたちは彼らを忘れないであろう
彼らは動けないまま　投降を拒みつづけ
偉大なる赤軍兵士のおれと戦ったのである
おれらは手厚く兵士の友情をこめて埋めた
墓は風の強い日には
墓標が揺れて泣くと
遠い昔から村の伝説になっとる
遠い昔？
そうよ　遠い昔　一九一八年頃
おまえらの父親たちが
このシベリヤに侵略してきたのである
おれたちは呆れたが　仲間の物知りが
多分シベリヤ出兵のことらしい
シベリヤ出兵ってなんのことだと聞くと
おれもよく知らんと言う
馬鹿モン《ヨッポイマーチ》！
ロシヤ人が知っていることを
おまえら知らんとは何事である
日本人墓地の清掃を　おれは何年もやっとる
もう何十年も日本人は誰一人として墓参せん
なんたることである
彼らは勇敢に最後まで戦った
それに引きかえ
おまえら　なんたるクズな兵士《ソルダート》！

鶴

鶴は群れてなぜ帰ってきたのだろう
鶴はなぜ忘れないで帰ってきたのだろう
鶴はなぜ雪だけを信じるのだろう
鶴が北の方にとぶ日は　雪がふる
鶴が全身をふり羽毛を一本ずつ落している
枯れた野菊を焼く早春を包みこんでいる
包みこまれてきれいな祖国はとうめいになる
とうめいな雪で　ナホトカも薄く白く染まる
根雪の上ですぐとける　淡雪になる
鶴は祖国で何を見てきたのだろう
ぐるーう
なぜもっと寒い北に　鶴は帰るのだろう

見たことのない花

田澤　ちよこ（たざわ　ちよこ）
1935年、青森県生まれ。詩集『ロシア向日葵の咲いている家』『四月のよろこび』。青森県弘前市在住。

ノモンハン桜
見たことのない花
八月　戦場の草原に咲いたという

古稀を過ぎて
はじめてその名を聞いた

ノモンハン
行ったことのない土地
こちらは花の合間に伏せ

花を蹴散らしての戦い
あちらの戦車は花に踏み込んで
頭上から銃を撃った
国境のホロンバイルで父は戦死した
ノモンハン桜咲く高原は
無数の兵の血潮に染まった

「ノモンハン事件」は
太平洋戦争より前のこと
もう歴史に編み込まれた夏の戦い

何千もの遺骨はそこに留まり
郷愁の草花は　いまも
傍《かたわ》らに添って咲くという

ノモンハン桜

猪野　睦（いの　むつし）
1931年～2018年、高知県生まれ。詩集『ノモンハン桜』『沈黙の骨』。詩誌「花粉帯」「炎樹」。高知県香美市に暮らした。

これを日本兵たちは
ノモンハン桜と呼んでいたと
中国人青年は草花を一輪摘んでくれた
地低い野地菊にまじり咲く
桜花ににた可憐な花は
八月下旬のホロンバイル草原に
つづいていた
モンゴルでは永久の花
ムンクチチクというとも教えてくれたが
このやさしい花つづきの草原で
関東軍一万八千人が夏の盛りに
無惨に死んでいったのか

六十年あまり前の関東軍国境侵犯
ノモンハン事件
国境近い激戦場だった集落には
平屋の諾門罕《ノモンハン》戦争遺跡館があった
火焔瓶用ビール瓶　飯盒　鉄かぶとくず
ナイフなどのがらくたに混って
朽ちた歯こぼれの頭骨五つ六つ
無惨なむきだしの侵略展だった
停戦後に遺体集め焼いたという
楊の生える段下り窪地には
歩くと白い骨片が散見された

ノモンハン桜
だれいうともなく死んだ兵士たち
郷愁こめて名づけ
ひろがった名であったろうが
いまそれを知るものはいない
八月の雲の果てにつづく地平の草原に
のこる骨片に沿い咲く花
ムンクチチク　永久の花

捕虜の死

窪田　空穂（くぼた　うつほ）

1877年～1967年、長野県生まれ。歌集『まひる野』『土を眺めて』。東京都文京区などに暮らした。

兵として北支派遣軍中にありし次男茂二郎、久しく消息を絶ち、生死すら不明にて過せるが、五月中旬、茂二郎が戦友の一人なりといふ米村英男君、はからずも我が家を訪はれ、茂二郎の消息を伝へらる。同君も茂二郎と同じく身体弱きため、入隊以来三年間、あやしくも行動を共にし、その一切を知悉せるにより、仔細に告げられしなりけり。茂二郎は終戦直前、北支より内地防備軍に向けられし汽車中、ソ聯開戦によりて満洲に移され、終戦と共に捕虜としてシベリアなるイルクーツクチェレンホーボに捕はれの身となれるが、二十一年二月十日、発疹チフスに罹りて死去せりといふ。今より一年三個月前のことなり。我は床上の身とて親しく聴くを得ず、章一郎の伝ふるところを聴きて胸臆に反芻するのみ。

シベリアの涯《はて》なき曠野《くわうや》、イルクーツクチェレンホーボの

バイカル湖越えたるあなた、炭山《たんざん》を近く望みて　あはれなる宿舎むらがる。名にこそは宿舎ともいへ、土浅く広く掘りては　かりそめの板屋根を葺き　出入り口一つ設けし　床《ゆか》すらもあらぬ土室《つちむろ》、戦前は囚人住みて　労役に服せるあとか。かかる室《むろ》ならび群がり　鉄条網めぐらす内に、在満の我兵五千　捕虜として入れられにける。

厳冬のチェレンホーボは　氷点下五六十度か、言《こと》絶ゆる畏き寒威　人間の感覚を断ち、おのが息真白き見ては命なほありと思ふに、労力の搾取のほかは　思ふなき国にかあらし　働かぬ冬は食ふなと　生きの命つなぐに足らぬ　高粱《かうりやん》のいささか与へ　粥として食はしむるのみ。夜となれば床《とこ》なきままに、土に置く狭き板の上《へ》　押並び二人《ふたり》いねては、一枚の毛布かぶりて　体温をかよはし眠る。目的を失へるどち　言ふことの何のあらむや、つぶやくは常つづく饑《うゑ》　眼に迫る恋しき祖国、口にすれば暫しまぎるる　かひあらぬ訴《うたへ》のみなる。

わりなきはただ一着《いつちやく》の　身につくる軍服なるかな、薄くして寒気のとほり、著《き》きらしてぼろぼろなるに、著がへなきそのシャツをしも、おのれ等が巣どころとなし饑うる身を食となしつつ　ふえにふゆる虱の族《ぞう》よ、その数《かず》は幾そばくぞ。臍《ほぞ》のあたり手もて探せば　いく匹をとらへは得れど、脱げば身のこほる寒気に　捕り減らすことすらならぬ。全員の五千に巣くふ　この虱チフス菌もち、吸ひし血に代へて残せば、あはれ見よ忽ちにして大方は病者となりつつ、高熱にあへぎにあへぐ。医師をら

ず薬餌《やくじ》のあらず　あるものは高粱のみの、この患者いかにかすべき。悲しきは生を欲する　人間の本性なるよ、食はざれば死せむと思ひ　強ひてすする堅きその粥、衰へし腸をかして　一たびの下痢を起せば、その下痢やとまる時なく　見る見るに面形《おもがた》かはり、物言ひをしつつ息絶ゆ。ここの水ははなはだ悪るし　高熱の渇きこらへて　飲むなゆめと相警むれ、飲まざるも命堪へえで　一日《にち》に何十人は　息せざる者となりゆく。チェレンホーボ長き一冬《ふゆ》　千人や屍体となりし。

戦友のこの悲しきを　いかさまに葬りなむか、全土ただ大氷塊の　掘りぬべき土のあるなし。ダイナマイト轟かしめて　氷塊に大き穴うがち、動きうる人ら掻き抱《だ》きその中にをさめ隠しつ。初夏《しょか》の日に氷うすらぎ　あらはるる屍体を見れば、死ぬる日の面形《おもがた》保ち　さながらに氷れるあはれさ。その屍体トラックに積み　囚人の共同墓地ある　程近き岡に運びて、一穴《けつ》に五人を葬《はふ》り、捕虜番号書ける墓標を　人の身の形見とはなし、千人の戦友の墓　さびしくも築《つ》き並べけり。

死を期《ご》して祖国を出でし　国防の兵なる彼等、その死《しに》のいかにありとも　今更に嘆くとはせじ。さあれ思ふ捕虜なる兵は　いにしへの奴隷にあらず、人外の者と見なして　労力の搾取をすなる　奴隷をば今に見むとは。彼等皆死せるにあらず　殺されて死にゆけるなり、家畜にも劣るさまもて　殺されて死にゆけるなり。嘆かずてあり得むやは。この中に吾子まじれり、むごきかな　あはれむごきかな　かはゆき吾子。

子を憶ふ（抄）

（抄出はコールサック社編集部）

いきどほり怒り悲しみ胸にみちみだれにみだれ息をせしめず

湧きあがる悲しみに身をうち浸しすがりむさぼるその悲しみを

いさぎよくあれよと云ふにいらへせず常の目もちてただ聞けるのみ

かにかくに子が生死《いきしに》の分かむまで我もかくてとした思ひにき

わが写真乞ひ来しからに送りにき身に添へもちて葬《はふ》られにけむ

歌集『冬木原』より

吹雪く夜に

近江　正人（おおみ　まさと）
1951年、山形県生まれ。詩集『北の種子群』『ある日　ぼくの魂が』。
日本現代詩人会、山形県詩人会会員。山形県新庄市在住。

父親を怒らせないように！
それが母親とのいつもの申し合わせだった
夜更けに　酔った父親が帰ると
幼いぼくと妹は　あわてたつくり笑顔で
布団に逃げ込むのだった

やがてお決まりのように
怒鳴り声と　母の抗う声がして
ぼくは起こされ　服を着替えると
酒を買いにゆかねばならなかった
父親はなぜか　幸せそうな家の雰囲気を嫌った
母親の腫れ上がった泣き面を見ながら
腹立ちながら強気を装って外に出ると
吹雪で裸電灯が消えそうに揺れていた

長靴に入り込む雪を払いながら
闇の中を一里ほど歩くと
小さな灯りのついた酒屋があって
抱えて行ったカラの四合瓶に
主人はだまって焼酎を注いでくれた
いつものことだから　ぼくの顔も見ず

穴のあいた手袋のことも
お金のこともなにも言わなかった
小学生のぼくにはそれが　雪の冷たさよりこたえた

帰りは　もっと暗い雪道だった
誰も歩く者のいない夜更けの一本道
吹雪が蒼い炎のように何度も燃え上がるのを見た
ぼくは　母に頼まれた四合瓶を抱いて
足も　耳も　指先も　意識も凍りつき
涙と　雪の反吐を吐きながら歩いた
とにかく死んでも行軍するしかなかった

十九歳で　満州に兵士として応召した父親は
三年間　シベリアの凍土の捕虜となり
帰国しても　ラーゲリ土産の結核に呻きながら
没落した一家の貧のどん底で
人間の不条理の闇の冷たさを　何度も味わった
晩年　妙に静かに死んで　十年以上になる
吹雪く夜に
親父の好きだった冷や酒をなめながら
親父の伝えたかった深い孤独を想う

俯瞰

渡辺　恵美子（わたなべ　えみこ）
1943年、山梨県生まれ。詩集『万華鏡』『母の和音』。詩誌「プリズム」、日本詩人クラブ会員。埼玉県狭山市在住。

地球を包む雲海の果て　茜色に
透明のブルーは
宇宙の彼方へ限りなくつづいて
神は　委ねられた魂の行方を
この空間へおこうと考えただろうか

銀色の翼は
再び地上に降り立とうとする
生身のいのちを乗せ
明けきらない地球の上空を飛ぶ

古代人の　聖なる天空を
金属音をたてて　翼が切り裂く
天を仰いで雨乞いを　地に平伏して豊穣《ほうじょう》を
（神々と交信した時空を）
薄い翼を信じ　飛び回る　現代人

翼はシベリア上空
イルクーツクの街の灯　白い河　氷の大地
何億光年も軌道を離れず
命を育んできた地球

人は　自滅を押しのけ
行き着くところを知らない　発明者
力の為の生贄を　文明の為という生贄を
老若男女を問わない

地球は償いを求めず　怒りに震える
それなのに
戦いは繰り返され
又次の戦いを考えている

機上の人は　着地することを疑わず
安全ベルトのサインが消えるのを待つ
日常を詰めた重いカバンをさげ
地上におり立つ

上空から見ていたものは
夢だったかのように

イワノフカ＊

一九一九年三月二十二日
狂気の御旗をおしたてて
東方からやつて来た銃剣どもが
吶喊《とつかん》の声をあげた
森はいつせいにふり向いた
イワノフカ　その美しい豊かな大地に
鉄《くろがね》の軍靴の軋みが轟いた
夢みる聖像《イコン》は切り裂かれ
菜の花畑に翅は飛び散り
穴だらけの男たちの体を
冷たい風が吹き抜けた
突如現れた小屋地獄　そのなかで
七十二本の腕と
七十二個の耳が
生きながらに火葬された
いかなる勝利も
敗北もなかつた
帝国も　パルチザンも幻だつた
ただ　白昼堂々の不条理と
煤けた尺骨だけがあつた

時をへだてて
明るい丘の上に
銀の十字架が立ち並んでゐる
こんなにも目を痛ませる湿原の輝き
けれども　その光の届く
至るところに歌がある
アムール川を漂ふ
あたたかな羽毛に
受難の深さを知るひまはりに
あるいは涯しなく星が瞬く青空の下
娘と息子が鋤き返す
骨混ぢりの土くれに
歌ひそびれた歌が

＊ロシア連邦極東アムール州ブラゴベシチェンスク郊外の村。
シベリア出兵中の旧日本軍による住民虐殺事件が起きた。

中林　経城（なかばやし　たてき）
1969年、宮城県生まれ。詩集『鉱脈の所在』。
日本現代詩人会会員。宮城県仙台市在住。

カラカラと音がする

森田　美千代（もりた　みちよ）
1946年、山形県生まれ。詩集『寒風《かぜ》の中の合図《シグナル》』。
詩誌「時刻表」、日本現代詩人会会員。兵庫県神戸市在住。

山の村に補助金という甘み
人数を割り当てられた　満蒙開拓移民団
小作人から地主になれるという
少年は　父の決断が立派に見えた
　とにかく寒いところやそうな
ばあちゃんは下を向いたまま
不安はあったが口には決して出しません

あやめの花一面の新天地
走っても　走っても　地平線が続く
黒板のない学校が　迎えた

ゆめ見た新天地　寒冷地の草原　危うい積み木
男は　みな　戦地に　女と子どもが残された
敗戦

ソ連の兵士が攻めてきた
土地を取られた満州国の民の襲撃　泥を投げ応戦
　もう逃げられない　　最期の覚悟
この場で死にましょう

小さな子に覚悟の母たちのことば
　戦死した　おとうさんのところへいくのですよ
あの村も　この村も　開拓移民団の感情は消えた
川へ　地平線へ

わたしの使命　生き残ってこの惨事を伝えること

季節が変わろうとも　爪を噛み続け
頑なに沈黙してきた
ただ　ただ　重くのしかかる夜の数
あの記憶　唇を固く結んだまま

年老いて　戦後七十年　今やっと語る
あどけない子供の顔が　まだそこにあるようで
かんにんしてくれ　あの戦争はまだ終わってない

白髪の震え小刻みに　太い節くれだった　指の痛み
小さくなって　振り絞る
目の先にちらついて　今でも涙がこみ上げて
　忘れられないもんで
やっと　語らなければと思うようになりました

フジタと竣介

青木　みつお（あおき　みつお）
1938年、東京都生まれ。詩集『幻想曲』、小説『荒川を渡る』。
日本現代詩人会、詩人会議会員。東京都小金井市在住。

藤田嗣治は戦前二七歳でパリに渡った
三三歳の時サロン・ドートンヌに入選した
一九三三年帰国し　翌年日動画廊で個展を開いた
三九年パリに戻り四〇年再度帰国する
エコール・ド・パリの栄光と乳白色の下地はまぶしいば
　かりだった
一九三八年昭和一三年海軍省嘱託として中国大陸に渡っ
　た

芸術分野の分掌は内閣情報局第五部第三課
岸田國士が大政翼賛会文化部長になった
美術報国会は横山大観の下にあった
画家は甲乙丙に分類され
ランキングに伴なって画材が配給され
作品の価格が決定された
藤田は奏任官に任じられ佐官待遇という地位に就いた

松本竣介が雑誌『雑記帖』を創刊したのは一九三六年
一九三七年盧溝橋事件、日中全面戦争になる
その年一二月『雑記帖』は廃刊された
竣介は二科展に入選し日動画廊で個展を開く
同じ年紀元二千六百年奉祝美術展覧会がおこなわれた
竣介は「航空兵群」を描いた
落下傘兵たちの表情はとても戦意昂揚とは見えない
主婦之友社に勤めていた妻禎子はかえって心配になった
孤独な竣介が画材の入手に困難をきたし
世の中に役立ちたいとの思いになるのもわかる
キャンバスの表現上の活路をひらきたいという胸中も痛
　いほどわかる
一九四三年藤田は国民総力決戦美術展に「アッツ島玉
　砕」を出品した
アメリカ合衆国の北の果てアリューシャン列島
山脈を背景に入り乱れる兵士の白兵戦
日本兵は刀剣を振るいアメリカ兵をたおしている
断末魔の形相
藤田会心の傑作である
竣介が求めたのは表現力と魅力だった
「鉄橋付近」のあと「三人」「五人」を描いた
それは画家としての苦渋を写すものでもある
「並木道」は一層の孤独を投影している

「アッツ島玉砕」の写実性は画家に求められた想像だった
日本軍は武器弾薬、糧秣の補給叶わず
押し寄せるアメリカ兵の前に討ち死にして果てた
玉砕は日本軍のお家芸にされた

藤田の乳白色はモノクロームのバリエーションと見ることもできる
竣介の抑えた色調とデッサン力は
抑えられた自由への思いを写している

藤田が描いたフィクションは
ノモンハン事件の図でも
歴史的事実を曲げるものだった
敗けた日本軍の実際を偽り勝つ姿を描いた
「アッツ島玉砕」において死なければならなかった日本兵
歴史を偽れば死にきれないことになる

藤田がフランス入国を許されたのは一九五〇年
レオナール・フジタに戻った

＊参考　第69回アンデパンダン展・荒木國臣氏、長田謙一氏講演。

父の写真とロシアの鐘

中山　直子（なかやま　なおこ）
1943年、東京生まれ。詩集『ロシア詩集 銀の木』『雲に乗った午後』。詩誌「アリゼ」「真白い花」。神奈川県横浜市在住。

古い写真がある　夫の父が大学のガウンをまとい
房のついた角帽を被って　明るい日ざしの中で
微笑している　プリンストン大学の構内という
父は海軍から派遣されてそこで学んだ
言葉をかわしたことはなかったが
アインシュタイン博士と行きあったこともあった

以前しばらくロシア（旧ソ連邦）で暮して　もどった時
空港に出迎えてくださった父が　急にロシア語で
話しかけたので驚いたことがある　自学自習にしては
見事なロシア語だった　私たちが出発してから
独習書を買って　勉強してくださったとのこと——
よろこぶ子どもたちの顔を見て　父も嬉しそうに笑った

モスクワのダニーロフ修道院は　ソビエト時代
一九三〇年に閉鎖となったが　ペレストロイカの頃に
再開され　私たちは何度か門の近くの鐘楼の鐘を聞いた
いくつもの音いろの違う鐘が
高く　ひくく　高く　ひくく　入り乱れているようで
しかし声をあわせて　呼びあいながら鳴り

あとからあとから　はなやかに　天に駆けのぼる

そのダニーロフのもとの　鐘たちが
実はアメリカに渡っていて
ハーバード大学の鐘楼で鳴り続けていたが
この程返還されることになったという話を聞いた
当時ある実業家が　くず青銅の値で買い取り　大学に
寄贈していたのだ　ダニーロフからは新しい複製の鐘を
贈ることになり　大きいもので十三トンある
十八個の鐘は　一年がかりでロシアに帰って来るらしい

父があの写真に写った頃に　ロシアの鐘が
アメリカにあったというのは　心ひかれる出来事だ
一度位　その大学を訪ねて　モスクワの鐘を
耳にされなかっただろうか　あの　高く　ひくく
連なって天にのぼっていく　はればれとした笑い
のようなロシアの鐘よ　古い写真の中　卒業する父の
ほほえみ　また孫のために　ロシア語をならった時の
笑顔　そして晩年　自ら将軍であることをやめて
キリスト・イエスの一兵卒となった日の明澄な笑みよ

ルパシカ

店の名はバラライカ
あーちゃんを迎えに行ったある日
銀座松屋の近くにある
ロシア料理の店に行った
ルパシカ姿の芸人が三人
バラライカを弾きながら出てきて
ロシア民謡を歌い
席を縫って客にサービス
ボルシチをすすりながらロシアの歌を聴く
何だか愉快な夕餉だった
ルパシカを着てみたくなる
ちょっと大きめのカップに
いちごジャムを入れ
紅茶を注いで飲むロシア風
バラライカとロシア民謡を楽しみながら
これもいいもんだね
あーちゃんもにんまりしている
ぼくは紅茶を口にして
ルパシカっていいね
でもあなたには無理ね
なぜ
だってあなたはコサックダンスは踊れないでしょ
たしかにあれは踊れないな
だから無理ね
紅茶カップの縁を指でなぞりながら
あーちゃんは
いたずらっぽく笑っていた

うめだ　けんさく
1935年、東京都生まれ。詩集『毀れた椅子』『言葉の海』。
詩誌「伏流水」、横浜詩人会会員。神奈川県横浜市在住。

マレーヴィチ
――ロシア・アヴァンギャルドに奉げる

古城　いつも（こじょう　いつも）
1958年、千葉県生まれ。文芸誌「コールサック（石炭袋）」、東京短歌同好会 for リア充代表。千葉県船橋市在住。

わたしの芸術の開眼は
マレーヴィチだった
あの一面の正方形
マレーヴィチは神だったから
もう他に芸術家は必要なかった

あのブラックスクウェア
人生観なんていらない
わたしの脳みそもお呼びでない
ただ黒の正方形の圧迫
小さな芸術の神がここに降臨

それからわたしはアイビーを描いて
江戸川の水門を着彩して
美術をやめてしまった
そして水門開閉係りさながら
会社員になったとさ

真っ黄の地に緑のアイビー
この五十センチ四方のタブローを
東向きの部屋に飾って
わたしもまたアーティストだ
仲間なんかいらない

マレーヴィチは究極を教えて
わたしはそれを美術にはせず
思考した
脳内に散らばる丸と四角
上へ向くベクトルと言葉のプール
マレーヴィチの正方形の残像
ロシア・アヴァンギャルド

賛成ですか

草薙　定（くさなぎ　さだむ）
1957年、栃木県生まれ。詩集『幼形成熟』『西の城門』。詩誌「橋」、日本詩人クラブ会員。栃木県栃木市在住。

戦争で島を取り返すのは賛成ですか*
疑問形で縄脱けした　修辞への冒涜《ぼうとく》
ならば問う
船窓で潜水艦のガラスを取り外すのは賛成ですか
浅草寺で賽銭《さいせん》を盗《と》るのは賛成ですか
線装で手慰み程度の詩を詩集に編むのは賛成ですか
前奏で歌いだしてしまうのは賛成ですか
前走で周回遅れは賛成ですか
禅僧で心性を取り返すのは賛成ですか
善蔵で子をつれて葛西臨海水族園に
フンボルトペンギンを撮りに行くのは賛成ですか
漸増で軍備を取り返すのは賛成ですか
潜像で集団的自衛権に戦争を見て取るのは賛成ですか
賛成の反対は賛成ですか

歴史が腐食する
地球の磁場が右にキンクする
右巻きの台風が日本を襲う
戦争で島を取り返すのは賛成ですか　を

蝉噪《せんそう》蛙鳴《あめい》と捨て置けない時世になったのは賛成ですか

戦争で島を取り返す
それは　私自身が銃口の前に立つこと
それは　私の街を砲弾の前に差し出すこと
それは　私の国土を弾頭の雨に横たえること

忠霊英霊と祭り上げられた死が
無意味な死であったと突きつけられた夏
無意味を無意味ならしめまいと誓った夏
金句を禁句とし　禁句を金句とした夏
焦土の中に新しい私の国がめばえた夏
蝉騒《せんそう》の季節が巡りくるたび問いただす

戦争の反対は賛成ですか

*二〇一九年五月十一日夜、北方四島の「ビザなし交流」の訪問団に参加した衆議院議員が、国後島の宿舎で酒に酔い、元島民の団長に「戦争でこの島を取り返すのは賛成ですか、反対ですか」などの質問を繰り返した。

張家口《ジャンジャコウ》の崩れたレンガ塀

洲浜　昌三（すはま　しょうぞう）
1940年、島根県生まれ。詩集『春の残像』『ひばりよ 大地で休め』。
島根県詩人連合、日本詩人クラブ各会員。島根県大田市在住。

ポプラの綿毛が雪のように舞う
五月の古都　北京
そこから汽車に乗って
北西二〇〇キロの町　張家口《ジャンジャコウ》をめざす

そこは　モンゴルとの国境の町
北方の山並みに　万里の長城が延々とのびる町
八十歳の義母《はは》が義父《ちち》と過ごした青春の町
七月二十五日に生まれたばかりのあなたが
三週間後に敗戦をむかえ
はるか日本へ逃避行をはじめた町

義母《はは》の遠い記憶を頼りに
張家口《ジャンジャコウ》の町を歩いても
満州鉄道病院の建物は見当たらない

新しくなったビルの前に立っていると
仙人のような長い髯《ひげ》の老人が
中国語で話しかけてくる

「このビルの裏に昔の病院があった」
王さんが流暢な日本語に変える
ビルの裏へ行ってみると
赤茶けて崩れかけたレンガの塀

戦争孤児にならず
日本海に捨てられず
今　五十五年ぶりに
生まれた病院のレンガと再会

「ふるさとに乾杯！」
缶ジュースを
五月の張家口《ジャンジャコウ》の空高く掲げると
急にあなたの顔が崩れ
涙があふれて止まらない

線（Ⅱ）

遠い国の草原に散在する岩の表面に
古代人の残した多くの絵が見つかっている
太陽　そして強調された男女のしるし――それらが
信仰の対象として
素朴な強い線で描かれている
旧石器時代　人は既に「線」を使うことができたようだ

しかし　時代が下っても
大きな角をもつ牛　胴長の犬　馬の群れ　狩りをする人
――日常の事物は
形そのものが擦り出すようにして描かれている

形から線へと　その境界を
その頃　ヒトは　もう　自由に行き来していたのか

あれから数十万年
彼等の末裔――内モンゴルの赤ん坊が　今
包《パオ》のベッドに腹這いになり
紙に描かれた一本の線を
丸っこい指で　摘み上げようとしては
出来なくて　焦れて怒っている

「線」が「物」であった人知の曙の頃――そこから
今　赤ん坊は
這い出そうとしている
摘むことの出来ない「線」のあることを
学ぼうとしている

＊「内蒙古岩絵乙木」（内蒙古文化出版社）
佐々木　朝子（ささき　あさこ）
1936年、中国東北部（旧満州）生まれ。詩集『砂の声』『地の記憶』。
日本現代詩人会、日本詩人クラブ会員。愛知県豊明市在住。

モンゴル紀行――ゲルの生活

堀田　京子（ほった　きょうこ）
1944年、群馬県生まれ。詩集『畦道の詩』『愛あるところに光は満ちて』。「コールサック（石炭袋）」会員。東京都清瀬市在住。

ゲルに電気が行ってない地域は、まだ昔のままの生活とのこと。新しい国づくりに国民一丸となり世界と手をつなぎ、励んでゆくことだろう。微力でもいい礎とまではいかないが理解しあうことから始めよう。

昼食は山なようなモンゴリアン料理。その後ゲルにお邪魔する。先祖の神様などきちんと祭られていた。いろいろな取り決めがあるらしい。家長の席、男女の席も決まっているらしい。羊毛の織物が美しい。ヨーグルトや乳製品を試食する。まろやかでおいしい。馬乳はかなりの貴重品、牛の胃袋で発酵させて酒にするとの話。暮らし体験、便所は？　草原がトイレ、石が紙の代わりだという。なるほど合理的だ。家の材料は冬場の寒波にも耐えられるように羊毛など沢山つかっている。年に4回引っ越すらしい。ゲルは2人いれば建てられるとの話。すごい技術だ。質素な暮らしを守り続け暮らしてきたモンゴルの人々。伝統が息づいていた。それにしてもかわいい子供たち、表情が柔らかく純粋さが愛おしい。観光客と写真を撮り、飴などもらってうれしそう。羊たちは飼いならされており群れで暮らしている。オオカミに食われることもよくあるらしい。しかし雄一匹残し去勢をするとのことでびっくり。お面をつけたような種類の牛もいる。馬は利口そうだ。道に飛び出し車に当たりそうで危ない。ラバさんもいた。青い空、どこまでも続く草原。吹く風のさわやかなこと。背の低い草しか育たないのか食べられて育たないのか？　小さな花々も可憐に咲き誇る。たんぽぽや勿忘草《わすれなぐさ》のような花々色濃く美しい。ところどころに大そう立派な馬糞あり。Oさんは見事糞にはまりすべりそうになる。住民はこの糞をスコップのようなもので収集していた。冬場の燃料になるとの話。ものを持たない生き方に学ぶところがある。知恵があふれる暮し、ゲル生活は大変そうだが、シンプルで合理的。井戸や川からの水くみは重労働だ。ガイドのタイタルさんはモンゴルの人は怠け者というが、とても勤勉そうだ。先祖の霊を呼ぶ太鼓の鹿の絵がきれい。オオカミの太鼓もある。この太鼓の音で先祖が地上に現れるらしい。

信仰心の熱いこの国の民族。日本も昔はこうだったよね。いつかモンゴルもマンションで埋め尽くされるような気がした。自然を守る仕事がしたくてガイドになったというタイタルさんはとても穏やかな方だ。働き者の馬は大きな目をつむらずに寝る。人間の気持ちがわかるらしい。それにしても尻尾の毛から、あの馬頭琴が作られるなんて、素晴らしいことだ。「馬には乗ってみよ・人には添うてみよ」という諺を思い出した。

ガイドさんによれば、スーホの絵本の内容と母国の物語と全く違っていた。あらすじ（西と東に住まう娘と若者の恋。東の兵士になった若者は夜になると羽のついた白い馬に乗り、西の愛しい娘のもとへ会いに行く。それを見た別の意地悪な女性が妬み、馬の羽を切ってしまった。かわいそうに馬は死んでしまったとのこと。悲しんだ若者はその馬で馬頭琴を作り、娘を想い、幸せな音楽を奏でたと・・・）何ともドラマチックな素敵な民話である。

山々は岩石むき出しでそびえている。ホーミーが聞こえてきそうな雰囲気。虫に食われるかと心配していたが、涼しいためか全然いない。日本の蚊はしつこいから嫌いだ。山を見れば道は感で分かるらしい。不思議、ゴビ砂漠はその昔海だったのだ。２００万年前南ゴビには恐竜がいたらしい。ビックバンを起こす前の宇宙に思いをはせた。取っ組み合いのケンカをしたまま化石になった恐竜もいるとのこと。アルタイ山脈海抜５千メートル、夏でも凍っている湖もあるとの話。岩塩もとれる。その昔、海だったのであろう。地球はこのまま発展進化を続ければ、いつかまた爆発するしかないのかもしれないなどと・・・。いやその前に核で破滅かなーそうさせてはならない、大人の責任は大きい。ぬけるような青い空、ブルーは命の象徴。モンゴルの初夏は一年中で一番すごしやすく美しい季節だ。冷暖房完備の恵まれた文化生活者には零下数十度、冬場のモンゴルの暮らしは想像を絶する厳しさだろう。

国境の壁は感じられない。人の心はどこも変わりない。笑い涙し人生を楽しむ。差別や争いはなぜ生まれるのだろう。昔大陸が続いていたころ白人黒人黄色のルーツは一つだったかもしれない。日本人も生まれたころは蒙古斑がある。まさに人類は皆兄弟なのだ。アイヌ人はロシア人にも似ている。先住民族のインディアンを追い出したアメリカ。世界は権力や金をめぐり争いが絶えない。しかし自由や平和を求める闘いの灯を消すことは出来ない。お互いの民族を大切に尊重しあうことは平和への第一歩。平和であればこそ芸術が生きてくる。

モンゴルのミニ競馬

名古　きよえ（なこ　きよえ）
1935年、京都府生まれ。詩集『目的地』『水源《みなもと》の日』。
詩誌「ラビーン」「ここから」。京都府京都市在住。

雨は一日止みそうにない
ゲルの村で
番犬のハルツクは
賢いおじさんのように
まわりを見張っている

草原にマーガレットが咲き
花をサクサクと踏んで行く馬
みんな友だち柵の傍らに集まり
身体を寄せ合って
おりからの雨を凌いでいる

ハルツクは用もないのか
少し仲良くなった私たちに
お菓子をもらえると思って
あの険しい眼をうるませ　ゲルの戸口にいる
孫はビスケットをあげる

「競馬をするってさ！」
誰かの声にさそわれ
ゲルから出て
集会所の前へ行く
あいかわらず小雨が降っている
今か今かと待つこと　三十分

草原の彼方に　豆粒くらいの人馬
あああ　と近づいてきて
あっ　というまに駆け抜けた
何という早さ
馬の先生たちの　見事な手綱さばき

子馬がお母さんを探している

モンゴルの空と風の声

比留間　美代子（ひるま　みよこ）
1932年、東京都生まれ。詩集『日だまり』『私の少女時代は戦争だった』。詩誌「台地」、日本詩人クラブ会員。埼玉県さいたま市在住。

モンゴルの空は澄み切ってまっ青だった
どこまでも広がる天
どこまでも続く草原
あの青空を「青き永遠の天」と
太古《むかし》から崇拝してきたという

私達は八月末モンゴルの
草原に降りたった
晩夏の焼ける太陽が照りつけ
夜には上着を着る寒さがあった
寒暖の差は草丈を成長させず
短い草を食《は》む牛馬や山羊・羊の群れが
遠く近くに見える
大自然の苛酷さが
モンゴルの人の心に
「拝むような空」として天に祈り
風の声を聞いてきたという

時の流れがゆったりとした日射しの中
草をなびかせて風が渡る

遥かな地平の果てから
騎馬民族の話を語りつぎ
ジンギスハーンの歴史を
語ろうとするかのように
風はハタハタと頬を打ってくる

天と地の果てとが
くっきり一直線を描いて
限りなく続いている
モンゴルの風は止むことなく
短い草の葉を揺らして
どこまでも吹きぬけていた

神の魚

徳沢　愛子（とくざわ　あいこ）
1939年、石川県生まれ。詩集『みんみん日日』、方言詩集『もってくれかいてくれ』。詩と詩論「笛の会」、俳誌「WA」。石川県金沢市在住。

北海道は八雲を流れる遊楽部《ユーラップ》川
ユーラップはアイヌ語で「共に流れる川」
何という良い名であろう
森羅万象すべて
共に仲良く生きようというのだ
この川に　その時季になると
鮭の遡上が見られる

鮭は別名「神の魚《カムイ・チェップ》」
アイヌの人々は畏敬をこめて呼ぶ
カナダの西海岸に住む先住民
クワキウトル族は
暮しの折々にサーモンダンスを踊る
喜びと感謝のダンス
踊る彼らにとっても
鮭はまた「神の魚」
海の栄養を運ぶ鮭
彼らは豊かな川を赤々染め遡上し
森を潤す
熊たちが鮭を森に運び
その食べ残しがリスや鹿の餌になる
そのまた糞や　カスが
森の樹々の栄養になる
何という組織だった命の輪廻
鮭の卵はふるさとの上流で生まれ　旅立つ
三年から六年かけて
オホーツク海　ベーリング海
北太平洋と餌を求めて回遊する
やがて卵を孕《はら》んだ雌と共に
雄たちもふるさとに回帰

遊楽部橋から見下ろすと
「神の魚」の軍団が渾身の力で
餌もとらず　休みもとらず遡上してくる
子孫を残すという
神の摂理への従順な協力者
浅瀬で傷だらけになろうと
岩肌で鱗はがれようと
激流に押し流されようと
今　見事に出産を果たし終えねばならぬ

立派な卵を石の陰に生みつけて
〈子孫たちよ　永遠なれ〉
と叫ばなければならぬ
身体の小さな雄たちが狙う中
その雄が一瞬　命あれ　と
白い執念を素早く卵にふりかける
命懸けた雌雄の協同作業
頭上ではオオワシやオジロワシが
円を描いて　時をはかり鮭を狙う
ふるさとの上流で　白い腹を見せ
岸辺に打ち上げられるまで
火を吹くような生を全うする
神の魚　鮭

冷たい晩秋の風吹く橋の上
老年の心はサーモン色に染まる

イランカラプテの歌

鈴木　春子（すずき　はるこ）

１９３６年、新潟県生まれ。詩集『イランカラプテ・こんにちは』『古都の桜狩』。静岡県浜松市在住。

平成最後の云々と
強調するメディアの声が耳につく
そんな大晦日に
舞い込んだのは
イランカラㇷ゚テ
一枚のＣＤ

イランカラㇷ゚テ
イランカラㇷ゚テ
アイヌ民族の挨拶言葉が
歌詞の中に繰り返し繰り返し出てくる

イランカラㇷ゚テとは
こんにちは
あなたの心にそっとふれさせていただけますか
控えめでおくゆかしい言葉だという
この世に存在するすべてが尊重され
共存共栄の平和な暮らしをめざす
アイヌの精神が良く分かる
イランカラㇷ゚テ
この素敵な挨拶言葉を
世界に広められないものかと
アイヌの芸術家の秋辺デポさんと
新井満さんが歌に作り上げた
「千の風」に勝るとも劣らない
すばらしい歌だと思う
穏やかで優しく
心が洗われるようで
いつまでも聞いていたい
広まっていけば
世界平和につながるかも知れない
新潟市生まれの新井満さんは
横浜から北海道へ移住し
羊を飼って暮らしているそうだ
新潟県人は
優しくて奥ゆかしいほうだ
私にもアイヌの遺伝子が入っている気がする

世界は驚くばかりに狭まってきた
ぶつかりあって血を流さないために
イランカラㇷ゚テの歌を響かせよう
遠くへ　少しでも遠くへ

海峡風

若宮　明彦（わかみや　あきひこ）
1959年、岐阜県生まれ。詩集『貝殻幻想』『海のエスキス』。詩誌「極光」「かおす」。北海道札幌市在住。

白い砂浜につきそって
青いカーブが誘う
海風と山風のつばぜりあいが
海峡の渚をトレースする

鷗が泣くというより泣き叫ぶ
果てしない怒りに押しつぶされ
低くたれこめた沖雲が
重くしなだれかかってくる

こんな鈍い風景を
縄文人も巡ってきたのだ
ヤスを研ぎ
モリを磨き
海幸にしがみついたのだ

風が冷たかろうと
風が蒸していようと
その日を生ききることが
貝塚一枚を創るのだ

また海風が強くなった
海面に兎が飛んできた
何かと何かを引き換える時だ
かすんだ海峡の向こうから
無口な幻の舟がくる

縄文breath

甘里　君香（あまり　きみか）

１９５８年、埼玉県生まれ。詩集『ロンリーアマテラス』、エッセイ集『京都スタイル』。日本ペンクラブ、日本エッセイストクラブ各会員。京都府宇治市在住。

どんぐりのお団子にあさりと三つ葉のつゆ
鹿のハンバーグには松の実がたくさんはいっている
ごちそうの匂いと母たちの匂いが地炉《ちろ》からまあるいおうちに満ちて
お腹のたましいがいっぱいになる

外にでると西の空はすっかり静まり濃い青と木々の騒《ざわ》めきに包まれる
きょうは面白かった
太陽が傾きかけた波打ち際
母たちに教えてもらったようにおとこを誘った

砂だらけになり
波に洗われ
貝みたいに
ひらひらと
ころがりながら
死の淵に
いるおとこの
顔を眺めた

太陽が
耳元まで
降りてきて
囁きかけた
アナタハ
太陽ニナッタ
ツヨクナッタ

木々の騒めきが激しくなり星が一斉に瞬いてわたしに笑いかける
草のおうちに入り
眠りについて
あの世に
遊ぶ
母の
甘い
香りに
寄りそう

七章　中国

『詩經國風』より　汝墳《じょふん》

橋本循　訳

一

遵彼汝墳　彼《か》の汝墳《じょふん》に遵《したが》い
伐其條枚　其《そ》の条枚《じょうばい》を伐《き》る
未見君子　未《いま》だ君子《くんし》を見ず
惄如調飢　惄《でき》として調飢《ちょうき》の如《ごと》し

通釈　あの汝水の堤防に沿うて、そこに生えている木の枝や幹を伐って薪となして（日を暮しているが）、まだわが夫は帰って来ず夫の顔を見ることができない。帰りを待ち焦《こが》れている心は、朝食をせずにいるとひもじさが辛抱しきれぬが、そんな心もちである。

二

遵彼汝墳　彼《か》の汝墳《じょふん》に遵《したが》い
伐其條肄　其《そ》の条肄《じょうい》を伐《き》る
既見君子　既《すで》に君子《くんし》を見ず
不我遐棄　我《われ》を遐棄《かき》せず

通釈　あの汝水の堤防に沿《そ》うて、そこに生えている木の枝やひこばえを伐って薪となし毎日の日を送っていたが、とうとうわが夫は帰ってきて、顔を見ることができた。夫は死んでわれを永久に棄てるようなことはなかった。（よろこばしいことだ。）

三

魴魚赬尾　魴魚赬尾《ほうぎょうていび》
王室如燬　王室《おうしつ》燬《や》くが如《ごと》し
雖則如燬　即《すなわ》ち燬《や》くが如《ごと》しと雖《いえど》も
父母孔邇　父母《ふぼ》孔《はなは》だ邇《ちか》し

通釈　魴という魚は苦労すると尾が赤くなるものであるが、わが夫も、この動乱時代に王室の火の中にいるようなきびしい命令で苦労をして顔色は痩《や》せ病《つか》れている。今後はどんなに王室の命令がきびしくても、身近の父母のことを考えて再び戦争に行かないようにして欲しい。

（『世界文学大系7A　中国古典詩集』筑摩書房　より）

おくのほそ道（抄）

松尾　芭蕉（まつお　ばしょう）
1644〜1694年。紀行集『おくのほそ道』、発句・連句集『猿蓑』。

序章

月日《つきひ》は百代《はくたい》の過客《かかく》にして、行《ゆき》かふ年もまた旅人《たびびと》也《なり》。舟の上に生涯《しょうがい》をうかべ、馬の口とらえて老《おい》をむかふる物（者）は、日々《ひび》旅にして、旅を栖《すみか》とす。古人《こじん》＊1も多く旅に死せるあり。予《よ》もいづれの年よりか、片雲《へんうん》の風にさそはれて、漂泊《ひょうはく》の思ひやまず、海浜《かいひん》にさすらへ、去年《こぞ》の秋江上《こうしょう》の破屋《はおく》に蜘《くも》の古巣《ふるす》をはらひて、やや年も暮《くれ》、春立《たて》る霞《かすみ》の空に白川《しらかわ》の関こえんと、そぞろ神《がみ》の物につきて心をくるはせ、道祖神《どうそじん》のまねきにあひて、取《とる》もの手につかず、もも引《ひき》の破《やぶれ》をつづり、笠《かさ》の緒付《おつ》けかえて、三里《さんり》に灸《きゅう》すゆ（う）るより、松島の月先《まず》心にかかりて、住《す》める方《かた》は人に譲《ゆず》り、杉風《さんぷう》が別墅《べっしょ》に移《うつ》るに、

草の戸も住替《すみかわ》る代《よ》ぞひなの家

面八句《おもてはちく》を庵《いおり》の柱《はしら》に懸置《かけおく》。

＊1　西行、宗祇、李白、杜甫。

平泉

三代《さんだい》の栄耀一睡《えいよういっすい》の中《うち》にして、大門《だいもん》の跡《あと》は一里《いちり》こなたに有《あり》。秀衡《ひでひら》が跡は田野《でんや》に成《なり》て、金鶏山《きんけいざん》のみ形《かたち》を残《のこ》す。先《まず》高館《たかだち》にのぼれば、北上川南部《きたかみがわなんぶ》より流《なが》るる大河《たいが》也《なり》。衣川《ころもがわ》は、和泉《いずみ》が城《じょう》をめぐりて、高館の下《もと》にて大河に落入《おちいる》。泰衡《やすひら》等《ら》が旧跡《きゅうせき》は、衣《ころも》が関を隔《へだ》て、南部口《なんぶぐち》をさし堅《かた》め、夷《えぞ》をふせぐとみえたり。偖《さて》も義臣《ぎしん》すぐつて此城《このしろ》にこもり、功名一時《こうみょういちじ》の叢《くさむら》となる。「国破《やぶ》れて山河《さんが》あり、城春《しろはる》にして草青《くさあを》みたり」＊2と、笠《かさ》打敷《うちしき》て、時のうつるまで泪《なみだ》を落し侍《はべ》りぬ。

夏草や兵《つわもの》どもが夢の跡

＊2　杜甫「春望」。

大柳

(表題・抄出はコールサック社編集部)

従軍の時

行かばわれ筆の花散る処まで

金州

鵲《かささぎ》の人に糞する春日哉

永き日や驢《ろ》馬《ば》を追ひ行く鞭《むち》の影

此春は金州城に暮れてけり

行く春の酒をたまはる陣屋哉

大連湾

大国《たいこく》の山皆低きかすみ哉

戦ひのあとに少き燕《つばめ》哉

蛙はや日本の歌を詠《よ》みにけり

金州の城門高き柳かな

兀山《はげやま》の麓《ふもと》に青き柳かな

正岡 子規（まさおか　しき）

1867～1902年、愛媛県生まれ。『子規全集』『病牀六尺』。俳誌『ホトトギス』創刊主宰。東京都などに暮らした。

大柳しだれぬ程ぞおもしろき

城門を出て遠近《おちこち》の柳かな

珍らしき鳥の来て鳴く木芽哉

長安大道連狭斜

大門《おおもん》につきあたりたる柳かな

故郷の目に見えてたゞ桜散る

梨咲くやいくさのあとの崩れ家

もろこしは杏《あんず》の花の名所かな

金州城外

なき人のむくろを隠せ春の草

一村は杏と柳ばかりかな

花盛故郷や今衣《ころも》がへ

王維の詩集

（表題・抄出はコールサック社編集部）

冬枯や夕陽《せきよう》多き黄檗寺《おうばくじ》
埋火《うずみび》や南京茶碗塩煎餅《しおせんべ》
梁山《りょうざん》泊《ぱく》毛脛《けずね》の多き榾火《ほたび》哉
永き日や韋陀《いだ》を講ずる博士あり
さらさらと筮竹《ぜいちく》もむや春の雨
雨晴れて南山《なんざん》春の雲を吐く
里の子の猫加へけり涅槃像《ねはんぞう》
盛り崩す碁石の音の夜寒し
累々《るいるい》と徳孤《こ》ならずの蜜柑《みかん》哉
寒山《かんざん》か拾得《じっとく》か蜂に螫《さ》されしは

夏目　漱石（なつめ　そうせき）

1867年〜1916年、東京都生まれ。『漱石全集』『漱石俳句集』。
「ホトトギス」。俳号は愚陀仏。東京都などに暮らした。

なあるほどこれは大きな涅槃像《ねはんぞう》
仏性《ぶっしょう》は白き桔梗《ききょう》にこそあらめ
仏画く殿司《でんす》の窓や梅の花
白梅や易《えき》を講ずる蘇東坡《そとうば》服《ふく》
雲を呼ぶ座右の梅や列仙伝
朱を点ず三昧集《さんまいしゅう》や梅の花
秋風や梵字《ぼんじ》を刻す五輪塔
高麗人《こまびと》の冠《かむり》を吹くや秋の風
渋柿も熟《う》れて王維の詩集哉
白牡丹李白が顔に崩れけり

童子の眠り

（表題・抄出はコールサック社編集部）

芥子あかしうつむきて食ふシウマイ
青鞋《せいあい》のあとをとどめよ高麗《こま》の霜
日暦《ひごよみ》の紙赤き支那水仙よ
中華有名楼の梅花の蘂《しべ》黄なり
野分して屋根に茅なし杜小陵
拾得《じっとく》は焚き寒山《かんざん》は掃く落葉
春の夜の人参《にんじん》湯《とう》や吹いて飲む
敲詩了芭蕉に雨を聴く夜《よ》あらむ
菊の酒酌《く》むや白衣《びゃくえ》は王摩詰
酔ひ足らぬ南京酒や尽くる春

芥川　龍之介（あくたがわ　りゅうのすけ）

1892年〜1927年、愛媛県生まれ。『芥川龍之介全集』『芥川竜之介俳句集』。俳号は我鬼。東京都などに暮らした。

飯中の八仙《はっせん》行くや風馨る
短夜や仙桃偸《ぬす》む計りごと
七夕は高麗《こま》の女も祭るべし
洛陽
麦埃かぶる童子の眠りかな
川狩や陶淵明も尻《しり》からげ
北京北海
来て見れば軒はふ薔薇に青嵐
南京城中の五分の三は麦隴なり
市中《いちなか》の穂麦も赤み行春《ゆくはる》ぞ
行秋《ゆくあき》の呉須《ごす》の湯のみや酒のいろ
北京
灰捨つる路は槐《えんじゅ》の莢《さや》ばかり
春返る支那餅食へやいざ子ども

黄土地帯

麒麟《きりん》の脚《あし》のごとき恵みよ夏の人
抱けば熟れいて夭夭《ようよう》の桃肩に昴《すばる》
良き土に淑《よ》き女《ひと》寝かす真昼かな
河州にあり覚めても寝ても花蓴菜《はなじゅんさい》
黄金《こがね》の樽牛角の酒盃うきぐさに
関《くわん》関《くわん》鳴くみさご男は口あけて
南谷《なんこく》にわが馬鈍し木木ぞ喬《たか》し
石山に馬病み馭者の黒子顔《ほくろがお》
馬老いし夫《つま》待つ者ら薺《なずな》摘み
流域に魴《ほう》の赤き尾燬《や》くが如く

金子　兜太（かねこ　とうた）

1919〜2018年、埼玉県生まれ。句集『百年』、『金子兜太集　全四巻』。俳誌「海程」を主宰した。埼玉県熊谷市などに暮らした。

葛の葉茂る莫莫《ばくばく》と少女も熟るる
葛を煮て衣となす女《ひと》を恋いけらし
葛茂り谷埋め若き妻隠す
人さすらい鵲《かささぎ》の巣に鳩ら眠る
茂る甘棠《かたなし》野宿の人に集まる人
仁政て小梨の花咲き淑《よ》き女《ひと》来て
帰らん哉夫《つま》よ南山を雷めぐるぞ
影は東に鹿の屍《かばね》は白茅《しらがや》に
空域に冬の男女ら影濃ゆし
額《ぬか》日焼けて北方黄土層地帯の民

『詩經國風』より

日月《じつげつ》空に

（表題・抄出はコールサック社編集部）

金州城外

城塁の枯路《かれぢ》ゆかむとしてやみぬ

纏足のゆらゆらと来つつある枯野

奉天北陵

枯野来て帝王の階をわが登る

陵枯れぬ尻尾《しりお》地につき石馬《せきば》立つ

陵さむく日月《じつげつ》空に照らしあふ

陵さむく日は月よりも低くなる

涅槃寂静相

冬日没《い》る金色の女體かき抱《いだ》かれ

歓喜佛冬の没日《いりひ》は紅玉に

湯崗子

木々枯れぬあつき泉は野に湧ける

同善堂

孤《みな》し子の字読むと編むとストーヴに

山口 誓子（やまぐち せいし）

1901〜1994年、京都府生まれ。句集『凍港』『黄旗』。
俳誌「天狼」創刊主宰。兵庫県などに暮らした。

撫順炭鉱

さむき日も自然《じねん》のけぶり石炭山《すみやま》に

凍る野を鳥立《とだ》ちの鵲《かち》のみな低き

駅寒く下りて十歩を歩まざる

哈爾濱

馬車寒し露字《ろじ》をつらねし坂の壁

露西亜墓地

凍る鐘ひとつびとつの音《ね》を異《こと》に

凍る松花江

松花江《スンガリ》に流るるは凍てずある流れ

浮碧樓

楼に見て枯野は遠くより来《きた》る

開城―松陽書院

温突《おんどる》や顔大いなる儒者が窓に

京城―勤政殿

楼さむく韓《から》の火砲《ほづつ》のかなしさよ

昌慶苑

鶴ころろ鷺かんかんと啼いたりき

句集『黄旗』より

尨大なる昼寝

（表題・抄出はコールサック社編集部）

露人ワシコフ叫びて石榴打ち落す
石榴の実露人の口に次ぎ次ぎ入る

留学生王《ワン》氏

王氏の窓旗日の街がどんよりと
編隊機点心の茶に漣立て
王氏歌ふ鎮魂祭の花火鳴れば
鯉幟王氏の窓に泳ぎ連れ
尨大なる王氏の昼寝端午の日
五月の夜王氏の女友鼻低き

「戦争」より十二句

機関銃眉間ニ赤キ花ガ咲ク
機関銃闇ノ黄砂ヲ噴キ散ラス

西東　三鬼（さいとう　さんき）

1900～1962年、岡山県生まれ。『西東三鬼全句集』『神戸・続神戸・俳愚伝』。「天狼」。大阪府などに暮らした。

砲音に鳥獣魚介冷え曇る

ニュース映画

捕虜共の手足体操して撮られ
機関銃蘇州河ヲ切リ刻ム
泥濘となり泥濘に撃ち進む
塹壕に尊き認識票光る
禿山の砲口並びせり上る
青き湖畔捕虜凸凹と地に眠る
黄土層天が一滴の血を垂らす
兵を乗せ黄土の起伏死面なす
闇を馳け騎兵集団の馬の眼玉

句集『旗』より

虜愁記

（表題・抄出はコールサック社編集部）

青なつめ眉間に垂れて闇ふかし

夕焼に遺書のつたなく死ににけり

短夜を覚むれば同じ兵なりけり

濛濛と数万の蝶見つつ斃《たお》る

ぬかるみに月さし獣めく寝息

昭和十六年暮、南京城外にて鈴木六林男と会ふ

会ひ別れ霙の闇の跫音追ふ

戦病の夜をこほろぎの影太し

濠北スンバワ島に於て敗戦

吾のみの弔旗を胸に畑を打つ

捕虜吾に牛の交るは暑くるし

熱去らぬ胸辺に燈蛾の艶《なま》めき落つ

佐藤　鬼房（さとう　おにふさ）

1919～2002年、岩手県生まれ。句集『瀬頭』『幻夢』。俳誌「小熊座」創刊主宰。宮城県に暮らした。

雨期長しクレオソートに胃ただれて

生きて食ふ一粒の飯美しき

虜愁あり名もなき虫の夜を光り

月夜かの更紗織る音を虜愁とす

夜も立つ雲の峰あり病みつかる

賭博の座夜は汗して病むばかり

大ひでり吾が前に馬歯をならす

灼けて不毛のまつただなかの野に坐る

ひでり野にたやすく友を焼く炎

生きてあれば廃兵の霊梅雨びつしり

句集『名もなき日夜』より

韃靼想望

春は曙アジアの空に馬の道
万緑や千年前の騎馬軍団
蠛蠓《まくなぎ》や遠いアジアの丸木舟
海峡の灯火散らして大蛾来る
韃靼《だったん》の夢もろともに毛虫焼く
中国産鰻の胆や杏として
みちくさの亜細亜の滝をみておりぬ
窓枠が外れて香港夜景かな
この星に目高がいます中華人民共和国
大陸の晩秋に立つガラス板

渡辺　誠一郎（わたなべ　せいいちろう）

1950年、宮城県生まれ。句集『余白の轍』『地祇』。俳誌「小熊座」。宮城県塩竈市在住。

来て見れば黄色人種の秋ばかり
長城《ちょうじょう》の秋かぎりなきゆまりかな
後宮の厠《かわや》は赤し秋の風
多賀の月靺鞨《まつかつ》国を照らすべし
送るなら熟柿をひとつ靺鞨に
北京秋高天仰ぐは雌鶏抱きつつ
長江は今なお知らず冬落暉
黄土億年泥土に生まれ泥に死す
新型の車も菌も霾《よな》ぐもり
シナントロプス・ペキネンシス昼寝覚《ひるねざめ》

シルクロードの端

（表題・抄出はコールサック社編集部）

中国　故宮　二句

暮れちかく色なき風の紫禁城

瑠璃屋根の反りが受身の秋夕日

中南海

秋日載せ毛沢東の煤け椅子

長城へ石塁の冷え紅葉冷え

胡同《フートン》の秋の弱日に鶏追ふ子

爆ぜつづく爆竹に秋夜刻知らず

北京秋天髄まで晴れて今日別る

星月夜シルクロードの端も見ゆ

兵馬俑坑《へいばようこう》

兵俑の列に敵めくわれら冷ゆ

俑冷えて等身大の威が迫る

能村　研三（のむら　けんぞう）

1949年、千葉県生まれ。句集『催花の雷』、随筆集『飛鷹抄』。俳誌「沖」主宰、俳人協会理事長。千葉県市川市在住。

秋風に兵俑の髷左曲り

驢馬が曳き日が後押しの綿車

上海

鶏括る自転車が過ぐ秋の暮

秋風に褪せてまぎるる戎克《ジャンク》の帆　『海神』より

長江　三峡下り

先々に山湧き出でて霾《よな》がすみ

市川市友好都市・楽山市

楽山大仏河より見上ぐ鳥ぐもり　『鷹の木』より

ソウル四句

鵲《かささぎ》の尾さばきで知る巣繕ひ

春寒し韓の語気には勢ひあり

春温突《オンドル》上り框は冷えてをり

漢江《ハンガン》に霞しぼりの橋いくつ　『滑翔』より

九重の天

（抄出はコールサック社編集部）

黄帝を恋うてつちふる二千年
太湖石の竅《あな》より春の生れたる
九重《きうちょう》の天よりしだれ柳かな
天網は鵲《かささぎ》の巣に丸めあり
春眠や昔黄河の床の街
孔孟の郷《さと》湧き上がる柳絮《りうじょ》かな
槐《くわい》若葉払暁《ふつげう》に透きとほるとは
桐の花濃き魯の國に来りけり
土壁にうつそみ並べ桐の花
銀輪の群れ白シャツの風の群れ

恩田侑布子（おんだ　ゆうこ）

1956年、静岡県生まれ。句集『夢洗ひ』、評論集『余白の祭』。
現代俳句協会会員、樸《あらき》代表。静岡県静岡市在住。

緑蔭は阿難の風の袂かな
老子経竹簡薫風自南来
洞庭や金烏《きんう》足踏みして夕焼
死霊擁く青嶺《あをね》に帯を絡ませて
　土家族《トウチャ》
屈原の消えし青野にしやがんだる
長城に白シャツを上げ授乳せり
四声とは夏あかつきの黄河かな
　カンボジア三句
六道を透かす水母の触手かな
胎《はら》に入る白象の眼の涼しさよ
クメール語大夕焼を沈めたる

句集『夢洗ひ』より

修羅のいくさ

（表題・抄出はコールサック社編集部）

河北
ゆたかなる棉の原野にいまいくさ
江蘇
星さゆる遠き夜空を染む兵火
稲の山にひそめるを刀でひき出だす
南京
やけあとに民のいとなみ芽《め》麦《むぎ》伸ぶ
河北
凍る野に部落は土壁めぐらせる
凍る断層　黄河文明起りし地
李花咲いて平和な村のすがたなれど
徐州
けふもまた穂麥のなかに砲を据う
汗に饐《す》えし千人針を彼捨てず
かをりやん《高粱》の葉もて担架の顔を覆ふ

長谷川　素逝（はせがわ　そせい）

1907〜1946年、大阪府生まれ。句集『砲車』『暦日』。俳誌「阿漕」「桐の葉」。三重県などに暮らした。

江南
雨季泥濘　砲車の車輪肩で繰《く》る
おくれつつかをりやんの中に下痢する兵
たばこ欲りあまきもの欲り雨季ながし
雨季のあと家畜をたふす酷熱来
汗の目はかがやき黄塵の頬はとがり
氾濫の黄河の民の粟しづむ
疫病は雨季の汚物とともに来ぬ
城門の出で入り厳にコレラ入れじと
月の巡邏　ま夜の魍魎地にあふれ
月は空より修羅のいくさをひるのごと

句集『砲車』より

皇軍の精華

大陸を引き揚げて来る蜃気楼

下萌に兵隊の影傾けり

人焼きをうそぶく野焼人もいて

骸《むくろ》より生《あ》れて大草原の蠅

皇軍の精華の青き踏みにけり

毛虫焼く正義に罪の意識なく

兵隊が人間食べて夏の草

バンザイのままに海亀吊られけり

原爆がふたつも落ちてさくらんぼ

月下美人祖国にいつも騙されて

日野　百草（ひの　ひゃくそう）

1972年、千葉県生まれ。句集『無中心』、ノンフィクション『ルポ・京アニを燃やした男』。俳誌「玉藻」同人、日本ペンクラブ会員。

手花火の重さ命の軽さかな

どんぐりや愛国心と言はれても

行秋に遺品の電池外しけり

文箱に戦地の遺書や返り花

出稼ぎも出征の日も雪の朝

凩や人間ときに盾とされ

大陸に残りし墓や時雨虹

俘虜《ふりょ》見張る少年兵も凍てにけり

軍服にラッパは寂し冬桜

開戦日だけ知つてゐる忠魂碑

民は還らず

（表題・抄出はコールサック社編集部）

釈　迢空（しゃく　ちょうくう）

1887〜1953年、大阪府生まれ。歌集『海やまのあひだ』『倭をぐな』等。大阪府木津村（現大阪市）などに暮らした。

南京

我の如　その身賤しく、海涯《カイガイ》に果てにし人も　才を恃みぬ

明《ミン》の代《ヨ》に　さびしきみかど逝《ス》ぎにけむ―。咳《シハブキ》しつゝ　叢を行く

蘇州

乞食《コツジキ》の充ち来る町を歩き行き、乞食の屁の音を　聞くはや

杭州

満水期の西湖の岸を我が渉り―、こゝに果てにし命を　思へり

飯店《ハンテン》の牕《[マド]》のがらすに　額《ヌカ》冷えて、西湖の面《オモ》の　白みそめつゝ

沓《[クツ]》のまゝに　部屋に入り来て、我がねむる牀《[トコ]》にのぼれば、日ごろさびしき

いにしへに　戦ひ負けし人の廟―。国やぶれたる野にそゝり　見ゆ

怨敵《ヲンテキ》や　岳飛のために　誰ならむ。詣で来たりて、おのれあやしむ

銭塘江

たゝかひの日にくづしたる　石垣の荒石《アライシ》群《ムラ》や―。民は還らず

兵隊は　若く苦しむ。草原の草より出でゝ、「さゝげつゝ」せり

歌集『倭をぐな』より

北平漫吟（抄）

（抄出はコールサック社編集部）

斎藤　茂吉（さいとう　もきち）

1882～1953年。山形県（旧南村山郡金瓶村）生まれ。歌集『赤光』『あらたま』。短歌誌「アララギ」。東京都新宿区などに暮らした。

天壇

遠くより仰ぎつつゐて天壇《てんだん》のこの象徴《しょうちょう》のまへに来りぬ

天壇の白き石階《せきかい》に身をかがむ帝王踏《ふ》まぬ六《む》つの雲《くも》の竜《りゅう》

砂のうへにしづまりてゐる石五つ苔生《こけお》ふることもなくて年ふる

城門城壁

並《なら》びつつある城壁の突出が遥かの方《かた》におぼろになりつつ

営々《えいえい》としたる人等《ひとら》は前門《ぜんもん》の五牌楼《ごはいろう》よりなほくぐり来る

孔子廟辟雍殿

辟雍殿《へきようでん》の石階に差せる日《ひ》の光乾隆《ひかりけんりゅう》ここに学《がく》したまひき

しづかなる辟雍殿の石《いし》の牀外《ゆかそと》の光《ひかり》のさすところあり

中海南海瀛台

中海《ちゅうかい》の蓮《はちす》は枯れぬほうほうと葦《あし》の白花《しらはな》飛べる鵲《かささぎ》　中海

陶然亭其他

雪の降るまへのしづかさの光ありて陶然亭《たうぜんてい》を黒猫あゆむ

帰路　十一月十九日午前八時二十分北平発

畑中に人を葬《はふむ》るさまが見ゆ馬ひとつ其処《そこ》に佇《たたず》み居《を》りて

歌集『連山』より

黄河

鳥ひとつ影にも翔ばず景荒《けいあ》れたり連《つら》なみ遠き陝西省の山

ころぶして銃抱《かか》へたるわが影の黄河の岸の一人の兵の影

石炭の黒き河床《かしやう》の透き見ゆる夕べの河をかち渉《わた》るかな

ひまなく過ぎゆく弾丸《たま》のその或《ある》は身の廻《めぐ》りにて草をつらぬく

茎も葉も弾丸《たま》に折らるる草莱《くさむら》にあなしろじろと陽が当るかな

麻《あさ》の葉に夜《よる》の雨降る山西《さんしい》の山ふかき村君が死にし村

目の前に黄河はひかる汝《な》が死《しに》の昨日《きぞ》の夜《よる》なる確《たしか》さ薄《うす》し

恢河

しらじらしき秋の日の射す河原《かははら》に角厚《かくあつ》き寧武県城々壁の影

銃眼に風吹くときを草鳴れり大陸は乾きに入りにたらしも

十一時が日向《ひなた》を寒くつくる頃あまた墓標を兵ら運びく

歌集『山西省』より

（抄出はコールサック社編集部）

宮　柊二（みや　しゅうじ）

1912～1986年、新潟県生まれ。歌集『山西省』『多く夜の歌』。短歌誌「コスモス」創刊、日本芸術院会員。東京都三鷹市に暮らした。

夜光

吉川　宏志（よしかわ　ひろし）
1969年、宮崎県生まれ。歌集『石蓮花』『鳥の見しもの』等。短歌誌「塔」主宰。京都府京都市在住。

戦争を紙で教えていたりけり夜光の雲が山の背をゆく

教科書に載る〈南京〉を金輪際《こんりんざい》消しに来るなり赤黒き舌

南京にあらざりしものをなぜ書くと生者《せいじゃ》の声は群がりて深し

葉桜の盛り上がる窓　かたまりてラーベの日記を過ぎゆきし死者

蛙のように横隔膜はへこみつつ銃殺まえの水飲みしかな

宮崎県都城市は父の故郷
黒焦げを「け死ね、け死ね」と踏みにけむ市街に入りし都城《みやこのじょう》連隊

焼け残る水道管につまづきて黒衣の神父あゆみ去りしか

繃帯にしみつく膿のねらねらと南京事件の嘘を言うのみ

葉桜を裂く日の光　学生に姦を教える是非におよびつ

六万の穴を掘られし南京に夕雲の藻はながれていたり

歌集『夜光』より

中国は近し

伊藤　幸子（いとう　さちこ）
1946年、岩手県生まれ。歌集『桜桃花』、エッセイ集『口ずさむとき』。
短歌誌「コスモス」、日本歌人クラブ会員。岩手県八幡平市在住。

小説『大地』のシーンを思ふ産室に夫買ひくれし新茶含みて

年子なる二人のむつき飲食に追はれて日中会談の日も

天山に常駆くる馬楼蘭に眠る美少女絹の道恋ふ

シルクロードに行きたしと言へばスナックかと真顔に質《ただ》す男と働く

タクラマカン砂漠の果てのバザールに買ひしと絹のチーフ送らる

定型の封筒に薄く納まりてカシュガルの絹われに届きぬ

ホメイニ死去・中国情勢に揺れし日のデジタル替る六月五日

集会にのめりこむなと電話して子に疎まれつ中国は近し

「支那服を着て北京の芝居に」と芥川の葉書に残る焼け焦げの跡

『山西省』また開き読む石灼くる熱き八月廻り来たれば

歌集『桜桃花』より

三峡に舟を浮かべて

今井　正和（いまい　まさかず）
1952年、埼玉県生まれ。歌集『野火』『無明からの礫』。短歌誌「未来」「まろにゑ」。東京都町田市在住。

背嚢に万葉秀歌をしのばせて武器とる鬼子いたことも知れ

湖南省に残留婦人として

若くして志那へ渡りし叔母はいま射手座の白き矢の先ならん

三峡に舟を浮かべて詠み交わすこの夢だけに今はつながる

荒波に揺れて揺られて渤海の船が向かった文に立つ国

校庭に跳ねる雀も或る子には笑むタオイストだと日向に想う

白人におもねる吾らの醜さを口には出さず周くん李さん

なめらかに制裁を説くこの国の支配者の顎の青き剃り跡

核施設封印の協議は進まず

一点の夕星の遥かかの下に獰猛な火が真っ赤に燃えて

香港を見ている吾らの表現の自由も突っ立つ断頭台の前

火焔瓶投げし学生を殴打する警官の背後は真っ黒な闇

中日友好ニコニコ

田中　詮三（たなか　せんぞう）
1932年、熊本県生まれ。詩集『旋律』『モンバサのマグロ』。文学同人誌「遍歴」編集委員、日本現代詩人会会員。宮崎県宮崎市在住。

船上夕食を済ませたあと
上海の超高層タワーを眺めながら
こちらでは中日友好ニコニコですよ
ガイドさんが写真を撮ってくれる

日本でははいチーズというそうですね
日本語お上手ね
交易センターのスクールで少しだけ
と恥じ入る四十歳前のご婦人である

つつましい庶民の心が通い合う
国民というより庶民であり中日でも日中でも
アジアの隅で人類愛が芽生えれば
順番はどちらからだっていい

腐蝕したイモを取り除いていた戦時中
固い土を深く掘り気温も光度も整えられた納屋の隅で世界地図を見つけ
幼い日にとりこになったことがある

姉の教科書に載った異民族の顔写真だが
肌の色だけでなく唇の歪みだけでなく
顔から体全体に施した入墨など違いに驚き
民族の争いの起るのを納得したりもした

熱病に障害を捧げたという伝記・野口英世
奴隷解放に起ち上がったリンカーン
人類愛の運動をしたガンジーやタゴールら
歴史の軌跡を忘れた自分を憤っていた

あの時の憤りと悲しみをざんげする
環境の違いを越えて
庶民ガイドさんの撮影態度に学ばなければと
反すうしながら帰途につく

私は途中で降ろして下さい
と同乗したガイドさんが降りた街角は
霧のかかった薄暗い露地だったが
明日の重みをはね返すように再見《ザイジェン》と別れた

（二〇一六年九月・中国の旅）

前田　新（まえだ　あらた）

1937年、福島県生まれ。詩集『無告の人』『一粒の砂―フクシマから世界に』。詩誌「詩脈」、詩人会議会員。福島県会津美里町在住。

馬の話

詩人の北川冬彦が
馬、〈軍港を内蔵している〉
という奇妙な短詩を書いたのは
一九二八年、張作霖を爆死させ
大量の馬を船に乗せて大陸に送った時だと言う
その時、僕はまだ生まれていなかった
それから九年経って、
僕が生まれ、父が戦争で死んだ
白馬に乗ったすめらみことは
老いぼれた祖父の代わりに
わが家の、涙をいっぱい溜めた馬を
海の向こうの戦場に召し上げていった
行ったまま、戦争が終わっても馬からの消息はなく
てっきり、馬はあの戦争で
内蔵する軍港もろとも吹き飛んだと思っていたら
詩人の諏訪優が
〈一九九〇年の馬は軍港を内蔵しているか〉と問う

まだ馬の話は終わっていないのかと訝《いぶか》り
陽射しの淡い埠頭を見る
成程、夥しい数の馬がくる日もくる日も
船に乗って海を渡る

さばかりか、わが家の厩《うまや》にも
相応にくたびれたのが棲み着き
馬頭観音の石塔の立つ
村のはずれの馬づくらい[*1]には
日に日に堆く馬の遺骸が積み上げられる
そして今朝方、馬喰《ばくろう》風情の男が
わが家の馬をばくり[*2]に来た
のらりくらり、気のない返事に
これは商談ならずと見て
跡取りのいない老いぼれから
毎日、海を渡る夥しい馬のために
米つくりを召し上げる話までする
そうか、たらふく食って育ったこの青二才
金さえあれば何でも叶うと思うのかと
憤然として立てば、老いてふらつく足元から
白馬ならぬ、頭に乗る男が置いた馬の絵が
秋風にあふられ、稔らぬ田の面に飛んで行く
ああ侘しい馬の話、あれから五十年が経っても
馬は、確かに〈軍港を内蔵している〉

＊1　馬づくらいは、馬のひずめの整備や、去勢、交尾等、馬にかかわるさまざまなことが行われた場所
＊2　ばくりは、取り替える、交換する意味の方言

国慶節

十月一日が中国の国慶節です
技術を持っている人が奉仕します
休日でしたから友達と二人街をふらふら
街路樹の大きな木の下で何か
私達も見物します

男の人が散髪してもらっています
奉仕活動に寄与しているのです
女の人は迷っています
何故でしょう
わたしは友達と相談します
記念になるよ
カットをしてもらいましょう
二人の美容師気合が入っています
見物人の視線は火花がどこかで散りそう

わたしと友達
みんなの視線に押しつぶされそう
黒山の人たちの判定の前で
身をまかせています

わたしが美容師さんに賭けたこと
センスの良さを感じたからです
軽い気持ちは次第に不安へと
波のように揺れるのです
取り返しのきかない決断
街を歩けないへたなカットだったら
血が頭にきて顔が真っ赤
肩にかかった毛をはらっています
カットの出来生えが見えてくるころ
人々の視線が和らいでいます
心の中で叫びました
私達は英雄なのです
誰も出来なかった事を成し遂げたのです

お礼を述べて立ち上がったとたん
我先に長蛇の列が

則武　一女（のりたけ　かずめ）

1941年、岡山県生まれ。詩集『泰山への道』、紀行文『海を越えて』。
詩誌「火片」、岡山県詩人協会所属。岡山県岡山市に暮らす。

遁天の刑

古屋　久昭（ふるや　ひさあき）
1943年、山梨県生まれ。詩集『料理考』『落日採集』。
日本詩人クラブ、山梨県詩人会会員。山梨県笛吹市在住。

荘子に「遁天《とんてん》の刑」ということばがある
自然に背いた者には
自然が怒って刑罰をあたえるというのだ
むろんわれら人間に対してである

今年も自然が怒った
風を吹かせ大雨を降らせ
山が崩れ川が氾濫し
家や人や車が土砂に埋もれ
畑が濁流に流された
被害に遭った人たち
亡くなった人たち
彼らはほんとうに自然に背いたのか

純朴さが取り得だった
実直だった
自然には従順だった
自然を畏れ神として崇めた
自然に背いた者はほかにいるのだ

かつて命を散らされた者たちも
自然が怒るように怒りたい
焦土の下で　海の底で　大陸の土の中で
いまアフガンで　イラクで　パレスチナで
冷たく骨の欠片となって
眠っている者たち
彼らも怒りたいのだ

自然に背いた者たち
尊厳に背いた者たち
その者たちにこそ
遁天の刑あれ
天罰あれ

御國のために

最期の山を越えるのは苦しいものです
それを過ぎれば

藪医者よ　御託はいい
早く楽にしてくれ　と言っているのだ
安全な位置から発することに怒っている

映えある陸軍二等兵
上官は幹部候補生になれと強いる
叮嚀に断ると　歯をくいしばれと殴り蹴られ
蝉になれ犬になれと
夜ごと　転がされ水かけられ

日本ヨイ國　キヨイ國　世界ニ一ツノ神ノ國
日本ヨイ國　強イ國　世界ニカガヤクエライ國*
赤紙一枚　学業から引き剝がされ
替わりはいくらでもある　と
野晒しに

上官の命令は絶対である

速水　晃（はやみ　あきら）
1945年、京都府生まれ。詩集『島のいろ―ここは戦場だった』『凪は飛ばない』。詩誌「いのちの籠」「軸」。兵庫県三田市在住。

軍隊は國家であり　法である
全ては天皇陛下から下賜《かし》される

従わない者に下士官は殺さぬよう残酷な私刑を思いつく
不戦の意思を危ぶむ上官は最前列に配してススメススメ
　と号令をかける

北支の激戦地　ひとり山岳への斥候を下命《かめい》され
死ンデコイ　と送り出された
頭上を飛び越えていく砲弾　背後から機銃音

煙幕は遠く　周囲気配なし
姿勢を低くし枝に頭をおさえつけられ
攻めてくる者の動きや地形を描きこむ
（樹影のなか　山間で暮らした子どもにかえる
　病弱なわたしを案じ　働きづめだった母）

帰り着いた部隊は大きな穴に沈み
近づくにつれ死臭は濃くなる
わたしの肉体はちぎれ吹き飛んでいたはずだった

難攻不落の敵陣を占領・死守　金鵄勲章の名誉
五年を超える軍隊生活
快復不可能といわれた重い腸チフスを患い
復員後はマラリアに襲われ
中耳炎を併発した
研究生活に戻ったのもつかの間　結核が追いかけて来る

人里離れ　しみじみと自然に触れ
どろんこ遊びを思い出させた陶器づくり
たっぷりとある時の温み
療友との同志的感情

山岳戦を思い乗り越える
（なんという不条理　急いで死地に赴《おもむ》けとは）
旅立ちのことばにうなずく声
感謝の思いはとどいたようだ

生きるために加担した大量殺人と放火
口にすることのなかったながかった戦は
終わる

それじゃ
一足お先に

＊國民学校初等科修身『ヨイコドモ』（下）昭和16年

おい、おるか

松田　研之（まつだ　けんし）
1932年、岡山県生まれ。詩集『ねぶかの花』『夕陽のスポット』。
詩誌「道標」、詩人会議会員。岡山県笠岡市在住。

——おい、おるか
着流しに、下駄履きの
木山捷平《きやましょうへい》さんは
時どき、わが家を訪れた
玄関ではなく
濡れ縁のある小庭から声をかけた
父がいる八畳間へ、障子越しに

詩の原稿の束を手に
捷平さんの生家を訪ねた
地元の若者に
——詩のことは、岡山の
　吉田研一君に聞いてくれんか
原稿の束には手を触れず
捷平さんは煙草に火をつけた
1950年8月夜のことだ

木山捷平さんが
満州から引き揚げてきたのは
1946年8月であった
——彼はむし暑いといって、上衣をとると、肩から出た
　手は関節だけ瘤のようで、箒木ほどの骨を見た。
……＊

小説「耳学問」や詩「五十年」をはじめ
長篇の「大陸の細道」、「長春五馬路」など
名作や力作が生まれるには
それから
10年あまりの歳月が
必要だった

＊『生と死の詩』木山みさを（永田書房）

におい棒

上手　宰（かみて　おさむ）
1948年、東京都生まれ。『星の火事』『しおり紐のしまい方』。
詩誌「冊」編集人、詩人会議会員。千葉県千葉市在住。

初老の父は布団に入ると言ったものだ
「寝るが豊楽《ほうらく》　寝るが豊楽」
齢にそぐわぬ肉体労働がきつかったのか
すぐに眠りに落ちた
それが彼の「ありがとう」　のようでもあり
どこか遠くへ消えていくようでもあった

若い頃の父はよく本を読んでくれた
寝床に居並ぶ四人の息子たちに
十五歳で大陸へ渡り敗戦まで暮らしたので
中国の物語が好きだった
私たちのお気に入りは『西遊記』で
觔斗雲《きんとうん》に乗った悟空が耳から如意棒を取り出し
巨大な獲物にして戦うのが痛快だった
私たちはそれを「におい棒」と憶えていたが
そのうち　いつの間にか眠ってしまった
「ありがとう」を言う間もなく
耳に小さな棒を置き忘れたまま

年老いた夜更け　不思議な自然さで
ありがとうが自分の口から出て行ったことがある
誰に言ったのかとその後を追ってみた
父のところまで行くかと思えば
寝床の妻の耳に辿り着いている
私に似て遠くを目指す気概がない言葉たちである
だが父が見たら一番喜ぶだろう

夢やお話や囁きたちはみんな枕が好きだ
疲れた体と心が眠りに沈むのを支える小丘
枕の一番の友が　そこに押し付けられた耳で
物置のように意味のない物ばかり保管している
忘れた頃　扉をあけると
「寝るが豊楽」や「におい棒」なんかが
驚いて薄目をおける
最後の時まで枕と耳がよい友であったことを
この国では「畳の上で死ぬ」という

枕木を踏んで

鈴木　文子（すずき　ふみこ）
1942年、千葉県生まれ。詩集『電車道』『鳳仙花』。
日本現代詩人会、詩人会議会員。千葉県我孫子市在住。

繁華街を抜けると
稲　トウモロコシ　コウリャン　ヒマワリだった
腹もおしゃべりも満ち足り
ガイドの声を子守唄に車内も静だ
〝禁止吸烟　保持ヱ生〟の文字を
ウインドウに貼ったバスは
かつての日本軍用道路を凸凹と
ひたすら平房へ

直線道路の両端は
ドロヤナギの並木だ
高さ二〇mはあるだろう木を
中国では白楊樹《ばいやん》と呼ぶそうだ
メス　オス異なる株を
誰が　どんな思いで植えたのだろう
春に乾いた血色の穂を垂らすのは
メス株なのか　オス株なのか
楕円形の葉が笑う
並木がずっと遠くまで騒がしいのは
落葉の準備をはじめているに違いない

関東軍七三一部隊罪証陳列館
を　いま出てきたところだ
急に目まいがしてドアに摑まってしまった
子どもの頃
近くの火葬場から臭った人間を焼く脂が
胃袋の底から込み上げてくる
引込線の枕木を数える
一本　二本　三本
二七八　二七九　二八〇本
を数えた時
犠牲者の出迎えを受けたような気がした
「日本のみなさん　ようこそ」

　ハルピンのガイド嬢は、黒龍大学を卒業したばかりだといった。はきはきした日本語で長い髪を一つに纏め、真珠のような肌をしていた。客扱いも丁寧な上に歴史も詳しいとあって、わたしたちはすぐに親しくなった。
　ハルピン市内から平房地区の七三一部隊跡まで、二〇キロほどの距離を彼女は息つく間も惜しいように日本軍の侵略を、捕虜をマルタと呼び、人体実験で三千人も殺した歴史を語り続けた。「いま走っているこの道路は地獄への道、捕まえられた人々は二度と戻れなかったのです。」

かつて入口や窓を密閉した緑色の列車が着いたという、引込線のレールは錆びていた。血液を粉にしたような土が、ねちねちと纏わりついて来る。土を払いながら西を見ると、オレンジ色に燃えた途轍もなく大きな太陽が、ゆっくり大地に向かっていた。

歩き始めて間もなく「疲れた。もう見たくないよ」誰かの声がしたその時、先を行くガイド嬢の一本縛りの髪がキッと宙を切り、振り向きざまに「しっかり見てください！」午後の空気を引き裂いたが、すかさず振り返った時には、仕事の優しい笑顔に戻っていた。

中国との信頼

外村　文象（とのむら　ぶんしょう）
1934年、滋賀県生まれ。詩集『荒磯』『秋の旅』。
詩誌「東国」「詩霊」。大阪府高槻市在住。

北京を中心として
反日デモが発生し
投石事件がエスカレートし
中国への旅行客は激減した
日中交流写生会のツアーにも
八名のキャンセルが出た

不安な気持のまま
南京に到着すると
何事もなかったかのように
街は静かだった

中国人の画家　書家も加わって
歓迎の宴が催された
中国の料理は口になじんだ
メンバーの中の二人が
太平洋戦争中に中支で父が戦死し
父の顔を知らないまま育っていた

彼等はどんな思いで
中国を旅したのだろう

戦争の傷あとは
六十年たった今も消えていない
両国民が和解して
手を握り合える日は
いつくるのだろう

昨年は国交正常化三十五周年
遣隋使入唐より千四百年
秋に西安で記念行事が行われた
一歩一歩と足元を踏みしめて
心を交し合って行かねば

今年は北京オリンピックの年
中国の空は汚れている
野球のボールが見えにくい
世界の人々の注視の中で
オリンピックは成功するのか
中国の食文化への関心

獣体拝領

原　詩夏至（はら　しげし）
1964年、東京都生まれ。詩集『波平』、歌集『ワルキューレ』。日本詩人クラブ、日本詩歌句協会会員。東京都中野区在住。

鶏の足首
豚の耳・脚・鼻
家鴨の頸
だが味つけは皆だいたい同じで
同じ茶色い漬け汁の樽に
一緒くたにどぼんとぶち込まれたと
言われたならそうかも知れないとも
とはいえねっとり甘辛くて
なかなか旨いのだが

扱いやすくはない
指を汚し
小骨を吐き散らしてかぶりついても
身などそれほどない
これは肉々しい実質より
むしろこの野獣めいた
プロセスを味わう儀式なのだ
他の命を屠って
ばらして
喰らって生きるということ

その原義を
罪深い悦楽を
おためごかしで
うわべの綺麗ごとで
取り繕うことを断固として許さない
この猥雑にして聖なる
〈獣体拝領〉

民《ミン》以《イー》食《シー》為《ウェイ》天《ティエン》
頌むべきかな
人の
民衆の
「まずは食わねば話にならない」という
逃げも隠れもせぬ
火の真実
そしてその火を
正に天をも焼き焦がさんまで
激しく燃え立たせる
恩寵の
炎の高粱酒。

万里の長城

田島　廣子（たじま　ひろこ）
１９４６年、宮崎県生まれ。詩集『くらしと命』『時間と私』。
関西詩人協会、詩人会議会員。大阪府大阪市在住。

五月八日　つばきの花は首から落ちるという
北京では反日感情が高まり激しいデモだ
私は「命があぶない」と九十パーセントキャンセルが続
　く中を
五月二十四日から二十七日まで
北京へ旅行を決行した
関西空港では
どこに集合しているのか
落ちつかずキョロ　キョロ
七十代の姉妹
去年まで北京に住んでいた人
そして　私
四人だ
中国人の添乗員さんは「ボランティアです」
と、白い歯を見せて笑う

海抜八百八十メートル　雄大な美しい山だ
男山　女山と登り口がふたつあり
なだらかな　やさしい女山は
中国人　アメリカ人　日本人　人盛りだ

私は　膝にサポート　装具をつけステッキで
左手は　ロープをギュッギュウつかみ
フーハー　フーハー呼吸を整えながら
立ち止まり深呼吸をして胸一杯空気を吸う
中国の　おいしい春の空気だ
華北平野が広がり　遠く　遠くへと
漢民族をせめて来たモンゴル草原が見える
黄河　長江の川が光り輝きながら流れる

今　ここに元気になった私が立ち
張り裂けそうな胸で　叫んだ
〈踏まれてもぶたれても本音で生きて来たよ〉

ピンクの桜

佐藤　春子（さとう　はるこ）
1938年、岩手県生まれ。詩集『ケヤキと並んで』、詩文集『大河の岸の大木』。日本詩人クラブ、岩手県詩人クラブ会員。岩手県北上市在住。
オカアサン
日本のオカアサン？
一緒に桜を見に行きませんか？
陳さんから電話があった
彼女は中国からの研修生
東北大学の大学院に学んでいる
花びらの散っていない桜を
一緒に見たいと言う

翌日新幹線で仙台駅に着く
彼女が待っていた
彼女は靭帯の手術でリハビリ中だが
歩けるようになったという
装具をつけている右膝を
そっと見せてくれた

陳さんの案内で西公園に着く
満開の桜に花見客
ここを下ると広瀬川
まっすぐ行くと私の学んでいる大学がある
桜並木を並んで歩く彼女が言う

急に寒くなって震えていると
赤いマフラーと手袋を貸してくれた
お陰でライトアップの時間まで
ゆっくりと桜を楽しんだ

彼女の頬がほんのり
ピンクに光っていた

駅前の喫茶店で

本厚木の改札口
四か月ぶりのあなた
相変わらずの元気な笑顔

小学校から日本に住み日本国籍も取り
日本の音大を卒業し　日本人と結婚
今は上海に住む
故郷だから
上海が故郷だから　私の問いに
そんな呼び方　上海にはないかも
ふと　首を傾げた

中国と日本の母親の考え方の違い
子どもは親の老後は当然　看る
育ててもらったから　産んでもらったから
日本の父母も大切にする　親戚だから
親になってくれたから
優しくしてくれるから
そして　人間と人間だから

中国と日本　あの戦い
日本の子どもが
お世話になりました
育ててもらいました

違います　国と国が戦っても
人間と人間は戦いません
この大地に生まれた　親戚です
いつの日か
中国と日本の橋渡しになりたい
ピアノというコミュニケーションで
子どもたちの繋がりで
人間と人間のハーモニーを造る

私は中国人で日本人だから
と　もう一度
笑顔を私に見せた

山野　なつみ（やまの　なつみ）

長野県生まれ。詩集『時間のレシピ』『上海おばさん日記』。
詩誌「まひる」「いのちの籠」、東京都美術会員。神奈川県相模原市在住。

米軍のいた夜

米村　晋（よねむら　すすむ）
1937年、韓国ソウル市生まれ。小説『無窮花《むくげ》と海峡』。
石川詩人会、笛の会会員。石川県金沢市在住。

石川軍政隊の占領

太平洋戦争終戦後、米軍は、占領政策を円滑に実施するために日本各地に「軍政隊」を配置。

昭和二〇年一〇月　米軍将兵七〇〇名が「石川軍政隊」として金沢に着任。金沢に本部、小松・七尾には支部が設置され、夫々に米軍将兵が駐留。

七尾湾への機雷投下作戦

昭和二〇年五月から終戦まで、米軍はB29四四機により七尾・伏木両港に空襲を実施。両湾内に浮遊機雷・四四〇個を投下。

昭和二〇年八月二八日　旅客船・第二能登丸が七尾南湾で機雷に接触・爆発。乗客は、すべて七尾港荷揚作業員だった七尾市民。全員二八名が死亡。

中国人港湾労働者の反乱

終戦間際、表日本の主要な港湾都市は、米軍の空襲により破壊され、港湾労働者も多数死亡。日本政府は労働力の不足を補うため、中国から三万四千名の農民を日本に拉致、各地の港湾で強制労働を課す。

日本海軍は、日本海側の七尾港を拠点港湾として四〇〇名の中国人を配置。劣悪な食事と過酷な労働により一五名が死亡　六四名が失明。

中国人労働者は、終戦を知らされぬまま働かされていたが、外部の中国人からこれを聞き激怒する。

武器庫から大量の武器・弾薬を奪い暴動を起こす。

日本政府と米軍は、中国との間で国際問題化するのを恐れ取り締まりをせず。この間、強盗六六件・暴行一三件・窃盗一〇三件の犯罪が発生。最後は、七尾市民により暴徒への説得がされ、暴動は収まった。

註　七尾市に於けるこれらの諸事件は、すべて米軍の占領体制上の管理責任であったため、関係者には厳重な緘口令がしかれ、一般市民には戦後長く秘密にされていた。

地図　――満蒙開拓平和記念館にて

山上のような場所に
火の玉があふれる程　吹きこぼれている
キュッと胸を刺されて　側に近づけない

ここは　強靭な国策に従い日本全国から送り込まれた
満蒙開拓団の在住地
侵略国を守らせるために
ソ連との国境間際に集中させ
冬は　マイナス三〇度を越える僻地だった
ひとそれぞれが　故郷を離れた理由や経緯を背に
心の内と外に　ひたすら
太陽を求めてきた目の色なのか

田畑と家まで奪われた原住民の人達の
くすみ　沈んだ　苦悩と悔しさにあぶられて
背景と事情に気付いた者の
悔いを含んだ涙のにじみだろうか
満蒙開拓青少年義勇軍と呼ばれた　幼い少年達は
どこまで受け止めて　明日を見ていたのだろう

柳生　じゅん子（やぎゅう　じゅんこ）

1942年、東京都生まれ。1946年、旧満州撫順より引き揚げ。詩集『風景と音楽』『ざくろと葡萄』。日本文芸家協会、日本社会文学会所属。東京都文京区在住。

それは　血の色ではないか
末日　男性は徴兵され　戦争に巻き込まれていった
蘇った現地の人達からも無惨な仕返しを受けている
昼は山に隠れ　夜に逃避行を続けた
乳幼児は　日毎に亡くなり埋められ
疲れて動けない老人達は　その場に捨て置かれた
国から配られていた青酸カリで集団自決もしている

あれはきっと　亡くなった多くの方達の切実な魂
今だに　どこにも返せない言葉と
忘れられていく史実を告げる声が
ひっそりと浮き上がった闇の空から
星の光りとなって動いているのだ

同じ様に国家に棄民にされ
栄養失調で湿疹が出来、坊主頭にされていたが
それでも　家族皆で帰国できたわたしは
精一杯耳を立て　頭を下げている

無駄

せきぐち　さちえ
1942年、山梨県生まれ。『水田《みずた》の空』『ころ柿の時間』。
都留詩友会、日本詩人クラブ会員。山梨県都留市在住。

人生に無駄はない
中国語を使うたびに
男は言う
昭和二十八年最後の引揚げ船で十七歳で帰国
日本語は読み書きも覚束なかったと言う

大学で日本語を教えた留学生は
きれいな標準語
正確な発音だと
男の中国語を誉めた
中国語は発音が難しい
すべての漢字が
四つの発音方法のどれかに属し
発音が違うと意味を解せなくなる
耳学問の強みだと
七十八歳の今も講師を頼まれる

優秀な通訳がついているから
いつまで経っても女には
中国語は他国の言葉である

男の車に乗ると
中国語会話のCDが流れ
中国からの客があると
いきいきとして他国の人間になっていく

九歳での敗戦から帰国まで
牧場主に雇われて
牛を追って家計を支えたという
「裸足で牛を追っていた
　よくマムシに噛まれなかった」と
寝物語に話してくれた

無駄にしなかったものは
男の芯となった

気の変容について
～宇宙と交感する人体を巡る気～

太古からの人間の結晶を秘めている　体内の
細胞組織の場や
時間と空間を流れるエネルギーは
目には見えないから　では
目えないものを　どう　知覚していたか。

易経や老子道徳経の時代に
人々は甘露の流れに気づき
体内に握りこぶし大の　かたまりの
流れを見
いのちを育む力を
気と呼んだ。

人体科学の時代を生きる人々は
伝播しあう体内の思想を練ることを
気功と呼び　意識で
気の遠隔操作を試みる。
マインド・ボディ・サイエンスは
しなやかに気を通しながら
からだの響きに耳をかたむけ

こまつ　かん
1952年、長野県生まれ。詩集『見上げない人々』『刹那から連関する未来へ』。日本詩人クラブ、日本現代詩人会会員。山梨県南アルプス市在住。

小宇宙が大宇宙と呼応するプロセス。

太陽に添い　一日の始まりに
富士に手を合わせる。
月光に添い　一日の終わりに
天空を見上げる。
ひろく深くひろがる温かな　永遠が
いつも　この身に満ちあふれている。

生き方としての気功は
見るだけでなく
感じることが大切だと教え　また
いのちの現象と天地の間を巡り
内界と外界をつなぐ気脈は
万物は老い衰えて死ぬという
あたりまえのことを
波動にする。

「日本と中国とはそりの合わない兄弟のように、似ていない。」
（モーリス・ベジャール）

ベジャール（一九二七‐二〇〇七）はフランスのバレエ振付家です。東洋の思想や日本文化に造詣が深かった人です。この言葉は戸田貞祐氏の『日本美術の見方』に引用されていますが、本人がどのような状況で語ったか調べようとして、果していません。

この言葉を見たとき、指摘の的確さに驚きました。欧米の映画などで、日本を表すのに中国音楽らしきものが流されると、その無知さ加減に苛立ってきましたが、的確に見る欧米人もいることに安堵します。

両者の差異は非常に深いところから発しているのではないかと感じています。例えば、言語構造は、日本は膠着語、中国は孤立語です。言語構造が思考に与える影響は非常に深いのではないかと考えています。主語を省略できるか否かは話者の精神に作用するでしょう。当然、風土や自然の違いもあるでしょう。

その結果として生み出されて来るのが文化で、私たちの目に映るのはここです。雄大な空間性に趣を見いだす山水画に対し、日本のデザイン的、平面的な障壁画、京劇と能や歌舞伎の違い。これらは一例にすぎませんが、私は感性のベクトルの大きな違いを感じます。他者から学びながらも、日本人の感性に合わせて変形させずにはすまない、かつその感性が生み出した独自性の中に、強いベクトルがひそむのを感じます。

片山　壹晴（かたやま　かずはる）
1948年、群馬県生まれ。『名言を訪ねて～言葉の扉を開く～』、随想句集『嘴野記』。群馬県佐波郡在住。

原理

一点の穴
延べられていく辺縁
延べられた脳髄
均一の空虚
中心への幻視
民族は辺縁を欲する
一点の黒い穴
無理数の闇
多変数の死

八章　朝鮮半島

星を数える夜

（上野都 訳）

尹 東柱（ユン ドンジュ）

1917～1945年、旧満州の間島省龍県明東村生まれ。詩集『空と風と星と詩』。福岡刑務所にて獄死。

季節の移ろう空には
秋がいっぱいに満ちています。

僕は何の憂いもなく
秋の星々をぜんぶ数えられそうです。

心の奥で一つ二つと刻まれる星を
今すべて数えきれないのは
まもなく朝が来るからで
明日の夜が残ったからで
いまだ僕の青春が尽きていないため。

星一つに追憶と
星一つに愛と
星一つに寂寥と
星一つに憧憬と
星一つに詩と
星一つにかあさん、かあさん、

かあさん、僕は星一つに美しい言葉を一つずつ呼んでみます。小学校の時に机を並べた友だちの名と、佩《ペエ》、鏡《キョン》、玉《オック》、こんな異国の乙女らの名、もう母親になった娘たちの名、貧しい隣家の人たちの名、鳩、子犬、ウサギ、ラバ、鹿、「フランシス　ジャム」、「ライナー・マリア・リルケ」こんな詩人たちの名を呼んでみます。

かれらはあまりにも遠くにいます
星が遥かに遠いように、

かあさん、そして
あなたは遠く北間島《ブッカンド》にいらっしゃる。

僕はなぜだか切なくて
このたくさんの星の光が降りそそぐ丘のうえに
自分の名前を書いてみて
土で覆ってしまいました。

そう　夜通し鳴く虫は
恥かしい名前を悲しむからです。

でも冬が去り僕の星にも春が来れば
墓に緑の芝が萌えでるように
僕の名前が埋められた丘にも
誇りのように青草が茂るでしょう。

1941・11・5

雨降る夜

ザーッ　ドドン！波の音が窓桟に砕け
ふいに微睡《まどろみ》の夢が砕け散る。

眠りは　ただ黒い鯨の群れのようにざわめき
それを宥《なだ》めるすべもない。

灯をともし念入りに夜着を直す
真夜中。
希求。

憧憬の地　江南《カンナム》にまた大水が溢れそうで
海への郷愁よりもっと寂しくなる。

※江南《カンナム》：伝説上の常春の理想郷

1938・6・11

故郷の家　――満州でうたう

履き古した藁沓を引きずって
　僕はなぜここへ来たのか
豆満江《トマンガン》を越え
　うら寂しいこの地へ

南の空のあのしたには
　あたたかい僕のふるさと
母さんのいらっしゃるところ
　なつかしい故郷の家。

1936・1・6

酒をたらふく飲んで休んだあくる朝

（姜舜 訳）

申　東曄（シン　ドンヨブ）

1930～1969年、韓国忠清南道扶余生まれ。詩集『阿斯女』、叙事詩「錦江」。1969年、ソウル自宅で肝癌で死亡。

酒をたらふく飲んで休んだ
昨日の夜は
寝ながら面白い夢をみたよ。

蝶に乗って
空を翔けているうちに
足の下　アジアの半島
三面に白飛沫うち上げる
美しい半島をみたよ。

その半島の腰のあたり　開城《ケソン》(1)から
金剛山(2)にいたる中心部には幅一里の
緩衝地帯、いうところの北の権力も
南の権力もとどかない
平和な田地。

酒をたらふく飲んで休んだ昨夜は
寝ながら　まことに
面白い夢をみたよ。

その中立地帯が
世にも不思議な妖術を操っていたよ。
狸の仔　人間の子　熊の仔　鹿の仔たち
はだかで跳ねまわる幅一里の中立地帯が

しだいに脹れあがり
その平和地帯の両側で
銃口を向けて狙い合っていた
戦車らが百八十度向きを変えていたよ。

すると、またたく間に
ゲンゴロウのように
一群は西帰浦《ソキポ》(3)の外へ
一群は豆満江《ドマンカン》(4)の外へ
そこで銘々外の空に向かって
銃剣を投げ捨てていたよ。

花咲く半島は
南から北の涯まで
緩衝地帯、

あらゆる武器は洗いざらい取り払われて
愛が芽生える半島。
黄金の穂波を刈り入れる順伊《スユ》(5)の村、乭伊《ドルリ》(5)の村
たかくたかく中立の噴水は
吹き上がっていたよ。

酒をたらふく飲んで休んだ
昨日の夜は休みながら　やたら可笑しい夢ばかりみたよ。

（一九六八）

（1）開城　三十八線に近い都市の名、古都のひとつ。
（2）金剛山　韓半島の名山。
（3）西帰浦　南端の島、済州島にある町の名。
（4）豆満江　北の国境を東海にながれる川の名。
（5）順伊・乭伊　農村でよくつける娘の名と、息子の名のひとつ。

秋の神

（表題・抄出はコールサック社編集部）

地図の上朝鮮国にくろぐろと墨をぬりつつ秋風を聴く

明治四十三年の秋わが心ことに真面目《まじめ》になりて悲しも

何となく顔が卑しき邦人の首府の大空を秋の風吹く

はてもなく砂うちつづく
戈壁《ゴビ》の野に住みたまふ神は
秋の神かも

朝な朝な
支那《しな》の俗歌《ぞくか》をうたひ出《い》づる
まくら時計を愛《め》でしかなしみ

石川　啄木（いしかわ　たくぼく）

1886～1912年。岩手県（旧南岩手郡日戸村）生まれ。歌集『一握の砂』『悲しき玩具』。文芸誌「明星」「スバル」。東京都文京区などに暮らした。

みぞれ降る
石狩《いしかり》の野の汽車に読みし
ツルゲエネフの物語かな

十年《とせ》まへに作りしといふ漢詩《からうた》を
酔《ゑ》へば唱へき
旅に老いし友

むらさきの袖《そで》垂れて
空を見上げゐる支那人《しなじん》ありき
公園の午後

ボロオヂンといふ露西亜名《ろしあな》が、
何故《なぜ》ともなく、
幾度《いくど》も思ひ出さるる日なり。

五歳になる子に、何故《なぜ》ともなく、
ソニヤといふ露西亜名《ろしあな》をつけて、
呼びてはよろこぶ。

火酒の頬

―大正十三年―

（表題・抄出はコールサック社編集部）

釜山　東萊温泉

松原に萩あり館尚遠し

朝寒の朝ぼらけなる温泉宿かな

大邱

道傍の赤のまんまに蝗かな

柿赤く実りかぶさる小家かな

京城

いつまでも稲を刈らざる税苛《きび》し

平壌

大空に赤き月ある夜霧かな

夕霧のかゝりそめたる薮の家

からからに枯れて尚ある紅葉かな

新義州

とり入るゝ夕の色や唐辛子

行秋や川をはさみて異国町

高浜　虚子（たかはま　きょし）

1874年～1959年、愛媛県生まれ。『定本 虚子全句』『俳句への道』。俳誌「ホトトギス」。神奈川県などに暮らした。

奉天

くづをれし野菊の叢《むら》や霜の朝

長春

木枯や皆しぼみたるポプラの葉

木枯の辻馬車に乗る足早に

火酒の頬赤くやけたり冬帽子

ハルビン

短日や馬車を駆りたる小買物

撫順

煖房の部屋の飾りの火鉢あり

遼陽

河柳地に伏しなびく枯野かな

大連

ストーヴに髪の埃の積るかな

旅順

木々の根を埋めて谷の落葉かな

毛衣を吊り並べしを打ち仰ぎ

『定本 虚子全句』より

旅中即興の歌

若山　牧水（わかやま　ぼくすい）

1885〜1928年。宮崎県生まれ。歌集『海の声』『別離』。短歌誌「創作」主宰。静岡県沼津市などで暮らした。

朝鮮東莱温泉にて
（抄出はコールサック社編集部）

この国の山低うして四方《よも》の空はるかなりけり鵲《かささぎ》の啼く

珍島邑内なる創作社友福島勉君に誘はれ同島竹林洞に赴く、途中の浜にて端なくも鶴のまひ遊べるを見、馬上ながらに朗詠せる歌

潮干潟さざらぐ波の遠ければ鶴おほどかにまひ遊ぶなり

遠干潟いまさす潮となりぬればあさりをやめて鶴はまふなる

金剛山内、長安寺にて

咲き盛る芍薬《しやくやく》の花はみながらに日に向ひ咲けり花の明るさ

長安寺の庭の芍薬さかりなり立ちよればきこゆ花の匂ひの

金剛山の渓間に山木蓮なる花あり、寧ろ辛夷に似て更に真白く更に豊かなる花なり

たぎつ瀬にたぎち流るる水のたま珠より白き山木蓮の花

帰途病みて別府温泉に滞在す

留守居する子等うちつどひたうべゐむその桃の実を父もたぶるよ

歌集『黒松』より

中城　ふみ子（なかじょう　ふみこ）
1922〜1954年。北海道生まれ。歌集『乳房喪失』『花の原型』。北海道帯広市などに暮らした。

暗契（抄）

（抄出はコールサック社編集部）

閉鎖せしパチンコホールの階上に犬つれて若き鮮人が住む

音低く鮮人住むを壁越しに見守ればわれも共謀者なり

唐黍畑荒せしわれら童にて切なさもありし朝鮮部落

密殺の血も吸ひたらむあかざの葉部落立退きし跡に茂りて

寄宿舎の壁にひたひを押しあてて洩らせし暗き鮮語を知らず

鮮人の友と同室を拒みたる美少女も空襲に焼け死にしとぞ

稲妻の走る畳にむき合へばちかぢかとして異民族の貌

日本を呪ひし鄭さんの声も顕《た》つゴルフリンクの短かき草に

朝鮮服あはあは風に膨らめる幻も鉄線の内らに消ゆる

桃源境は何処にあるのか死臭しむ地図を拡げて虚しきときに

歌集『乳房喪失』より

辿る旅歌（抄）

髙橋　淑子（たかはし　よしこ）
一九六〇年、大分県生まれ。
歌集『うゐ』『緑塵』。神奈川県横浜市在住。

二〇〇五年五月、母が生まれてより少女期を過ごした韓国（釜山・慶州・ソウル）を旅する。
戦前母方の祖父は朝鮮総督府に勤務していた。ソウルでは地図を頼りに旧時の所在を探す。

I

釜山《プサン》

国境は何処《いづこ》にあらむ釜山《プサン》タワーに上れば対馬は間近に見ゆる

ソウル

われ胸に一塊の闇あるごとし韓国の旅の何か憂ふる

心奥を探らるるやう人人の眼にわれありてソウル裏町

おぼろげなる記憶をたどる煉瓦塀母ら住まひし家この辺り

昭和八年京城府本町四丁目八十三番地母の生《あ》るるは現在《いま》立つあたり

（景福宮前面）

この土地の気の流れ断たむと造られし朝鮮総督府　ここがその址《あと》

幾たびの戦禍を水面に映し来しソウルを西へ漢江《ハンガン》流る

ハングルの読めさうで読めぬこの国のキムチの味のいと辛きかな

〈現代《ヒュンダイ》〉の建設ならむ高層住居群側面の壁にその文字《ロゴ》多し

街なかには店の看板いと多しそはハングルにて色のあざやぐ

Ⅱ

二〇〇八年六月、父が生まれて青年期までを過ごした中国（大連・旅順）を旅する。
大連は日露戦争の後、現中国からの租借地ではあったが、事実上は昭和二十年の終戦まで日本の統治下におかれていた。鉄道（南満州鉄道）産業を中心に栄えた都市であった。

アカシヤの香る都《大連》ぞ今われは亡父《ちち》の生まれし大連にゐる

年若き父の面影大連の街路ゆくときアカシヤの散る

吾が父の生まれし家はいと古び大連の街にいまだ在りたり

祖国へと敗戦の後船出づる大連港この第二埠頭より

不意に吹く風のつめたし六月の大連港より沖を眺むる

大連は地の果てよりも遠き地と引揚げて来し祖母ら語りき

歌集『緑塵』より

馬山に還りぬ

池田　祥子（いけだ　さちこ）
1943年、福岡県生まれ。歌集『三匹の羊』『続三匹の羊』。
短歌誌「まろにゑ」。東京都中野区在住。

息子から　赤ちゃんできた　のメールあり朝鮮・日本・ドイツの血筋の

「冬ソナ」のやさしさ時にパターナリズムさはさりながらやさしさに泣く

齧つても齧つても届かぬ異国なりハングル講座いつも初級を

くしやくしやと押しつぶされたる顔だつた　遠く貧しき朝鮮の人

超モダンの都羅山駅は無人なり　路線は「北」へと続いてゐるに

晩冬のイムジン河はたおたおと水鳥遊ばせただだに流るる

突然に吉雨・祥雨に徳雨なる三兄弟の名　父暗唱す

アリランを懐しみ歌ふ父はまた背筋伸ばして君が代朗々

妻も子も日本人なり父もまた母国語忘れ李祥雨とふ名も

金鉱の狼煙たちまち龍となり　父はふるさと馬山に還りぬ

歌集『続　三匹の羊』より

虐げられた李さん

金野　清人（こんの　きよと）
1935年、岩手県生まれ。詩集『冬の蝶』『青の時』。
岩手県詩人クラブ、北上詩の会会員。岩手県盛岡市在住。

地図の上
朝鮮国にくろぐろと墨をぬりつつ
　秋風を聴く
石川啄木の明治四十三年の歌

日本の植民地下
日本語を強いられ
創氏改名で実名も奪われて
本音を語れなくなった
満鉄クーリーの李さん
子どもの時は
オモニの清冽なひびきのハングルを真似て
すくすくと育ったに違いない

　チョウセン、チョウセン、パカニスルナ
　オナシメシクテ、トコチカウ
竹馬の友と混ぜっ返した鬼子のボクを
ポク、ポクと
目を細めて呼んでくれた
寛大な李さん

八十路を過ぎた満州帰りのボクは今
物陰に身をひそめて
蚊の鳴くような声で
こっそり口ずさんでいた
李さん得意のアリラン峠
遠くなった耳で
涙ぐみながら
罪滅ぼしに
何度も、何度も、聴いているから…

堪忍してくださいネ
李さん

＊満鉄＝南満州鉄道株式会社。
＊クーリー＝（中国語）土工。下層労働者。
＊オモニ＝（朝鮮語）母。母親。
＊ハングル＝朝鮮語。
＊アリラン峠＝朝鮮民謡の一つ。

唐辛子の歌

朝鮮料理は
なぜ辛いか。
キムチという漬物にいたるまで
トオガラシを使用しないものは一つもない。
蕃紅色の大粒の朝鮮トオガラシ。
きみはそれを炊きたての飯の上にふりかけ
汁もかかずかつかつと貪《むさぼ》り食つた。
ぼくらは別にたのしい会食をしたわけではない。
また料理というほどのものを味わつたわけでもない。
へんなまわり合せで
日本のある大工場で一年有半
蒸気すいさんのまずいめしを共に食ってくらしたに過ぎ
　ないが
破けた小包のはしからこぼれおちた朝鮮のトオガラシを
　見たとき
俺も一しよになつて
ふしぎに切ない郷愁をおぼえた。
辛さにも北鮮の辛さがあり
大韓民国の辛さもあるだろう。
いまそのいずれが痛烈たるや知らない。

小野　十三郎（おの　とおざぶろう）

1903〜1996年、大阪府生まれ。詩集『小野十三郎全詩集』、詩論集『詩論』。大阪文学学校創設校長。大阪に暮した。

俺はただあの頃毎日きみらの朝食のために
四斗樽一ぱいのヒジキの味噌汁が朱に染るほど薬味を利
　かせたことを想い出す。
それでもきみらは
まだまだ、まだまだと云つたものだ。
蕃紅色の大粒の朝鮮トオガラシ。
乾燥して血の色をしたやつ。
ほんとうの豪華な朝鮮料理では
さてそれをどう使うのか。
きみらの食慾の
ますます旺盛ならんことを
ねがうのみ。

漢江と臨津江の合流点に立って

小さな一枚のスケッチを取り出してみる。
刷毛で擦った黒いインクの滲みが
涙のあとのように　紙面に
流れとどまって　なお流れてゆく。

あれからどれほどの時が過ぎたのか、
厳しい寒さのなかで一面に凍てつき
あれほど渦巻いていた河の流れも
いまは静寂のなかに閉ざされたという。

記憶もまた　深く閉ざされて
かっての戦乱の　阿鼻叫喚も
血沫きも　いまは忘れられたかのように
夢の衣を纏っているのだろうか。

ひたすらに雪の原野を想う、鳥が一羽
荒寥とした対岸へ翔んでゆくのが幻に見える。
自由なもののように、もしかするといつでも
希望はあると伝えたいかのように。

場の記憶とは何なのか、凍土のなかに
埋もれて　なお何かが語りつがれてゆくとき、
季節が来れば　そこにも野の花は咲き
両の岸辺に人が戻って
手を振り合う日もあるのだろうか。

清水　茂（しみず　しげる）
1932~2020年、東京都生まれ。詩集『夕暮れの虹』『暮れなずむ頃』。埼玉県新座市に暮らした。

花群《はなむれ》
——自伝風に

杉谷　昭人（すぎたに　あきと）
1935年、朝鮮鎮南浦府生まれ。詩集『宮崎の地名』『杉谷昭人詩集 全』。
日本現代詩人会、日本詩人クラブ会員。宮崎県宮崎市在住。

植民地で育ったせいだろう
胸をそらして歩く癖がある
そのくせとつぜん卑屈になって
あたりをそっと見回す習性もある
それはきっと戦争に負けてからのことだ
アネモネが一本
高麗の磁器がひとつ
そんな部屋で十二歳の少年三人
給仕の採用試験を受けた記憶がある
やがて面接にあらわれた男が
ぼくの視線のゆくえを見て短く言った
——花が好きか
その男がぼくらの知らない言葉で何かわめくと
三白眼の若い兵士が通訳した
——花の好きな子供はきっと役に立つ
それから一年間
その男に三度の食事を運ぶのがぼくの仕事になった
男の名をぼくはずっと後になって知った
金日成……
やがてふるさとへ還った

はなむれというむらに住んだ
畦がみんな曲がっているので
田んぼに張った水までが曲がってしまう
そんな淋しいところだった
むらの人はだれも無口で花好きだったから
しゃべりつづけるにはひどく勇気がいった
何か用事を済ませようとするとき
あたりをしばらくうかがう癖がよみがえった
しかしべつに何事も起こらなかった
菫の名を三十ほども語れるようになり
薔薇の色は五十種類も区別できるようになった
出会った少女も花が好きだった
少女の父親が
あるとき確信あり気に言ったものだ
——花が好きな奴は
　弱い者を勇気づける方法を身につけている
ぼくは戦争に負けた日より
もっと大きな不安があることを知った
その年の暮れ
ぼくらはあわてて結婚した

土饅頭の墓　――韓国にて

低い禿山の　カササギの飛ぶあの麓に
二人の墓を作りましょう
お椀を二つ　ずらして重ねたように土を盛り
一ｍぐらいずつの円い墓
どちらかが　おおいかぶさるかたちの夫婦塚

芝草を植え
かたわらには
こぶしと　れんぎょうと　むくげの苗を

まだ枯れ色の　浅い春には
葉よりも早く　こぶしが咲き
小枝の先で　季節を匂わせるでしょう

草の芽が萌え出すころには
れんぎょうが　一枝ずつをたわませて
小さな黄色のラッパを　たくさん吹くでしょう

むくげも　つぎつぎに釣鐘の蕾を開き
まどいを　にぎやかにしてくれるでしょう

花のない季節には
カササギが餌をついばみにきて
こそばゆく　少しくすぐったいかしら

秋から冬へ
〈かささぎのわたせる橋におく霜の
　　白きを見れば夜もふけにける――家持〉
古い書物をひもとき
ポプラの梢の　カササギの巣を眺めながら
もう離れずに
いつかは　あの低い禿山の
なだらかな斜めの一部になりましょう

大石　規子（おおいし　のりこ）
1935年、神奈川県生まれ。詩集『あかねさす』『学童疎開』。日本現代詩人会、横浜詩人会会員。神奈川県横浜市在住。

地を巡るもの

上野　都（うえの　みやこ）
1947年、東京都生まれ。詩集『地を巡るもの』、翻訳詩集　尹東柱『空と風と星と詩』。日本現代詩人会会員。大阪府枚方市在住。

空と地のあわいを早春の風がわたる
うすうすと霧をはらみ　東へ

どこか赤い土の色を乗せて
ゆっくりと川面を流れる残雪は
ここへ届くまで
山へ積み
里へ積み
ひとしく千万の暮らしの屋根に積み
いま
みずからを追うように
大河に溶けて西の海へ

柄《え》の長い匙《さじ》で掬うかたちに
古い都を北から南へ下り
また　北へ上る河
それは
人の世が裂くまえからの
天と地のかたち
もう遥かな昔から
出あうところは一つ　と

この春にも
ふたつの川の溶け合う坡州《パジュ》
冷え冷えと
靄《もや》のかなたに歌う気配も見せず
同じ岸辺をはさみ
別々の名で
臨津江《イムジンガン》と漢江《ハンガン》
同じ季節《とき》を
ほんの手の届く近さに結びながら

木を植えた者はいたが
森は燃えつき
子を産んだ女もいたが
男はみな兵士になった
この百年にも
大地は幾度となく焼け
撃ちつくされ
ふたつの河の水は

血で染まりつづけ――

今
この高みに立つ人の
なんという影の濃さ
思いがけない早い春に胸をえぐられ
時の重さに肩を落とし
血を滾《たぎ》らせて無言に沈む
深い河をまえに
黙して天を仰ぐ人の言霊《ことだま》は
冬ごとに高く積み
はかなく溶け
そのたびに　どれほどの幻が
この河を渡ったろうか

見届けようにも人の命には限りがあり
歌おうにも　あまりに冬は長い
だが言の葉に育った種を
渡りあう風に乗せ
ぱあっと目くらましのように蒔《ま》けば
赤茶けた地ばかりを這う双眼鏡を
いつか
緑の芽が覆うだろうか
花の群れが
胸の階級章を食い尽くす日が
来るだろうか

種を蒔く手が道を踏むなら
実を刈る手が
かならず橋を架けよう

地を巡るものあってこそ
人は出会い歌う
固く凍った氷を穿《うが》つ影の深さを抱《いだ》き
いつか　その아리랑《アリラン》を私も歌う

来《きた》る日のために　私の手よ
銃剣をおろせ
銃剣をおろさせよ
ふたつの河に
溶けあう縁《えにし》あればこそ。

＊アリラン…朝鮮の民謡

血筋

わたしの血は韓国から日本から
そのずっと先から流れてきている
青森に住む父の友人を訪ね
わたしの知らない父を聞き取ることからはじめ
新潟　東京　韓国とさかのぼり
父の兄　父の妹　その子どもたちと出会った
みんなわたしとつながっている
顔や皮膚のしわを言葉ではなく
声を街の匂いを　わたしは目に焼き付け　触れた
わたしは一人ではない
従兄から家系図をいただいた
かつて何故　朴は新井なのだと考え続けた夜
始祖　朴赫居世《パクヒョッコセヨ》から六十八世孫までの
氏名　生年月日　性別　住所が並ぶ
六十三代から大邱《テグ》に移り住み子孫が栄えた
愛　正義　最善という家訓があったことにも驚いた
まるで由緒ある家系のようではないか
父の名前を見つける
そこには唯一日本語があった
青森県十和田市稲生町
父が最後に住んでいた場所だ
空欄となっている息子の欄には
わたしの名前があるはずだった
その下には
わたしの息子たちの名前があるはずだった
系図を見て生まれながら日本国籍を持つ
息子たちは喜んだ
付け加えることにも賛成した
なにがどう変わろうが
薄かろうが濃かろうが
血は騒ぐのだ

新井　豊吉（あらい　とよきち）
1955年、青森県生まれ。詩集『擱みそこねた魂』『横丁のマリア』。
詩誌「潮流詩派」。福井県福井市在住。

骨灰

少年の日の血のような
椿の花が咲いていた
コリア・木浦・玄慶面《ゲンカリ》

井戸には水を汲む
ハルモニの姿はなかった
もう新しい命になっているのだ

ぼくにサラン*という言葉を
はじめて教えてくれた従弟は
たくましい農夫になっていた

雪は夜から小止みなく降り
マッコリで体をあたためて
ぼくは眠った　父のふるさと

その崇高《けだか》い山河は滅ぶことなく
父のゆるぎない永眠《ねむり》を抱いて
満ち足りたように眠っていた

崔　龍源（さい　りゅうげん）
１９５２年、長崎県生まれ。詩集『遠い日の夢のかたちは』『人間の種族』。同人誌「サラン橋」。東京都青梅市在住。

朝　雉の鳴く声で目覚めた
雪道を踏んで　黄海に
向かった　父の骨灰を持って

潮騒は鳴っていた　サラン
サランと　父の骨灰を
海は　その身に溶かし込みながら

やがて黄海の魚は美味しくなるだろう
父の骨灰をたらふく食べて
父が一つの生の実りへ入って行ったあかしに

＊サラン…愛

安重根の思い出

大韓民国忠清南道天安市木川邑南化里
広大な敷地に　独立記念館があり
高い台座の上に　安重根義士の銅像は建っていた
安重根は韓国では民族の英雄だった

観光ガイドの金さんは　中年のおばさんだが
日本語はネイティブのように巧みで
その上　言うべきことは遠慮なく　主張した
〈独島《ドクト》を日本領と言ってるのは　世界中で日本だけで
しょう
　そうでしょう〉
ぼくにわかったことは
日本でも　韓国でも　国民は
政府の言うこと　マスコミの言うことを真に受け
互いに正反対のことを　思い込まされている
と　いうことだった

ぼくは金さんにふっかけてみた
〈安重根は日本では　元勲伊藤博文を暗殺したテロリス
ト

熊井　三郎（くまい　さぶろう）
１９４０年、大阪府生まれ。詩集『誰か　いますか』、研究誌『知られざる戦時下の抵抗詩人　階戸《しなと》義雄の生と詩』。日本現代詩人会、詩人会議各会員。奈良県北葛城郡在住。

　犯罪者ということになっているけどね〉
金さんはすかさず反駁した
〈アンジュングンは義兵中将で
日帝に対して義兵戦争をたたかっていたんです
　テロリストではありません〉

ぼくはいまでは知っている
伊藤博文が韓国にどれだけひどいことをしたか
その後の日本が韓国を併合してなにをしてきたか

金さん　また議論しようよ
客を客とも思わぬあなたの物言い
また聴きたいよ

散骨

ある演劇人[*1]が死んだ
二〇一〇年に彼が死んだ意味
百年前の屈辱を魂の奥底に流し
在日として育った心
「対馬海峡[*2]あたりで散骨してもらおうと思っています。」
死を予感して遺書に記した

対馬から手を伸ばせば
プサンに届く
韓日の未来に向けての礎石として
己《おの》が骨を沈めてほしいと

「いつか公平」な韓日関係をと
人と人との交流をと
対馬の海面を荒だたせないようにと
今、高い海に　白い骨灰が
彼の魂となって
飛翔した

＊1　演劇人・つかこうへい氏
＊2　「朝鮮海峡」の〝誤認〟か?

畑中　暁来雄（はたなか　あきお）
1966年、三重県生まれ。詩集『資本主義万歳』『青島黄昏慕情』。
詩人会議、関西詩人協会会員。兵庫県西宮市在住。

雨森芳洲《あめのもりほうしゅう》の墓

貴人は近江は高月の人
見出されて対馬藩へ
そして正徳・享保の朝鮮通信使との会談
釜山の倭館《わかん》に何度かおもむいた
中国語　朝鮮語にも通じた国際人
朝鮮使節と漢詩をやりとりすれば
碁も打って誠信の交わり
事件が起きても　ひとつひとつの折衝に
対話の精神で応待した
平和外交の役人

昨今のこの荒波を　静かにさせてほしい
「四海の内は皆な兄弟たり」ではないか

対馬　厳原《いずはら》・長寿院の丘に
苔むした墓標の下
明日《あす》の出番を見据えて　眠っている

ソソン里

青山　晴江（あおやま　はるえ）
１９５２年、東京都生まれ。詩集『ひとときの風景』『ろうそくの方程式』。詩誌「いのちの籠」、「つむぐ」。東京都葛飾区在住。

帰すまい
ふたたびのあの日々
荒れ果てた流血の村には

丘のふもと　森の奥深く
埋もれた骨たち
ねじれたままの体で
哀しい声で呼んでいる
あの　ひびわれた魂たちが
まだ　眠れないでいるのだから

静かな星降る里に
突然現れた
高度ミサイル防衛システム、　サード
黒山のように包囲する警察
潰され、滲み、砂利に染み入る血
パイプに通してつないだハルモニたちの腕

その手が育てた
稲穂がゆれている

まろやかなマクワウリ
白い花びら、ムクゲ
風がさわさわと
田んぼを渡っていった
空にきらめく星々
小さな里　抵抗の村　ソソンリ

戻すまい
ふたたびの
あの戦場の村には

＊ソソンリ…韓国慶尚北道星州の村。２０１７年４月、軍はＴＨＡＡＤ核心装備のＸバンドレーダーと発射台を強行搬入した。朝鮮戦争の時多くの村人が犠牲に。
＊ハルモニ…ハングルでおばあさん

洞

うおずみ　千尋（うおずみ　ちひろ）
1944年、福島県生まれ。詩集『牡丹雪幻想』『白詰草序奏』。
詩誌「衣」「コールサック（石炭袋）」。石川県金沢市在住。

子供が楽に潜れる土管が口開けていた
遠い日の記憶を
不意に堰き止めて
映し出す
あの　洞

ガキ大将の号令に従い
腕白たちは
土管の前の　畦道に沿った水路を止める
丹念に
根気強く
石を重ね　泥や藁を積み
見事なチームワークだ
ザリガニ　ドジョウ　蛙
名前も知らない小さな生き物も蠢いて
みんな大はしゃぎ

夏の陽射しが
浅瀬の子供らの足元に眩しく揺れて
その　きらめきの一瞬である

暗い穴蔵を背に
幼馴染みの兄弟が
気を引くような身振りで青蛙を呑み込んだのは……

兄弟とその縁者たちは
その後　祖国に帰ってゆき
私が時代の背景を知ったのは　ずっと後だったけれど
あの驚愕の暗がりの奥に
道は　ひっそりと続いていて
呑み込んだ瞬間の像が
時にフラッシュバックして甦る
時代の業の洞で
懸命に生きていた幼い子供たち

「ミサイル実験失敗」のニュース飛び交うなかで
ふと思うのだ
帰って行った少年たちの背の
それからの
遥かなる時間を

花の色

青柳　晶子（あおやぎ　あきこ）

１９４４年、中国上海市生まれ。詩集『草萌え』『空のライオン』。
栃木県現代詩人会、日本現代詩人会会員。栃木県宇都宮市在住。

佐渡の土産にもらった大きな百合の球根
ジェンキンスさん*から買ったという
きっと朱鷺《とき》色の花が咲くのだろう
みんながそう思いこんだが
夏には大輪の純白の花をたくさん咲かせた
その気高い白はもったいないくらい
匂いもあまく透きとおるようだ
佐渡という厳しく豊かな土地柄そのもの
凛としたたたずまい

かつて華やかなバラを好んだわたしは
派手で遊び好きで気性も強いと思われ
箸にも棒にもかからぬと母は嘆いた
本当は極度の劣等感の裏返しだったのだが
職や男友達を転々として　優しさと愛を覚えた

しみじみとした紫の花を好んだ母
父は赤や黄にこだわった
「棺《かん》を蓋《おお》いて事定《ことさだ》まる」とか
ふたりともあきらめ顔でしぶしぶ息を引きとった

看取ったのは一番近くで暮らしたわたし
ずいぶん月日が流れて夢を見たようだが
駆けずりまわったわたしも病気になるほど辛かったよ
今はすっかり落ち着いたので
白ではなく色とりどりの花を選んで供養する

＊北朝鮮による拉致被害者

トォーマンナヨ（またね）

日野　笙子（ひの　しょうこ）
1959年、北海道生まれ。文芸・シナリオ同人誌「開かれた部屋」「雪国」。北海道札幌市在住。

もう半世紀近く前のこと
まだうら若い少女が
チマチョゴリを着て
転校先の街の会館で
歌っていた
ニム　アジュンマ　アリランと
ハングルの発音が
いたいけでかわいらしかった
少女の父は北の出身で
少女の母は南で
二人は船底に揺られ
海峡を渡ってきた
九州の港に着いて
はるばるこの街に働きに来た
わたしはその子と程なく仲良くなった
なぜってわたしの家も
レッドパージの連続で
十分に貧しかったたし
たぶん差別とか排他とか
言葉以前に味わっていたからだと思う

隣人の少女よ
何年経ってもこの国は
そういうところがあるんだと
この年になると
来し方行く末などを正直に見つめたくなった
身近に差別や愚かなヘイトがたくさんあったと
日本人はまるで地続きのように
隣人を侮り彼らの心を踏みにじってきた
正直に言おう　わたしには国家への愛などない
少女の一家は凛として
朝鮮名を名乗った
祖国や民族や三十八度線という言葉を繰り返し語った
ある日
祖国の人が迎えに来たと告げにきた
少女が泣いていたから
もう会えないんだと思った
そして少女はトォーマンナヨ（またね）と
立ち去った

小さな携帯

黄色い電車に揺られて
詩の朗読会に出掛けた
中途の車両で
きれいなつけまつげをした女性が隣に座った
彼女は大型のファーウェイで
色とりどりのハートを並べて
恋人とハングル語でカカオトークをしていた
私は自分の小さな格安携帯が恥ずかしくなって
リュックサックから出せなかった
彼女は凛としていて
幸せそうだった
朗読をする公民館につくと
皆が皆
手作りのアクセサリーを身に着けて
お母さんがお兄さんがと
泣きだしそうな唄を詠んでいた
帰り道に
百均で買った百十円のビニール傘は
豪雨に打たれて
すぐ骨が一本折れた

今度韓国ではオーガニックな給食が支給されるという
先進国の中で唯一
平均給与が下がり続ける日本
ジェンダー格差が世界で121位の日本
ふと気づくと
私たちは
とっくの昔に
取り残されていた

葉山　美玖（はやま　みく）
1964年、東京都生まれ。詩集『スパイラル』『約束』。
詩誌「妃」「トンボ」。埼玉県さいたま市在住。

九章　沖縄

賭け

八重　洋一郎（やえ　よういちろう）

1942年、沖縄県生まれ。詩集『日毒』『沖縄料理考』。詩誌「イリプスⅡ」。沖縄県石垣市在住。

まず冷静になることが必要であろう。その恰好の参考書に、波平恒男著『近代東アジア史における琉球併合』（２０１４年岩波書店刊）がある。その内容を簡単に見てみよう。

　これまで「琉球処分」の第一資料として重視されてきたのは処分官・松田道之の明治政府への復命書、並びに関連文書をまとめた『琉球処分』であったが、それはあくまで処分した側からのものであり、処分された側からの見方や資料はこれまで等閑視されてきた。ところが著者は処分された側からの第一資料として当時、尚泰王《しょうたいおう》の側仕であった喜舎場朝賢《きしゃばちょうけん》の『琉球三冤録』『琉球見聞録』及び『東汀随筆』を挙げてそれを詳細に分析する。

　著者の視野は広大でかつ深く、次のような世界史的規模、即ち中国、朝鮮、琉球、台湾、そして日本、その他東アジア全般の姿が提示され、それらの国々の動きと関係を検討しながら琉球処分を、東アジアにおける日本の琉球併合として打ち出すのである。東アジアは伝統的に中華（中国）を中心とする冊封体制であって、冊封を受けることによりその見返りとして莫大な富を分与されるという体制である。そこへ西洋・米国・ロシア等々が侵略的野心を剥き出しにして迫ってきたが、日本国は明治維新を起し、かろうじてそれを回避する。ところが日本国そのものが侵略国家となり、中華冊封体制に挑戦する。つまり朝貢と贈与という価値観と権力・侵略と植民・搾取という価値観との対決であった。琉球処分の実態は日本国権力による搾取のための琉球併合であった。以上が波平氏の見解である。そしてそれは正確だと思われる。

　そもそも私は、自分の曾祖父が当時の日本官憲の拷問により狂死したという我家の言い伝えを、これは一体どういうことだったのかと、その実像に至ろうとあれこれの資料を探り続け、そして波平氏の論考に触れ、納得したのである。

　ここでもう一冊最近（本年六月一四日）復刊された国場幸太郎著『沖縄の歩み』（岩波現代文庫）を読んでみる─原本は四六年前、牧書店から出版された児童書である。これは誠に先見性に満ちた、歴史や現状の分析、沖縄の未来への予言性を孕んだ書である。

　国場氏は人民党路線をめぐって瀬長亀次郎氏と対立した結果、人民党を離れたのであるが（瀬長氏は日本共産党との系列化、国場氏は「沖縄の党」の主張）、その言説はだいたい以下の通りである。

まず「沖縄の人々は自らの運命を切り開くのに外部の大きな力を頼るあまり、それを理想化したり、美化したり権威づけする傾向があり、そして現実の結果は常に期待を裏切られてきた」と述べ、

一、琉球処分の際、清国の援軍を期待。

二、沖縄県政を改革するのに謝花昇でさえ日本の自由民権運動を頼った。

三、戦前の沖縄はその貧困から脱するために、ひたすら日本を理想化しそれにすり寄っていった。

四、米国軍事支配からの解放を求めて、「祖国日本」を幻想した。等々を列挙し、それらの失敗を指弾するのであるが、しかしそのような他律的思考を排した土地闘争、自治権獲得拡大運動など自分達の力を頼りにした抵抗運動の成果を高く評価する。

さて、以上二つの例をあげたように、沖縄人は現在、これまでの歴史と徹底的に対峙し、その歴史の対象化に成功しつつある。そしてみずからの内なる自由を自覚し、それを十全に育てあげようと試み始めている。我々は世界の欲望の集積点に生きることによって逆に、逞しく鍛えられたその重層的意識によって、人類、あるいは全生命の価値思想、存在形態を生み出すことが出来るかもしれない。私はその可能性に賭けるのが詩だと思っている。

爬龍船

（表題・抄出はコールサック社編集部）

携帯電話鳴り続けてる後生《グソー》ヌ正月《ソーグワチ》

ヘイトスピーチが攫《さら》ったままの寒空

テロリズムが自明だなんてリュウキュウコスミレ

粘膜を張り巡らせて辺野古海鼠《なまこ》

魂送《ウークイ》りや地上は蒼い海の底

宇宙の臍へいざ漕ぎ出さん爬龍船《はりゅうせん》

万緑も紺碧もみな俺の故郷

傷口から分断分断噴いて黒南風《くろはえ》

宇宙からの帰還カプセル天人花の実

シオマネキ天地自在に曳き寄せる

おおしろ　建（おおしろ　けん）

１９５４年、沖縄県生まれ。句集『地球の耳』、詩集『卵舟』。
俳句同人誌「天荒」、現代俳句協会会員。沖縄県那覇市在住。

泡盛やロックフェスタの登り竜

秋晴や地球崩壊の音がする

島中の毒吸い上げて鷹柱

オオゴマダラの蛹やツタンカーメンの仮面

首里城の闇を翼に梯梧《でいご》咲く

滴りや壕には錆びた万年筆

慰霊の日こむらがえりの壕の闇

酸欠の魚となってる熱中症

月光を引き連れ精霊らの帰還

ピスタチオ地球の殻を割って喰う

西表島《いりおもてじま》

うりずんや波ともならず海ゆれて
アカショウビンの声の水玉ころがりぬ
八重山の螢息急《せ》くばかりなる
しみじみと見る寄居虫《やどかり》の密閉度
素粒子のこと寄居虫に言ひきかす
もづく採るもう存分に胸濡れて
縄文の女となりて海雲《もづく》採り
阿檀の実孔雀のこゑのままをまをと

正木　ゆう子（まさき　ゆうこ）

1952年、熊本県生まれ。句集『静かな水』『羽羽』。

飛魚の滞空に日の鋼なす
めつむりて受くうりずんの夜風かな
鯨鯢《けいげい》の胴を接して眠る夜か
潜水の間際しづかな鯨の尾
句集『夏至』より

月だけが知る山猫の子育ては
寄居虫の小粒よ耳に飼へさうに
山容の峻拒にひるむ夏野かな
句集『羽羽』より

海市より

三月の帯は紅型《びんがた》貝の紋
囀りのあけぐれ赤き鬼瓦
波の上に寝るここちすれ卯波宿
春暁の声なき糶《せり》や平良港
産小屋に水仕のあとも菫咲く
海髪《うご》刈りの鎌はぼろぼろ岩の上
春禽《しゅんきん》の円《まろ》らかなものこぼし飛ぶ
荒浜のまさごにまじり桜貝
海市より首里の姫君しろらかに
かいかぐら官女ぞよめく外廻廊

栗坪　和子（くりつぼ　なぎこ）

1945年、千葉県生まれ。
俳誌「沖」。千葉県市川市在住。

藤垂れて一切合財なくなりぬ
春窮《しゅんきゅう》の磯城《しき》はいづこに海鳴りす
山祇のみつぎの如く柳絮《りゅうじょ》かな
高雄へと向かう航跡春雷す
石楠花《しゃくなげ》のゆるやかに咲くひとところ
山桃のいたみナイフをきらめかす
玄関が春濤に向き友病めり
亀鳴くや我が子も汝が子も子を持てる
海の子の眸の澄み蛙月夜なり
いくたびの旅の草笛汐早し

花梯梧

海辺野古厚き雲割る初日の出
初夢や牛放牧の嘉手納基地
人権を守らぬ司法甘蔗時雨
権力に媚びる病や春の壁蝨《ダニ》
崩れゆく国の形や花の宴
和解てふ欺瞞を見抜くうりずん南風
清明祭空裂く音はオスプレイ
まつろはぬ決意の島や花梯梧《はなでいご》
花梯梧日本ですか沖縄は
米軍の惨禍は止まずゆうな落つ

垣花　和（かきのはな　かず）
1947年、沖縄県生まれ。
俳誌「風港」。沖縄県那覇市在住。

子守唄かき消す夏の米軍機
夏の闇なほ漆黒の官の闇
知る権利弾け飛び散る鳳仙花
秋寂ぶや国にはびこる差別の根
まつろはぬ民の誇りや花甘蔗
冷まじや米軍ヘリの墜落跡
海を売る漁師哀れや寒波くる
裏切りは親子二代よアバサーの
鮫たちの辺野古容認脅されて
クリスマス米軍基地の闇隠す

モモタマナの葉

早春の金城石畳上り上る

昨日今日新垣《アラカチ》ヌカーに雨水かな

春寒しガジュマルの脚踏ん張りぬ

コザ行けば昭和の匂ひ鳥雲に

霾《ばい》天《てん》も消せぬ機体の轟きぞ

基地真中に宜野湾市地図陽炎《かぎろ》へる

大アカギの瘤に掌を当て梅雨晴間

皆揃ひ頭《かうべ》を垂るるチンアナゴ

白シャツにチリコンカンの朱跳ねて

瑞泉は枯るることなし龍の口

市川　綿帽子（いちかわ　わたぼうし）

1976年、神奈川県生まれ。
「楽園」、俳人協会会員。神奈川県横浜市在住。

真夏日やトーチカにゐる白き影

本土への虹となるべし千羽鶴

古井戸に浮きたる二輪仏桑花

サボテンを過ぐる白猫もつたりと

国越えて古酒《クース》の米の運ばるる

過ぎし日の島人のかほ式部の実

礎《いしじ》に落つるモモタマナの葉の真赤

首里城の灰の瓦に春の雨

うりずんや阿《あ》波《は》根《ごん》昌《しょう》鴻《こう》の瞳

桜まじ摩文仁の丘に胸開《はだ》け

闘鶏雑唱

魚臭き肩越のぞく鶏合《とりあはせ》
闘鶏を横抱きにして男来る
ものの芽や陶片で研ぐ軍鶏《しやも》の爪
闘鶏の咽《のんど》へ注ぐ力水
鶏合愛撫のごとく首からめ
冷されて桶の勝鶏身じろがず
負鶏に高鳴もどる野の光
鶏合そろそろ酒となる頃か
軍鶏小屋にうりずんの月あをあをと
泡盛を酌み合うて風待ちゐたる

前田　貴美子（まえだ　きみこ）

1946年、埼玉県生まれ。句集『ふう』。
俳誌「りいの」「万象」。沖縄県那覇市在住。

小巷《しようこう》のアジアの湿り蚊食鳥《かくいどり》
黒南風《くろはえ》や草の深きに手負軍鶏
夏ぐれは福木の路地にはじまりぬ
島の上島の形に夏の雲
ゆるされて軍鶏抱くほてり凌霄花《のうぜんか》
ぞんぶんに日照雨《そばえ》が打てり種糸瓜《へちま》
黒木の実色づき軍鶏の深眠り
野分あと海は海色とりもどす
火星接近苦瓜赤き種こぼす
濡《ぬれ》色《いろ》に軍鶏の胸傷夕月夜

ダチュラ咲く

（表題・抄出はコールサック社編集部）

耳底を草原にしてリュウキュウカジカ蛙

モノレールスマホの海に浮く目玉

苦瓜の腹に溜め込む疑惑かな

ダチュラ咲くパワハラセクハラ吐き出して

海底の蒼吸い上げてヒスイカズラ

黙祷の形で孵化するオオゴマダラ

指先も花月桃となる慰霊の日

片降《かたぶい》りや音立てて空潰れゆく

どろどろの嘘詰め込んでパッションフルーツ

首根っこつかまれている島大根

おおしろ　房（おおしろ　ふさ）

1955年、沖縄県生まれ。句集『恐竜の歩幅』。
俳句同人誌「天荒」、現代俳句協会会員。沖縄県那覇市在住。

ダチュラ咲く死者のくちづけの匂いさせ

火炎木のような人とすれ違う

花すすき地球にまつ毛生やしてる

足裏に踏絵の記憶島の春

指一本で地球転がすスマホかな

ツルヒヨドリに絡み取られるヒト科かな

春暁やゆで卵剝く地軸揺れ

花冷えやソウルの街は銃抱え

パイナップル形状記憶の不発弾

死者の目が転がる森の松ぼっくり

黒焦げの龍柱

（表題・抄出はコールサック社編集部）

北斎の骸骨にやり核のボタン
水平線から首をもたげる伊良部大橋
地球の割れ目チロリ舌出すヒカゲヘゴ
亜熱帯重たい宇宙増殖中
地動説唱えてマナティーくるくるり
太陽のかけら蹴散らすトビウオの群れ
波めくり魔法のジュータンのマンタ飛ぶ
銃声と矯声絡む基地フェンス
ＰＡＣ３敵と言う名の幻視撃つ
台風ぽこぽこ地球の憂鬱吐き出して

大城　さやか（おおしろ　さやか）

1987年、沖縄県生まれ。
俳句同人誌「天荒」。沖縄県那覇市在住。

大海を隠しもっている涙袋
耳奥で潮の満ち引き飼っている
加圧した時を重ねる珊瑚の大地
臍の緒もクビに巻き付く首里城炎上
古都襲う紅蓮の炎醒めない悪夢
首里の街萎んだ風船花ダチュラ
焼けた城慰めさする花芒
黒焦げの龍柱耐えて秋高し
旗頭天へと届け首里城復元
復興の拳をあげる旗頭

地球《ホシ》の涙

（表題・抄出はコールサック社編集部）

焼き尽した戦の砂浜軍配昼顔

ギーマ喰む戦の匂い染み出てる

宇宙の塵基地の悪行渦巻いて

揚雲雀ねじ伏せられぬ島のココロ

縄文の太陽《ティーダ》取り込む大風車

バナナむく背から黒雲迫ってくる

酔芙蓉木霊が攫う純潔

台風やウィンクしている渦巻きパン

縄文の風の音階うりずん南風《ベー》

落鷹の山震わせて木霊《こだま》となる

牧野 信子（まきの　のぶこ）

1936年、大阪府生まれ。
俳句同人誌「天荒」。沖縄県中頭郡在住。

羽抜鶏飢餓も戦《いくさ》も終わらない

花ダチュラ闇に餓鬼らが踊ってる

春雷や地球が疼く不発弾

別れ寒さ《ワカリビーサ》鎌首もたげる大和言葉

回転ドア廻れば基地の鎌首

繁華街足元にうずく不発弾

クワズイモ蔓延びる下に不発弾

デイゴ咲き城壁にも艦砲痕

うりずん南風《ベー》骨も鬼火も目覚めてる

辺野古崎珊瑚の悲鳴地球《ホシ》の涙

うりずんの碧

（表題・抄出はコールサック社編集部）

終戦の記憶を編むや牡丹蔓
墜落のヘリの重さを知る菫
脊椎に刺さる新基地朝焼けや
入り江から出られぬ波よ沖縄忌
撓む甘蔗《きび》担ぐ巨人のアキレス腱
葉先から産声光る甘蔗の海
嫌々と首を振るらし伊集《いじゅ》の花
地球は凸と凹この手は歯車
口噤む水平線は青を分け
夾竹桃ｉｆを蹴散らす基地のヘリ

本成　美和子（もとなり　みわこ）
1963年、沖縄県生まれ。
俳句同人誌「天荒」。沖縄県宜野湾市在住。

東《ひがし》平安名崎《へんなざき》落日にある余白
ヒルガオのフェンスを摑む掌よ
汀線より三寸凍蝶の脚
石蕗《ツワブキ》の揚力ＭＡＸ「ＦＵＴＥＮＭＡ」
マンタ浮上五月病の底剥がし
うりずんの碧押し広げ八重干瀬《やびじ》来る
＊宮古島にある日本最大の卓状サンゴ礁群
浜下《ハマウィ》や無我の穴まで横歩き
辺野古埋め滅七和音の夏ぐれ
うりずんの掌にヤギ宮古島
アブシバレー「オトーリ」の輪に隙間無し
＊旧暦四月の吉日に行われる豊作祈願の行事

おもろさうしの蝶《ハーベールー》

（表題・抄出はコールサック社編集部）

悪口をぐつぐつ煮込むアシティビチ
＊豚足煮込み
うりずんや行間を埋める嘘の舌
爆音をギュッギュッ巻き込むねじり花
雲の峰シーラカンスと激突す
グルクンの尾びれ宇宙の腹たたく
おもろさうし吐息のもれるおぼろ月
認知症海馬にはりつくハブクラゲ
ロールシャッハおもろさうしの蝶《ハーベールー》はばたく
泡盛のハブの目にらむアインシュタイン
オスプレイ人間狩りはまだ続く

上江洲　園枝（うえず　そのえ）

１９４９年、沖縄県生まれ。
俳句同人誌「天荒」。沖縄県中頭郡在住。

法師蟬縄文の声まとうかな
流れ星魂のせてウークイ
＊沖縄の旧盆の最終日
満月や核のヘソをつけたまま
初日の出祈りの指先発火する
デイゴ咲くヒト科罪も連鎖する
認知症島のしわも行き止まり
ねじり花笑いのツボ掘りあてる
熱帯夜アイデンティティー崩れ出す
パイナップル百面相の博物館
基地の風目糞《ミークス》鼻糞《ハナクス》あふれ出す

辺野古月

（表題・抄出はコールサック社編集部）

沖縄はどこもかしこも静電気
啓蟄や第二言語で始まる朝
薔薇の芽の先で傾く爆撃機
血管の浮き上がる台風２４号
戦世の体験者集まる銀河系
乱掘の沖縄《しま》が沈む選挙戦
台風の端で人間《ひと》は散る蟻に
台風にのまれガラス越しの振動
風神の言いつけどおり福木並木
デモの図がキャベツの芯に負けている

翁長　園子（おなが　そのこ）

１９７２年、沖縄県生まれ。
俳句同人誌「天荒」。沖縄県名護市在住。

見ぬふりを止められない言い訳はバグ
幽霊の足も吊す呪縛の島
ＣＭの虹が梯梧《でいご》を踏んでいた
運命論振りかざすな髪を切ろう
改元の波に乗って逝く魂《マブイ》
焼かれゆく父の血を吸う仏桑華
骨壺に刻まれし魚《イユ》来世《らいせ》の願《がん》
改元の先に欠ける辺野古月
大嵐原動力は平和ボケ
流星を忘れきった島の森

サンゴ産卵

（表題・抄出はコールサック社編集部）

大銀河たぐり寄せてるサンゴの産卵

サンゴ産卵大波小波の子守歌

洞窟《ガマ》の闇抱え語り部卒寿の記

鎮魂歌児童の声の透き通る

青甘蔗《きび》と被爆ピアノのレクイエム

台風眼すっぽりとみどりの瞳

群れとんぼ北谷《ちゃたん》城址の孵《す》でる待つ

歳月を蚯蚓《みみず》に学ぶ洞窟《ガマ》の姫百合

傷口の広がる地球鷹渡る

言の葉は諸刃の剣に　にぬふぁ星

＊にぬふぁ星…北極星

柴田　康子（しばた　やすこ）

1946年、沖縄県生まれ。
俳句同人誌「天荒」、現代俳句協会会員。沖縄県中頭郡在住。

ショベルカー辺野古の落暉つり上げる

鬼餅《ムーチー》を開けば鶴の首伸びる

探査機とすれ違う新十六日《ミージュウルクニチ》祭の帰還者

オキナワが落丁している寒緋桜

白ゆりや被弾の島のパニック障害

雲の峰熱中症の樹々を抱く

いくさのしっぽちょろり見えたよ海びらき

大花火アガパンサスの片想い

流星呼ぶ更地の主のサガリバナ

炎天や耳目を研いでる屋根獅子《シーサー》

桜泣く

空《くう》を斬り空を絡ませ桜泣く
光る風幾重も剝がすブルーシート
アガパンサス火星人めく蕾顔
花月桃ある日掻き出す胸の澱
竹節虫《ななふし》や魂の向きの決まらずに
擬態こそ正義ななふし物謂いす
ルールなし線分雑多の竹節虫界
ナナフシの村の一員われわれら
神の名を捨て精霊馬《ソーローウマ》が裏に住む
大国と属国と島夏の大三角形

（表題・抄出はコールサック社編集部）

山城　発子（やましろ　はつこ）

1951年、沖縄県生まれ。
俳句同人誌「天荒」。沖縄県中頭郡在住。

孤島めく胸をかすめる道ジュネー
＊先祖供養のための練り行列
スイミーになるしかないのカジフチダーマー
＊風吹きとんぼ
炎天はブナガヤ色だ怒りの一手
鳴き渡る鷺泣き返す海
海鳴りやひたひたと後生《グソーヌ》正月《ソーグワチ》
笹鳴きか砂杭に喉荒らしたか
青い拳《こぶし》震わせ開くアガパンサス
異界ゆく月桃途切れないうちに
時の輪唱ナービカチカチよサンサナーよ
＊琉球油蟬　＊熊蟬
木霊《こだま》飛ぶ雨の七夕同期会

桜

ゲルニカに並ぶ位里《いり》の絵敗戦日

*丸木位里

満開の桜切なし学徒の碑

位里の絵に黙深くをり汗冷ゆる

烈日の摩文仁地を這ふ蟻の列

学徒の碑へ夏鶯の挽歌かな

川音はあの夏のまま自決壕

送り梅雨摩文仁の地熱鎮めをり

復帰の日基地に古びし亀甲墓

羅《うすもの》を干せば珊瑚の海透ける

汗拭きつ卒寿のたどる戦跡地

前原　啓子（まえはら　けいこ）

1942年、沖縄県生まれ。
俳誌「今日の花（旧風花）」、俳人協会会員。沖縄県中城村在住。

夏蝶や島の忌に出づ不発弾

とべら咲くいつも散華の海に向き

蔡温の治山を今に青嵐

覇王樹の花のつぎつぎ白き朝

金輪際ゆづれぬことも冬銀河

一門の靴混んでくる清明祭

花伊集《いじゅ》やダム湖に眠る里の四季

コザ騒動ありし街頭聖樹の灯

土固く安保の丘の松の芯

子等の世の平和を願ふ冬銀河

六月の悲風

大城　静子（おおしろ　しずこ）
1936年、沖縄県生まれ。歌集『摩文仁の浜』『記憶の音』。
千葉県松戸市在住。

戦場の影曳きて立つ鉄条網おりおり人をけだものに変う
美《ちゅ》ら海を見つめて在れどあの夏のいくさばの風胸に絡まる
「まーだだよ」洞窟《がま》の奥から聞えてくる幼友達かー子の声が
艦砲射撃《かんぽう》に逃げ惑う難民野兎《やと》のごと照明弾に浮き出されつつ
子らが哭けば臨月の母解き放す戦獣もまた人の子なれば

歌集『摩文仁の浜』より

乙羽岳《ウッパムイ》防空壕《あな》から這い出た命もて折々訪ね山の音聞く
飯《いい》少し掌《て》におけば指の微動せり　餓死の学徒《がくと》兵のあの影消えぬ
されこうべの眼窩《め》に怯えつつ巨き甘藷《いも》怖々食みつ生かされて来つ
六月の悲風がはこぶ摩文仁野のあの螢火のひしめく真昼
野に山に落した魂《まぶい》拾えぬまま兵の足音じりじりと夏

歌集『記憶の音』より

辺野古の海

沖縄の歴史と文化の象徴たる首里城炎上す令和元年
復元成り二十七年親しまれれし首里城の燃ゆ　早暁の悪夢
夕闇のライトアップに浮かびたる美《は》しき首里城いまは幻
朱く咲く梯梧《でいご》は流しし血と詠むも令和を生きる島人の血潮
米軍が持ち来し銀合歓《ぎんねむ》そこここに沖縄に帰化七十五年
どこから？と問えば「ネパール！」と若者は笑みて応えるコンビニのレジ
那覇の江に入りくるビルのごとき船異国の人と夢を運び来
沖縄の民意顧みず新基地を辺野古に造る不条理許さず
「辺野古に基地造らさない」と掲げきし信念《おもい》半ばに翁長知事逝く
山削り土砂入れ埋める辺野古の海サンゴもジュゴンも死して還らず

謝花　秀子（じゃはな　ひでこ）
1942年、沖縄県生まれ。歌集『うりずんの風』。
短歌誌「短歌人」、黄金花表現の会（「黄金花」）会員。沖縄県那覇市在住。

北極星《ニヌファブシ》輝き

玉城　洋子（たまき　ようこ）
1944年、沖縄県生まれ。歌集『紅い潮』『花染手巾』。
短歌誌「くれない」創刊。沖縄県糸満市在住。

異国の基地フエンスの闇を通り抜け風は肌《はだえ》に触れ来て止みぬ

春なのに風は北に変はりて吹き来亡父《ちち》が呼びてか辺野古呼びてか

骸らと躍るカチャーシー六月の摩文仁に平和月待てる今宵

弧を描き悲しみ描き辺野古の海の守り来し命　沖縄の命

次々と咲き次ぐ白き月桃は地上戦告げよと里に谺す

母さんは元気ですかと見上ぐる空は北極星《ニヌファブシ》輝きもう語り来る

その手ビレ両目は平島長島か辺野古海のジュゴン巨体浪

チルダイの弥生三月ジュゴンの死北は桜の賑はひの春　　チルダイ…気だるい

命どぅ宝島人の宝街廻り天の彼に届けし道ジュネー　　＊遊説行列

十三夜の月が出でなばそろそろに御迎《ウンケー》へ雑炊《ジューシー》盛りて香焚く

仏桑華《アカバナー》の炎《ひ》

玉城　寛子（たましろ　ひろこ）
1945年大阪府生まれ。歌集『島からの祈り』『きりぎしの白百合』。「紅短歌会」「未来」。沖縄県在住。

いづこより「泣く児は殺せ」のどす黒く壕の谺は闇深くする

摩文仁野は祈りて踏めよ飛散せし屍は足の下に眠れば

島人の辺野古へ辺野古へ馳せゆく日臥せるわが身は鳥にもなりて

いつまでも基地の軛につながれて烈風に耐ゆるガジマルの気根

岩礁にわが頭《づ》の崩ゆる音のしてオスプレイ墜つ深夜の現実《うつつ》　オスプレイ安部に墜落

墜ちて後間なきを空にオスプレイ仏桑華《アカバナー》の炎《ひ》は焼かんとすらん

島の鬱弾き飛ばして家々にハイビスカスは赤き楽隊

伯父　伯母の遺影は若し地上戦はるかに木の実青きまま落つ

山削り海埋めたてるこの国に沖縄《ウチナー》どこまで崖に咲く薔薇

青に透く島の大空アジサシの群れ舞う見れば基地なきごとし

海底公園

沖縄の海の底には
常夏《とこなつ》の美しい公園がある
サンゴの木立を縫いながら
ひらひら　すいすい
おしゃれなお魚たちのお散歩

ときどき
ぶらいかんのサメやウミヘビが
出没するというけれど
からだまで透きとおってしまう
潜水服《せんすいふく》を考案して

一度でいいから行ってみたいな
白いベンチがあったら　そこに掛けて
大好きなあのひとがくるのを
いつまでもいつまでも
待つのです

新川　和江（しんかわ　かずえ）
1929年、茨城県生まれ。詩集『土へのオード13』『ひきわり麦抄』。
日本現代詩人会所属。東京都世田谷区在住。

雲の大陸
――機上にて

この広漠とした大地を
治めているのは　いかなる王か
民衆の影はひとりも見あたらず
城も　砦もなく
麦も生えず
ラクダに荷を積んだ隊商の一群が
地平線に現れることもなく
国境はもとより　見きわめがたい
ただ　朝日夕日がさす時のみ
バラ色にかがやきわたる領土を
うっとり　目を細めて
眺望している孤独な王の玉座が
あの突き出た山の頂あたりに
きっと　あるのにちがいない

甘いお話

手のひらの小粒
美しい干菓子和三盆
香川の誇るお茶請け
砂糖黍など無いはずの香川に
なぜ砂糖の銘産品が　疑問はすぐに明かされた
四国をお遍路していた奄美の旅人が
行き倒れになりかけ　香川の衆に助けられた
そのお礼に国禁を犯し　大事な砂糖黍を香川に広めたと
　のこと

それでは奄美の砂糖はどこから
甘蔗糖の製法が奄美大島に伝わったのは
１６１０年福建省からとされている
以来、薩摩藩への年貢を全て
黒糖で代納させる黒糖地獄が始まった
畑は全て砂糖黍畑に変えられ
自分たちの食料を作る畑すらない
飢饉になると山に植えた蘇鉄で命を繋いだ
黒糖を一斤でも売れば死罪　粗悪品製造者は足枷
一口舐めれば鞭打ち　奴隷のような生活が続いた

うえじょう　晶（うえじょう　あきら）
１９５１年、沖縄県生まれ。詩集『我が青春のドン・キホーテ様』『日常』。
詩誌「あすら」「縄」。沖縄県中頭郡在住。

沖縄に伝わった砂糖黍もやはり
過酷な課税の対象であった
それは離島に行くほど重く島民を苦しめた
人頭税による容赦ない取り立て
納税のため潰した稲田から獲れる
甘い砂糖は血と涙の味がした
貴重な砂糖を搾取され
厳しい年貢に島民は疲弊していった
つい最近まで農道に轍を残し
砂糖黍を溢れるほど積んだ牛車が
行きかっていた　そして旧正あたりには
甘く粘っこい香りが北風に乗って
製糖工場から流れてきた
南の島から地を這うように伝わって来た
砂糖黍の苦難の歴史　甘いものが巷に溢れる今
大和から渡ってきたサシバは　砂糖黍の収穫も待たず
原産地ニューギニアを目指し
ピックイーと一声鳴いて　事も無げに
秋空高く飛び去って行った

六月二十三日沖縄

若山　紀子（わかやま　のりこ）
1935年、岐阜県生まれ。詩集『鈍いろのあし跡』『握る手』。
詩誌「環」主宰、日本現代詩人会会員。愛知県名古屋市在住。

独りで壕を掘っている人がある
沖縄の防空壕跡
髑髏《どくろ》が出てくる
手足のような骨が二、三片
ぼろぼろの刀らしいものが三本
手榴弾が五つ
無造作に土を払って並べる
「ここは恐らく軍隊がかくれていたのでしょう」
毎日六時間　黙々と掘る
その間食事は一切しない　何故なら死んでいった
　人に申し訳ないから
こうして掘りおこしてやるのが供養だから　と

すさまじい爆音が追いかけて来て　どこまでも逃
げたのです　ようやく壕を見つけてとびこんだら
中はもういっぱいでした
　でも外のすさまじさに比べれば壕の中は天国だ
とその時は思いました。がすぐに兵隊が刀を突き
つけて赤んぼを泣かせるなと言いました　四日目
に赤ちゃんは死亡しました　まるで動物のように
子供を葬ったことが　一番哀しかった　私は奇跡
的に助かったのです　と　中年の女性が丘を指さ
しながら話している

あれから四十八年目の六月二十三日
慰霊祭を中継している
テレビで見る沖縄は
どこまでも続く青い空　青い海
その向うにそびえている　白いモダンな建物
そして今も
黙って壕を掘り起こしている人と
掘り起こされた遺物たちと

ニーチェの復活
S・K氏の霊前に捧げる

伊良波　盛男（いらは　もりお）
1942年、沖縄県生まれ。詩集『眩暈』『わが池間島』。詩誌「海の宮」「あすら」。沖縄県宮古島市在住。

離れ小島に、ニーチェがいた。
南溟の果ての孤島に、
世界のニーチェが復活したのだ。
はたと度肝を抜かれた。
ニーチェは、ニヒリストを唱え、
ニヒリズムが何であるかを解き明かした。
私のインテリジェンスは歓喜の奇声を発し、
同志よ、と猛烈に発狂した。
土着の民の知らない世界の神が甦ったのだ。
改革の神が復活したのだ。
老荘も仏陀も諸手を挙げた。
ニーチェは、破壊者ではない、と解く。
ニーチェは、創造主である、と諭す。
わがニーチェこそ、
今世紀の神である、と力説する。
資本主義的価値観を真っ向から否定し、
未来の抻である、と諭す。
まさしく、ニーチェこそ、
地球温暖化の大異変に、反旗を翻し、
いまに復活した救いの神なのだ。

わがニーチェこそ、
今世紀最大の改革の志士なのだ。

燃えた

首里城が燃えた

とつぜん燃えている
大きな焚火のように
燃えている
飛び散る　火の魂
火柱が踊り
夜空は新しい花火のように
叫んでいる

首里城が燃えている

星は瞬き
点滅している
フクロウがあしたの方に
飛んでいく
カラスがきのうの方に
飛び去っていった
消えた三日月を
夜空がさがしている

ローゼル　川田（ろーぜる　かわた）
沖縄県那覇市首里生まれ。団塊世代。詩集『廃墟の風』、俳句集『アイビーんすかい』。「ＥＫＥ」「あすら」各同人。沖縄県那覇市在住。

首里城が燃えている

池が赤く燃えている
水面が燃えて　くずれていく
虚像も実像も燃えている

首里城が燃えている

あさつゆがやってくると
炎は食べつくされて　燃えつきた
取り残された
龍柱がポツンと立っている
炎を食べつくして
ポツンと立っている
朝露の涙に濡れて
立っている

首里城が消えた

やさしき人のノアの方舟譚
～アルコール依存症者の聴き語り

玉木　一兵（たまき　いっぺい）
1944年、沖縄県生まれ。エッセイ集『人には人の物語』、小説集『私の来歴』。詩誌「あすら」。沖縄県宜野湾市在住。

わんは昔から海がすき　土地を売って百万円のサバニを買った　夜になると素潜り漁にでた　十メートル潜って魚をとった　水中銃も使っていた　わんはタジマの神と恐れられていた　サメも恐れなかった　サバニに一升瓶をつんで　津堅《つけん》島にわたり　島の人と一緒に飲み明かしたりした　中城《なかぐすく》湾の真ん中でジグザグに漕いで　海上保安庁の警備艇に停止を命じられたこともあった　あの頃は怖いもの知らずのいい時代だった。

しかしやがて　わんの畑の中の一軒家は　酒飲み仲間の溜まり場になった　毎日宴会　そしていざこざが起きた　やくざの抗争にも巻き込まれて哀れしたこともあった　タウチーオーラセー（闘鶏）の博打もやった　飲んで車をもちだし　パトカー4台に追いかけられ　追い詰められて道路脇のサトウキビ畑に突っ込んで　捕まった

一八歳のとき　真昼のような月夜の晩に　同年生に誘われて大酒飲んでいたら　どこからか　シェパード犬の霊が飛んできた　パシッと叩いたら海に逃げた　わんは背中に霊を負ぶって　船にのって　横浜へ向かった。

横浜では　ビル工事のスラブ打ち　左官業もやった　六か月一生懸命頑張った　でも霊をみているうちに目がかすんで白内障になった　仕事もうまくいかず　皆にいじめられ　死のうとして　飯場に火をつけた　朝六時　消防車　救急車　パトカーが来た　空が焼け光線を放ち　飯場が焼け落ちたが　わんの命は助かった　いろいろ取り調べられたあと　霊に導かれて　沖縄に戻ってきた

それからわんは　目の奥にある二つの望遠レンズで　霊をみることが出来るようになった。

わんは二二歳のとき　泊大橋の橋桁工事もサルベージもやった　そのあとマグロ船にのり　ベトナム近海までいった　二〇日間の操業中　エンジントラブルで漂流したこともあった　三海里に入り　軍艦に追われたこともあったが　神風が吹いて救われた　そのあとも　いろんなことがあったが　わんは三〇歳で南米ペルーから来た女と結婚　三二歳で子供が生まれたけど　酒がもとで離婚された。

わんの妹はクリスチャン　三三歳で妹の導きで　教会

に行くようになった　いろいろ勉強して　心に平安がないのは　神からはなれているからと　思うようになった
　サタンが人間を滅ぼそうとしている　だけど　神を信じれば救われると思った　一度はサタンに負けて　又酒に走った　そのとき　神の霊に助けられた　わんは霊をみる自分に幸せを感じるようになった。

　今ここは　小さな病院だけど　わんの力で大きな病院にしたい　神の力をかりて　世界中の苦しんでいる人たちを　ここに連れてきたい　そのためにもわんには　神のあたえる平安が必要　心で永遠に生きられるように神のたすけがいる　オウム真理教が力をもつと　世界はサタンにやられて滅びる　わんには神の霊をみる力がある
　この病院を　世界中に知れ渡るようにしたい　院長先生に力をかしてもらって　事務長さんと手を組み　この病院を大きく広げたい。

　みんなに　この世にはサタンがいることを　知らせてあげたい　イエス様も確かにいる　わんは天地創造にもちいられ　力をもらっている　わんの生まれ島ウチナー（沖縄）は　先の戦争で心に深い傷を負い　長年苦労を重ねて生きてきた　そのため　今も自分を死に追いつめる人が多い　自分で死んだら天国にいけなくなるから　わんが　そんなウチナーンチュ（沖縄人）を救いたい
　これからは
　貧しい人　弱い人　傷ついた人を救うことを考えて　生きていきたい。

（二〇二〇・三・一八記）

おばあちゃん

おばあちゃんは
くうしゅうでしんだ
あなをほってうめた

いくさがおわって
ほりおこした
おばあちゃんはどろになっていた

どろとほねをわけた
ぼくもてつだった
どろはぬれていた

ほねをみずであらった
ぬのでふいた
ほねはしろくなった

久貝　清次（くがい　せいじ）
1936〜2020年、沖縄県宮古島市生まれ。詩画集『おかあさん』。詩誌「あすら」、日本現代詩人会会員。沖縄県などに暮らした。

はと

いえといえとのあいだで
はとがなく
こころっこうこころっこう

むらとむらとのあいだで
はとがなく
こころっこうこころっこう

まちとまちとのあいだで
はとがなく
こころっこうこころっこう

くにとくにとのあいだで
はとがなく
こころっこうこころっこう

仰ぎ見る大国

バリバリと　空を切り裂き
ギューンと　空を引っ掻き
米軍ジェット機が飛ぶ

固まって縮こまる私達の頭を
手荒に押しつぶして
傲慢に　突き抜ける

振動する空から
重い恐怖を　まき散らし

無邪気な沖縄の空を
キリキリと　突き刺し

ひっかき傷を残したまま
鋭い雄叫《おたけ》びをあげて　どこかへ去った

ベトナムへ
イラクへ

そして今日は　どこの敵地へ

のし上がってきた強国は
弱い者いじめが中毒で
戦争が中毒で
恐怖から逃れようと
今日も　弱者の空を引っ掻きまわして
突き抜けていく

きっと　自滅への途へ

でも
彼らが去った束の間
静かになった空を見上げて
ホッとするのは　やめよう

彼らは
まだ

ここに居る

与那覇　恵子（よなは　けいこ）
1953年、沖縄県生まれ。詩集『沖縄から　見えるもの』、評論集『沖縄の怒り―政治的リテラシーを問う』。詩誌「南溟」、沖縄女性詩人アンソロジー「あやはべる」会員。沖縄県那覇市在住。

進工船《しんこうせん》

風は吹いている　今も
沖縄　読谷村《よみたんそん》の浜辺に
あれが　あれが　泰期《たいき》がめざした海
十四世紀　武器なき王国に生きた青年と人々
その海の荒波に　彼らは繰り出した
進工船に乗って
中国との文化交易の船
熱い魂の船
進工船

「おーい、急いで荷を運べー。進工船が出るぞー。」

風は追い風　ヨーホイ
力いっぱい　帆を揚げろ
海は荒れても　ヨーホイ
凪で　動かぬよりはまし
武器は乗せぬが　ヨーホイ
宝を乗せて　船を出す

佐々木　淑子（ささき　としこ）

1947年、岡山県生まれ。詩集『母の腕物語─増補新版』、小説『サラサとルルジ』。日本現代詩人会、日本ペンクラブ会員。神奈川県鎌倉市在住。

生きて帰れよ　ヨーホイ
主《ぬし》待つ美童《みやらび》　泣かすなよ
一年《ひととせ》は待てよ　ヨーホイ
帰り船も　宝船

「帆を揚げよ、進工船の旅立ちだー。」

風は吹いている　今も
沖縄　読谷村の浜辺に
進工船交易から　数百年
一九四五年四月一日
読谷村の浜辺に　米軍が上陸した
沖縄戦は　ここから始まったのだった

─オペラ『鳳の花蔓』より抜粋、構成─

江口　節（えぐち　せつ）
1950年、広島県生まれ。詩集『篝火の森へ』『オルガン』。
詩誌「多島海」「鶺鴒」。兵庫県神戸市在住。

歩く樹——榕樹《ガジュマル》

根が空中を探っている
枝を覆って垂れ下がり
深い樹の奥を見せない
若い娘の前髪のように
巻き上がり　そよぎ　からみつく
おびただしい気根の　歩いてくる風景

樹は　歩くのだ

一夜　山中を巡って
冴々と朝　佇ちつくしている
幹の芯に　深々と夜気を湛えて
樹上の葉の内側では
息荒く　光合成なぞしてしまう
葉の裏が　思わず翻る

一日
確かにわたしも歩いたのだ

一杯のコーヒーを啜るような道程
歩き回ったわたしの
やせた時間が皿の上を逃げていく
胃の腑に収めたものも
昏い曲線をなぞって外に出る
空腹のまま　眠りに落ちる

明日の朝目覚めれば　たぶん
歩く樹の周囲《まわり》を
わたしは歩きに行くだろう
樹のようにではなく
けれど
人のようにでもなく
僅かな羞恥に気づかぬふりをして

ゴールウェイの街で

いとう　柚子（いとう　ゆうこ）

1941年、山形県生まれ。詩集『冬青草をふんで』『月のじかん』。
日本現代詩人会、山形県詩人会会員。山形県山形市在住。

やわらかな明るさのなかを歩いていた
たたみこんだ屈託を削いでくれる街
古い石造りの教会から
鐘の音が中空へ溶けてゆく
ヨーロッパの西端の国
その西端の街を
ただ歩きたいように歩く
地図はカバンにいれたまま

気づくと耳がきれぎれにとらえているのは
鐘の残響ではない
高音の歌声と三線の音色

観光客でにぎわう十字路の一角
二つの太鼓をまえに座る男のひと
三線を弾きながらうたう女のひと
調子をとり合いの手をいれる若い女のひと
〈乳母車に飴をしゃぶる幼い子〉
家族とおぼしき沖縄の三人が
安里屋《あさとや》ユンタを披露している

張りのある声とリズムは
辺りの大道芸人の誰よりもお客を集めて

どうしてこの国でこんなふうに？
毎年来るんです　とても心地いいところでね
男のひとが答えて
女のひとは小さく笑って
哀愁にみちた次の曲に

なぜだろう
島唄のメドレーはこの街にとても似合っている
まるで何百年もこの街の路地や川べりに流れていたよう
に
あの教会の鐘の音のように

曲がりくねった小路の行き止まり
コリブ川の岸辺にきても
耳の底に響きはつづいている
ここはとても心地いいところでね
この国に来て五日目

わたしが初めて会った日本人
初めてふれた日本語
けれども
あの人たちにとって　わたしは
〈同国の人〉だったのか　もしかしたら
〈沖縄人《ウチナンチュ》〉ではない〈大和人《ヤマトンチュ》〉という外国人だった？

あいるらんど
闇の時代を幾世紀もたどって
きょう屈託のない明るさを息づいている国
おきなわ
いまも薄暗い迷路のただ中にある島

ケルトの物語に抱かれた街で出会った沖縄島唄が
コリブの流れにのって遠ざかる
川面にふたつの歴史の影をのこして
旅人の心に小さな波をおこして

唯一の選択肢

いきなり土足で踏み込んできた余所者に
あっというまに押し倒され
身ぐるみ剝がされ手籠《てご》めにされた
起ちあがる間もなく　次から次へ
問答無用の集団レイプ
口をふさがれ胸をど突かれ
凹んだ腹めがけてドシャ　土砂　ドシャ
泣き叫ぶ口のなかへドシャ　土砂　ドシャ
大型ダンプカーから砂利ジャリ砂利の連続投下
砂利に埋もれて息ができない
もがけばもがくほど
抗えば抗うほど
「土人」と罵られ足蹴にされ
地獄落しに突き落とされる

ふりかかる土砂の隙間から
わたしは視た
にんまり哂《わら》う者を見た
従わぬ者は石打ちの刑
従う者には現ナマをばらまき
否《ノー》といえば補助金をむしり盗る
島ごと鉄のフェンスでぐるぐる巻き
一歩でも外へ踏み出せば　即逮捕の実刑判決

選択肢は一つしかないのだった
何年も何十年も「唯一の選択肢」と迫られて
レイプされっぱなしの140年[*1]
「イヤです　どいて退いて　ドケッタラァ」
と叫んで最高裁判所に訴え出ても
傍聴人のだれひとり　知らん顔の見て見ぬふり
尻ふり裁判官の指揮棒のもと
またも無法を満載したダンプカーの隊列が
人間を轢《ひ》きずりながら
「粛々と」[*2]堂々と行進する

＊1　明治政府の「琉球処分」で日本の一部となる。
＊2　政府の決まり文句。

佐々木　薫（ささき　かおる）
1936年、東京都生まれ。詩集『那覇・浮き島』『島―パイパテローマ』。
季刊誌「あすら」。沖縄県那覇市在住。

冬の蝶

荒れ狂う国境を一足飛びに超え
メールがひらり　ソウルから舞い降りた
「新年の最低気温マイナス17・5度……」

年明けの
辺野古の波打ち際に降り立って
荒れ狂う冬の海と向かい合う
白い牙を剝きだした大波小波が
荒々しい敵意を孕んで　どっと押し寄せる
どす黒い怒涛を頭から浴び
「体感温度マイナス17・5度……」

波頭をすりぬけ　監視網をくぐり
カヌーの群れがいっせいに走る
飛沫を上げて跳ぶ　仰け反る　沈む
パドルの先から湧き上がる飛沫
とつぜん　白い蝶が群れをなして
次々に羽ばたき　天高く舞いあがる

濡れた翅　折れた翅　千切れた翅

無数の蝶が　海面すれすれを
波に打たれ風に攫《さら》われながら
必死に飛びつづける
飛びつづけること
それがたった一つ　飛翔の意味であり
唯一、生き残る途《みち》である

はるかな着地をめざして
大海原をわたっていく蝶の群れ
落下寸前の
凍死寸前の
「気温マイナス17・5度……」

沖縄の旅

阿部　堅磐（あべ　かきわ）
１９４５年、新潟県生まれ。詩集『八海山』『円』。
詩誌「サロン・デ・ポエート」、日本詩人クラブ会員。愛知県刈谷市在住。

民族舞踏

沖縄料理を食しながら
ステージで行われている
華やかな民族舞踏を観る
きらびやかな衣装の踊り「四ツ竹」
背中でゆっくり踊るという「花風《はなふう》」
数々に踊る姿を見せて
雨夜の那覇は静かに更けてゆく

首里城

澄み切った青空の下
名にし負う守礼の門を潜る
古い石段をいくつも昇り
首里城の正殿を仰ぐ
建物すべてが煉瓦色に輝いている
中に入り琉球王朝の往時を偲ぶ
冊封使や踊り奉行の影が揺れる

ひめゆりの塔

こんなひどい壕の中
死んでいったうら若い乙女達
何ともいたいたしい
資料館では部隊の生き残りの老婦人が
物静かに当事の有様を語る
聞きしに勝る悲話だ
部隊の乙女の顔写真も直報のノートも

今帰仁城《ナキジングスク》

世界遺産の城の階段
三段　五段　七段　とくり返す　階《きざはし》
琉球王朝成立以前の古城の址という
敵に攻められ　王子を抱いて身を投げた
王妃の物語をガイドは語る
城郭は万里の長城を思わせる
正殿跡の火の神に祈りを捧ぐ女《ひと》がいる

忘れられぬ沖縄の印象

岸本　嘉名男（きしもと　かなお）
1937年、大阪府生まれ。詩集『残照』、作品集『わが魂は天地を駈けて』。詩誌「呼吸」、関西詩人協会会員。大阪府摂津市在住。

今夏はじめて沖縄へ行った。全国学校図書館那覇大会に参加するためである。閉会後、沖縄ツーリストの企画による石垣・西表島視察コースに出かけたが、特に浦内川下りや、竹富島の水牛巡りが印象的で、それにもまして、海の青さに魅せられ、帰郷後次のような歌詞ができた。

大勢のお世話になった県民の皆様方に、感謝のしるしまでにと、この欄を借りて拙作を贈りたい。

沖縄の女《ひと》

一、八重雲飛んで　早く会いたい
竹富島の　あの女《ひと》に
遠い浅瀬で　たわむれた
ハイビスカスが　似合う夏
あれから一年　恋い焦がれつつ
南の島よ　ああ　沖縄の女《ひと》

二、白波けって　小船が進む
この海の色　空の色
心変わりは　しないでと
契って抱いた　さんご礁
エメラルド・ラブ　今まっしぐら
南の島よ　ああ　沖縄の女《ひと》

三、息せき切って　見渡す陸地《おか》に
まぶしい女《ひと》の　花飾り
星砂さぐり　からまった
熱い思いが　よみがえる
目と目が愛を　「君・アッパリシャー」（「美しい」
の方言）
南の島よ　ああ沖縄の女《ひと》

この新聞投稿が縁となってＣＤ制作に関わる作曲者、歌手との対面記事が琉球新報（平成十九年二月二十八日付夕刊）に載る。

沖縄悲歌

酒木　裕次郎（さかき　ゆうじろう）
１９４１年、鹿児島県生まれ。詩集『筑波山』『浜泉』。
詩誌「いのちの籠」「無名の会」。茨城県取手市在住。

沖縄に憧れていた　自分が住み慣れている徳之島の地域
よりも　格段に天地が明るいように思った
沖縄に出ていった近隣のお姉さん達は　外国人の子供を
伴って　堂々と里帰りしていた

どこから持ってくるんだろう　大小さまざまな生き生き
した魚を籠に一杯詰めて　重たそうに担いで徳之島の我
が集落に行商に来た
にぎやかなジャミセンの音が鳴り響いているから　魚を
売りに来たのがわかる
飛ぶように走って行ってみると　沖縄舞踊を踊っている
軽やかなテンポに　はち切れそうに舞っている
奄美の民謡のうら悲しいジャミセンの音色とは違う
のびやかなあかるさがひびきわたる　父が言った通りの
明るさにしびれる

沖縄の空は青く空気は透明で水はおいしい
米を作らなくなったが　二期作の地元米をやはり食べた
いと願う　多くの田はサトウキビ畑になっている
民間経済が基地収入を上回った
中国語が沖縄全土で飛び交って　古代の琉球に里帰りし
たおもむき　観光立国も夢ではない　観光ハイヤーが往
来している
一目惚れではないが　半分外国みたいな沖縄の
不思議な魅力に取りつかれて　手も足も出ない
高校球児も何回も全国制覇を成し遂げて
今なお頂点を目指して躍動する
沖縄の民は太古の時から奄美同様力量に溢れている！

基地は依然として存在している　戦場カメラマンの一番
の願いは　失業することなんだよ　とロバート・キャパ
はいう　平和維持のために基地が必要だと国はいう　戦
争のない世になるのはいつか　あと何年待てばいいのか

サラバ　ソコク
サヨナラ　オカアサン

矢城　道子（やしろ　みちこ）
1963年、大分県生まれ。エッセイ集『春に生まれたような』『春の雨音』。詩誌「コールサック（石炭袋）」「宇佐文学」。福岡県北九州市に暮らす。

一九四五年
沖縄本島沖
米艦隊に突撃した
特攻機
学生兵からのモールス信号に
嗚咽《おえつ》する私
戦後七十年

むろん
嗚咽だけでは終われない
詩に刻むのだ

サラバ　ソコク　サヨナラ　オカアサン

言葉は結晶し
今も生きている
七十年後の私が嗚咽したのだから
百年後のだれかも
嗚咽するだろう
魂のこもった言葉は

砕け散ったりしないのだ

サラバ　ソコク　サヨナラ　オカアサン

これは青年そのものだ
初々しい青年の姿だ

サラバ　ソコク　サヨナラ　オカアサン
サラバ　ソコク　サヨナラ　オカアサン

梵鐘《ぼんしょう》のごとく
こだまし
やがて
永遠《とわ》の祈りとなる

ユングトゥ

（八重山地方　文句に節をつけた謡《うたい》のようなもの）

石垣島・名蔵ダム近くの山峡に
一軒家が潜《ひっそり》と建っている。
小窓のガラスに木洩れ陽がさして
瞬く瞳のよう。
木戸に続く細い道は熱帯植物園へと続く
風の音より他　物音ひとつない山峡に何故？

計らずも　その訳を情報誌「やいま」で報らせているのに出逢った私は、すぐに主を訪ねて話を聞かせてもらった。

　この家の主は福本秋雄さんと仰る

　大正二年彼の父は台湾から移住しました。福本さんは二世です。

　当時の移住者だれもがそうであるように、父も天秤棒一本を持って海を渡りました。それが全資産です。

　天秤棒を持って日雇作業に行き、日銭を貰って食糧を買います。其の中より少し残し置いて明くる日も日雇に行き、また少し残す。

　そのようにして、四、五日分の食糧が溜ると、日雇には行かず荒野を開墾するのです。

　開墾を続けているうち、この島の風土がパインアップルの栽培に適しているのを知り、すぐに台湾から苗木数千本を取り寄せました。すると、植物検疫を受けていないとの理由で、苗木はすべてその場で焼却されました。父は灰の中より焼け残りを拾って、育てたのです。戦時中も大切に守り抜きました。

　台湾からの移住者は集落をつくりません。それぞれが開拓した耕地の中間に小屋を造り住む。耕作のための時を惜しむのです。

　やがてパインアップルの苗木は一万本を超え、三十アールの地に植えて尚、残りを移住者達に分譲し、後には生果工場を作り、八重山のパイン産業の基礎を築きました。

　けれど、終戦後に疎開先からの引き揚げ者や、除隊兵の帰還等で人口が急増したため、これまで心血を注いで拓いた、五、六町歩の農地を地元の人々に開放しなければなりませんでした。換地に山間部を与えられたが――。

飽浦　敏（あくうら　とし）
1933年、沖縄県生まれ。詩集『星昼間《ぶしぃぴろーま》』『トゥバラーマを歌う』。
詩誌「アリゼ」、日本現代詩人会会員。兵庫県芦屋市在住。

親父は言いました
将来性は山《ジャングル》にある　土地は肥沃だし
さあヤブヌミーに入るぞー。

親父の言葉を天の声とききき
山のあなたに夢馳せた遠い日
天秤棒を持つ父の後について
山に入ったのは僕が九歳のときです
木々はスクラムを組んで立ちはだかり
毒虫、蝮、蝙蝠、猪、山に生きる動植物
現われては行く手を阻む　その都度
折り合いをつけては行きつ戻りつ
頬に泪を汗だよと嘯きながら
ヤブヌミーに入りヤブヌミーを拓きました
その傍で家を建て住んでいるのです
父は辛世《からゆ》を生きて逝きました
暑かった日は過ぎ去りました
ようやくミーニシ《初秋の風》の訪れです
今はパイン畑、熱帯植物園
人々の休憩所を営んでいます
過ぎ行けば　みんなつかしく愛しいと。
木々は葉擦れを鳴らし

遠く近く鳥の声がして
ユングトゥを称えるかのようです。

西崎《いりざき》　与那国島で

海の大河のやわらかさしずけさ
いりさてぃの岸辺を洗っている
人の歩みが世界のゆるやかな
海流であるように
黒潮はゆるやかに流れて
ただ大きく息づいている
かつて
座礁のランドマークであった
トゥイシは
今は
太平洋と東シナ海を仕切る
境界線のように
二筋の岩盤の隆起を岸辺近くに曝している

大河ははるか大陸へとすべる境界線を踏み抜いて
二つの海を染め分け
さらにゆるやかにふかぶかと
たゆたっていることだろう
燈台の光はふたたび
夜の境界線を編んで
やがてひとすじに二つの海を染め分け
照らし渡してゆくだろう
カンザキのひそやかな折れ曲がりが
うるわしい扇の舞のように
大海のはるばるへはるばるへと
大河を迂回させてゆくのだ
どうなんのおおどかに謡いやまない
舞踏のように……

人々は午後のあかるい地平を見やり
見えない大河の流域を追う
天頂へと伸びゆくしなやかな蛇行を追う
やわらかなしずかな波が
いりさてぃの岸辺を洗っている
いりさてぃのハナタを洗っている
一隻の真っ白な定期フェリーが
サンゴ礁の
みずみずしい青を
踏みくだくように
束の間の航跡を
久部良《くぶら》の港へと
ひいてゆく

藤田　博（ふじた　ひろむ）
1950年、山梨県生まれ。詩集『冬の動物園』『アンリ ルソーよ』。詩誌「焰」。山梨県甲府市在住。

日本語に対する罪

坂本　梧朗（さかもと　ごろう）
1951年、福岡県生まれ。詩集『おれの場所』『蟻と土』。
詩誌「いのちの籠」、文芸誌「季節風」。福岡県京都郡在住。

辺野古新基地建設の是非を問う
沖縄の県民投票の結果は
建設反対票が投票総数の72％を占めた
投票率は52・48％
デニー知事が知事選で得た票を
反対票は上回った

安倍首相は選挙結果について
「真摯に受け止める」と言った
しかしその日も土砂投入を続けた
「真摯に受け止めて無視する」
この人の頭の中ではこの言葉の並びに
何の矛盾も抵抗もないのだ

「真摯に受け止める」
「沖縄に寄り添う」
「何度も丁寧に説明してご理解を頂く」
この首相とその閣僚がよく使う日本語だ

日本語の意味を
これだけスカスカにしてしまった

この政権が犯した
これもまた重い罪だ

まほろば
——首里城に寄せて——

見上　司（みかみ　つかさ）
1964年、秋田県生まれ。詩集『はてしないものがあるとすれば』『一遇』。詩誌「北五星」。秋田県山本郡在住。

首里城が焼失した。

燃え崩れる映像をなんども見ながら、思わずにいられなかった。沖縄の人たちは自分の中の、いたく大切なものの焼失を見たのだと。そして、わが身に置き換えてみた。私たちの胸の中にも、ああした本質に肉迫するような何かが存在しうるかどうか。記憶を探り、探り当てれば、似たような景色を見るような気がする。

痛ましい記憶だ。積年の涙ぐましい努力が無残にも灰燼に帰する経験である。もとより人生は無駄の積み重ねであり、人は時としてそれに愕然として失意し、茫漠と途方にくれる。たとえていえば白露のごとくこの世もまぼろしも果敢ない、いっときの夢なのかもしれない。

首里城を初めて訪れたのは、十月の末だった。

沖縄にある城《グスク》は三百を超える。その中で世界遺産に登録されたものは五城。うりずん（初夏）の季節から休日になると、住んでいた普天間近くの中城《なかぐすく》を手始めに、有名無名のグスクをつぎつぎと訪ね歩いた。

グスクにはきまって「拝所《うがんじゅ》」があった。人の祈りや願いと営みが、密接に貼りついたものだと感じられた。それはたぶん現代にも続く、はるかなものである。人の心の原初的な本然のもの、古くなつかしく、かぎりなくいとおしいものに思われた。実際に二度ばかり、女の人の祈りの場に遇ったことがある。唱えられる言葉はちっとも分からなかったが、つましく森厳とした様子に、ただ立ちつくした。このような神聖な営為が、私たちの見知らぬところで、ひとしれず続けられてきたことに胸を打たれた。グスクと拝所《うがんじゅ》は、沖縄の人たちの心の深くに思慕され重なるものなのだと思う。

その最大壮麗にして沖縄の歴史と文化を象徴したものが「首里城」であった。観光地として名高いのはもちろんだが、何よりも他のグスクに比べて圧倒的な威容を誇っていた。

十月末、まだ木々の緑は濃く、黒岩ツクツクが鳴きしきっていた。渋い朱塗りの守礼門をくぐり、左手にこれも世界遺産の園比屋武御嶽石門《そのひやんうたきいしもん》を見て、さらに城壁と組み合わされた門を、石段を登りながら進むと、明るく開けた「御庭《うなー》」に入る。正殿の正面ではまだ工事が続いていたが、竜神の柱が立派で美しかった。南殿からあがると、歴代琉球王の肖像画や王朝の調度品などが飾られていた。いずれも文化の粋を集めた芸術性の高いものであった。（中に秋田の曲げわっぱの技術が使われたものがあり非常に驚かされた。）

庭園と市街が見える廊下を通り、畳敷きの和風の部屋を眺め、そして華麗な玉座の部屋に入る。……

しかし、何にもまして心を惹かれたものがある。西の城壁のかげにあったガマ（洞窟）である。宮廷の女官の休み場というか、泣き場所だったと思われたからである。いつの世も、こうした華麗のかげでひとしれず悲しみの淵にたたずむ者たちがある。そのことに、心を惹かれる。人間の生きる、尊厳を感じる。説明書きによると、口伝にすぎず一切の記録には残っていないという。知られざる女たちの物語があるのだと思う。女ゆえに記録に残されなかったもの……思い出されるのは、勝連城址の幼児の遺骨である。あれもまた一切記録にはない。ひとしれず女のひとたちの手によってなされ、秘された物語がこの世に無数にあるのではないか。名も知れぬ女たちと、それにまつわる男たちの物語。女のひとは、そこでひっそりと黙し、あるいは騒ぎ立てたことさえも、男たちに分からぬように口を閉ざして、歴史のかげに物語を秘したのではないか。その秘歌のいくつかを、いとおしんで集めた梁塵秘抄みたいなものをいつか書いてみたい。

首里城には、その後三度訪れた。

沖縄をたとえていえば、柔軟にして、強靭。多様であり、豊饒である。物的な貧富の在り方とは、どこか次元の異なるものだ。屈託のない笑顔。見知らぬ人にやさしく手を差し伸べる、温かさ。人の根源的な善良な何か。反面たとえ反骨ややけくそや無知による浅薄な言動が見られたとしてもである。あの人たちの、内なる善良な魂は揺るがないと思う。

それは海から渡ってくるものの豊かさに、心を寄せてきたからだろう。そのものたちを寛く受け入れて愛し、得られるものの確かさを伝統的に引き継いできた気がする。

また、それはわれわれ本土の人間も、根底には共通しているような気がする。日本列島も、広い世界の中では沖縄とむすばれたひとつらなりの小島にすぎないからだ。

琉球王の始祖は、本島から北西三十キロほどの離島「伊是名《いぜな》島」から舟で渡ってきた若者であった。彼は、まだ見ぬあこがれに、海を渡ったのだ。島に点在する畑地の刈り跡を眺めながら、また海に臨む石畳のサムレー道を歩きながら、そして港を離れてフェリーが波しぶきをあげて突き進むのを感じながら、考えた。そう今も昔もおんなじだ。そうした人間のかけがえのない、意志というものがある。未知の世界にたいしてあこがれる、普遍の心の力がある。

昔も今もである。どんなに悲しく理不尽な境遇や歴史を背負ったとしてもだ。沖縄は不屈である。その不屈さに、私たちは心を打たれながら、そこに古い「日本」の姿、魂を見る。そして、自分自身の中にも、そうしたものを見たいと願う。そうしたものがたしかに存することを、どこかで信じている。

ハイジャンプ

高橋　憲三（たかはし　けんぞう）
1949年、青森県生まれ。詩集『深層風景』『地球よりも青く』。
詩誌「飾画」。青森県黒石市在住。

家族と呼ばれる人間を
家族と思うには
潔癖すぎて
繊細すぎて
家をとび出し
行方をくらまし
それでも卒業に間に合った文学少年は
高校三年生だった

俺のようになれよ　と
あんなに評論を書いたのか
俺のようになるなよ　と
これだけ評論を書いたのか
分かりっこないが

そのどちらでもなかったら
少しは尊敬してもいいと思ったのは
確か　浅《あ》瀬《せ》石川《いしがわ》の橋の上だった

どうして身を投げなかったのか
水はいつでも誘っているのに

（山之口貘さんは
詩に未練があり
自殺したつもりで生きることにした
とか）

生きることは
ひょっとして
体を動かすこと
歌をうたうこと
天地を学ぶこと
人間と生活と自然と宇宙との間を
…はね回ること

逆さの底を余すところなく目に映し
きれいに bar を跳び越えた人
着地の背には
砂も消えて

十章　地球とアジア

埴輪の土

（表題・抄出はコールサック社編集部）

河東　碧梧桐（かわひがし　へきごとう）

1873～1937年、愛媛県生まれ。『河東碧梧桐全集』。
俳誌『海紅』創刊主宰。東京都などに暮らした。

首里城や酒家の巷の雲の峰

西湖
白き日覆《ひおひ》の我舟湖心に浮び出づれ

杭州城内
四月の絹店先に巻くよ地に垂れ

泰山　二句
牛飼牛追ふ棒立てゝ草原の日没

牛飼の声がずつと落窪で旱空《ひでりそら》なのだ

満州　大連
枯芝刈る前のあるき貪《むさぼ》る

ぶらんこに遠く寄る波の砂に坐つた

ペチカ鉛色《なまりいろ》のけさまだ焚かず

馬を追ふ鞭《むち》を部屋に垂らしとる

ざぼんに刃をあてる刃を入るゝ

遼陽
ペチカうんと焚き込んだ顔しとる

白塔は寒い足どりのうしろに立つとる

鞍山
豚が腹子をこすりつけとる黍殻《きびがら》

撫順
けふ一日ぎりの石炭をすくひ残さず

奉天
埴輪《はにわ》の土のつく指さき日の筋

洮南
毛深い添へ馬の数がふみすべる雪

オンドルに居ずまうて浴衣《ゆかた》になりぬ

牛が仰向に四つ脚を縛られとる霜

台中神社
たゝふ水舟させバ離れては鷺のつく森

台湾吟一
下葉狩るやら甘蔗《きび》の葉ずれの家鴨《あひる》がこゑを

亜細亜曼荼羅

座禅する足だけ残る風涼し
粘土像月下に処刑音もなく
石の床なめるがごとく昼寝せり
ガルーダの翼はづしけり木下闇
ラオス暮れタイ夕焼くるメコンかな
空蟬の容に客死せる詩人
仏の掌まづありありと盛夏かな
早春の宋の青磁の殼拾ふ
枯山河大海原のただ中に
夏暮れてアジアの雲は低く厚し

西村　我尼吾（にしむら　がにあ）

1952年、大阪府生まれ。句集『官僚』『西村我尼吾句集』。俳誌「天為」。

白粉花や諸国軍服暮色あり
夕立去る豚しみじみと耳下げて
龍眼のまだ青き実を通りぬけ
マンゴーの万緑仏の家守る
人の世にチークを植ゑて雲に秋
ビルを買ふ華僑とさるのこしかけと
水牛のあと草の矢の少女かな
のどけしや破壊はすべて消えて行く
迎へらる異形の神のみな長閑
風のカーテン五月雨のアンコール

旅

沖縄の戦跡またも流れ星

沖縄戦最後の地

ひぐらしや不抜の塔にたどり着き

目の前に潮吹く鯨風光る

遅き春ノロの祈りし岩に立つ

春光届く男子禁制の森の中

鬼界が島俊寛像を照らす月

二〇三高地さざんか揺らす風

乃木大将とステッセル

夏帽子脱ぐ旅順会見の部屋に入り

西湖白堤この世の他《ほか》のごとかすみ

しばらく聞く霧《き》らふ西湖の櫂の音

中津　攸子（なかつ　ゆうこ）

1935年、東京都生まれ。『令和時代に万葉集から学ぶ古代史』『万葉の語る　天平の動乱と仲麻呂の恋』。日本ペンクラブ、日本文藝家協会会員。千葉県市川市在住。

黙々とひとり畑打つ男かな

涼しさや楽山大仏の御姿

杜甫草堂

杜甫逝きて千年余りや緑濃き

標高五千チベットの岩場暑きかな

チベット仏教大学

炎天下の問答天に響きけり

中国最古の寺

白馬寺の山門仰ぐ雪もよひ

モンテンルパ

処刑碑のあたり暮れ初め炎暑なる

指よりこぼすゴビの砂漠のあつき土

インドネシア

夕立後のトバ湖に風の生まれけり

サイパン島

夕暮れの蝉穴黄泉の国へ風

多国籍料理

熱風や此処はアジアの一ツ島

爽涼やホアンさんより買ふ朝刊

多国籍料理といふも春ふかし

春宵の混濁としてトムヤムクン

新大久保　四句

口紅の赤零れ出す三鬼の忌

春雨のアジアの迷路百人町

鈴木　光影（すずき　みつかげ）
1986年、秋田県生まれ。
俳誌「沖」「花林花」。東京都台東区在住。

冬の雲洗濯するとは生きること

日本の月やアジアの細き路地

彩《いろどり》の技能実習生旱《ひでり》

解体の瓦礫へ異邦人の汗

中東女躑躅駅より乗り来る

沖縄忌海は不屈に透き通る

モンスーンの海

奥山　恵（おくやま　めぐみ）
1963年、千葉県生まれ。歌集『窓辺のふくろう』『「ラ」をかさねれば』。短歌誌「かりん」。千葉県柏市在住。

アレッポは石鹸の地とかつて知る　内戦の報《しら》せにあわ立つ耳は
差も別もあからさまなるニューデリー駅前いきなり混沌のなか
一ルピーのために寄り来て宙返りくるりくるりと少女は見せる
灰となり流されるためガンジスに添いつつ老いてゆくひとの群れ
隔てなく寄り添う生も死も舐めてときに霧吐きガンジス下る

スマトラ島沖地震
ピピ島の地図に「ムスリム村」あれど白き大波に村は消えたり

海岸補修のボランティア
集いたる短パン・ビキニ・サングラス「奉仕」などいう気負いもなくて
砂地より黄色きカーテン掘り出せば波に呑まれし半生ゆらぐ
モンスーンの海に小舟は揺れやまず船縁かたく摑むわれの手

アジア児童文学大会
台東は果実豊かな有機の地「蠅は友」との言葉に沸けり

歌集『窓辺のふくろう』より

罌粟の花びら

大湯　邦代（おおゆ　くによ）
東京都生まれ。歌集『櫻さくらサクラ』『玻璃の伽藍』。短歌誌「潮音」「舟」。東京都目黒区在住。

六本木ビルのはざまに寄り添えるシェヘラザードとランプの魔人
シベリアは雲海《くも》の下なり闇のなき国を目指せるわが機が揺るる
ひったりとチャイナ・ドレスを纏いたる夜を零れよ罌粟の花びら

歌集『玻璃の伽藍』より

咲き盛る櫻岸辺に藍ふかし纜解きてカナンへ発たむ
K点は疾うに超えいむ忍岡「動物園号」アララト山へ
アラベスクつづくはるかに朝陽光蕪《かぶら》あぶら菜黄の花ざかり

歌集『すみれ食む』より

じりっじりっと風に圧される崖っぷち太白星に心を据えむ
長庚は近くて遠き相思より相対死まで流星直下
アンニュイに拍車をかけるダージリン臥す窓を占め青枯れ一樹
コロプチカ　オクラホマミキサ校庭に幾度交わせし会い別れ

歌集『櫻さくらサクラ』より

アジアの家具

新城　貞夫（しんじょう　さだお）
1938年、サイパン生まれ。『前奏曲―魂には翼がある』『妄想録―思考する石ころ』。沖縄県宜野湾市在住。

卓上にラピス・ラズリの青深しアフガニスタンの関わりもなき
サモワール！　やわらかき名を持ちいしが薫ることなき古きロシアの
ようやくに近代熟るとアジア指す撃たれしならねど漂う白鳥
やんばるは土砂降りだよ　普天間の妻へ無用の携帯《ケイタイ》電話をする
サイパンに骨なき父を置きて来ぬかすむ記憶の空あおきかな
民主主義、国家だなんてうっちゃって曽我ひとみさん家族に帰る
琉球人だって人間を喰らひます　遅ればせながら啄木に応う
ああ海よ　辺野古の青《ヘノキッシュ・ブルー》に沈みたるたとえば神かそれとも人魚
マレーシア発台湾経由辺野古着　ジュゴンの海を逆に辿るも
ゆた・ゆたりアジアの家具に身をひたす動く風あり動かぬ風あり

歌集『歌集 Café de Colmar で』より

異国の人

ご近所の解体現場　異国語で指示をしている親方がいた
先輩におすすめされた居酒屋でオーダーを取る台湾美人
半袖の台湾美人がオーダーを間違えずすぐジョッキを運ぶ
板前は砂漠の国の青年で慣れた手つきの三枚おろし
夢の為日本に来たか青年は刺身セットを真剣に盛る
飲み会の帰りに寄ったローソンで留学生が品出しをする
工場の休憩室に異国語が飛び休憩が市場の活気
機械から出て来た餅にてきぱきとインド女性がきな粉をまぶす
流し場で柏餅用葉洗いは「サウナみたい」とベトナム女性
工場で中国人の奥さんがくれたみかんの味の飴玉

岡田　美幸（おかだ　みゆき）
1991年、埼玉県生まれ。歌集『現代鳥獣戯画』。「現代短歌舟の会」「かばん」会員。埼玉県志木市在住。

梅雨前線

室井　忠雄（むろい　ただお）
1952年、栃木県生まれ。歌集『天使の分けまえ』『柏の里通信』。
短歌誌「短歌人」、日本歌人クラブ会員。栃木県那須塩原市在住。

インド洋からのびる梅雨前線が那須高原に雨降らしおり

キムチの辛さには負けたことないがカレーの辛さには負けたことあり

還暦を超えたるきみは韓流の時代劇観てなみだを流す

ヤマガラは高麗キジをさておいてわが庭先の常連となる

日本食が合わぬベトナムの研修生カルガモ捕まえ食わんとしたり

コンピューターで作った曲を二胡に弾く中国上海のおんな友だち

「弱小こそ人を研く」と誰か言いたり中国の古典か

大統領プーチンはわれと同い年　大国ロシアを支配しており

習近平国家主席はわれよりも一つ年下で中国を統べる

日本の総理大臣はわれよりも二つ年下でよく外国へ飛ぶ

歌集『起き上がり小法師』より

アジアと日本と阿片、コカイン

高柴　三聞（たかしば　さんもん）
1974年、沖縄県生まれ。文芸誌「コールサック（石炭袋）」会員。沖縄県浦添市在住。

令和元年の十二月の或る日、ネットでたまたま満州国の情報を探していた時、どんどんと阿片の情報が集まってくる。そもそもは、れいわ新撰組の立候補者の一人であった安富歩先生に興味を持ち、安富先生の研究していた満州を知りたいと思ったからだ。

よもやと思い、沖縄、阿片と検索すると、沖縄の北部に東京ドーム十個分の広さのコカ園があった事や学徒動員の地元の中学生も動員されていた事実などがわかった。また九州大学の熊野直樹先生が、阿片やコカインなどの麻薬をナチスドイツと交易し、ナチスドイツの麻薬政策に日本が一役買っていた事実を紹介していた。自分の地元もこの麻薬帝国の一端を担わされていたことに愕然とした。

帝国主義の大英帝国の衣鉢を継いで、遅れてやってきた大日本帝国は、ハーグ麻薬協定などで世界各国が阿片から手を引いていくのをしり目に阿片にしがみ付いて（なんだったら阿片欲しさに熱河省地方に戦争を仕掛けているくらいである。）いくうちに、日中戦争から太平洋戦争に突入し狂騒と阿鼻叫喚のうちに敗戦となった。

日本人が後に戦略的な誤謬やシステムの過ちなどを検証しているが、そもそもの話なのだ。アジアを股にかけ共存するどころか侵略する側の国の立場に小狡く立ち回り、現地の人と手を携えるどころか、阿片を利用して人生を狂わせながら甘い汁を吸い上げ続け、その内大東亜共栄圏とか言い出すのである。狂気の沙汰も良いところで上手くいく訳がない。当時の、日本の多くの国民はその事に気が付くことなく満州や南方と言う言葉に憧れるくらいなもので、内実を多くの国民がよく知っていたら時代は絶対違うものになっていたはずである。

日本人がアジアの一員として生きていくには、この事実を多くの人がまず忘れないようにすることなのだと思う。

深い呼吸

わたしのアジアは机の上
地図をひろげ　地球儀をまわし
旅のアルバムを繰る
どっと噴き出す汗
なぐりかかってくる熱気
温気の中で息絶えていった
草葉の陰の若き兵士たちに線香を手向ける
サイパン　テニアン　パラオ
猛々しい草や木　蔦
しめつけられ　息止めされ　崩れてゆく
コンクリートの塊　トーチカ
皇民化教育に使われた　日の出神社　住吉神社の鳥居
マリアナ海溝では　七色　十色の魚たち
殺しあうひとの愚を　火花となって舞いさとす

＊

机からあふれ墜ちる海
波がしらにのって流れ寄っていく**フィリピン**
海沿いの道の記念碑
アメリカの基地出て行け！選択　十二人の議員の手型
手を重ね　羨望　敬意を　浸みこませる
その昔スペインに占領されていた石門のモニュメント
アメリカのクラーク空軍基地
いまでは　陽光の窓辺の喫茶店　弾薬庫跡のハイビスカス
基地跡放置の毒薬に侵された
土色の顔色の現地人の告発
今　沖縄の基地跡で進行中のアメリカの同じ犯罪
バターン原発は　建設完了三十二年
民意が作動を阻止したまま

＊

うすぐらい大きな壺ににじり入り
なんきん袋ようの布をかぶり
蒸気に蒸されて
韓国伝統のあかすりエステ
及ばぬねがいと知りながあちらの女性の肌理《きめ》のこまかさ
　うるわしさ
うれしかったのは大門市場のおばさんのおせっかい
あんた　ズボンのはき方ちがってる
ポケットは後ろだ　前じゃない
その本気度　あたたかさ

＊

小田切　敬子（おだぎり　けいこ）

1939年、神奈川県生まれ。詩集『小田切敬子詩選集一五二篇』『流木』。詩人会議、ポエムマチネ会員。東京都町田市在住。

成都は旧きよき**中国**
澄んだ水に押されてマニ車がひとまわりすれば
天をめざす　水からの納経
赤　黄　青　緑　白のはためき
風がひとたび旗を　なぜれば
太陽　大地　空　樹　風の祈りが
天へ　天へと　のぼってゆく
あけぼの草　りんどう　野菊　ななかまど
穂花のかさなりの奥に
チベット集落が息づき
黄龍　九塞溝の神秘が
地の星をあおく　発光させる

＊

ラム　クリシュナ　ガンダルバの吹く笛は
しんと閉ざされた他人の家の扉をすりぬけ
奥にまどろむ　魂にとどいて
ひっそりとよりそい　見る間に扉をこじ開ける
ラム　クリシュナ　ガンダルバの笛が語りかける相手は
八月に冴える　ヒマラヤの雪？
棚田に映える　雲？
竹の生い茂る川岸の　流れ？
遠い**ネパール**に待つ　愛しい　妻子？
雪の峰ももたず　田毎の雲ももたず
竹の生い茂る川岸ももたない　わたしだけど
かき乱されて　ふるえながらついてゆく　笛の行方

＊

ヒマラヤ山脈からの雪どけ水は
ネパールの大地を経て**インド**へとながれてゆく
ヨーガ聖地　ハリドワール
訪れる善男善女のために
ガンジス川へとおりてゆく　ひろびろとした石舞台
丸太をつみあげて遺体を焼き
水につかって　聖水を浴び
大地　水　炎　太陽　交響曲となって　自然と和す
強い香り　黄金色の花　マリーゴールド
草の舟につみあげ　燈明のゆらめきとともに
祈りを　天へと　おくる
ヨーガ　深い呼吸
わたしを整え　わたしを生かす　わたしのアジア

＊

インド　**パキスタン**国境　タール砂漠で
夕餉の宴の月の出を待っていたとき
影のかたまりの兵士たちを満載したトラックが
延々と数知れず　インドの方へと繰り出していった
日本の我が家のわずかな増築の土地を
黙々と掘り起こし　ならしてくれていた
出稼ぎパキスタン人たちの暗さも深かった
何か咎でも？土に埋め込まれた問いの上に暮らし続ける

海の膜

坂井　一則（さかい　かずのり）
１９５６年、静岡県生まれ。詩集『ウロボロスの夢』『世界で一番不味いスープ』。
日本現代詩人会、中日詩人会。静岡県浜松市在住。

１　真珠

アコヤ貝は行き場のない涙と
海底のわずかな光を外套膜に集めて
乳白色の丸い玉を孕んでいく

脈動のない我が子を
ただ　ひたすらに

２　海の話

海の話をしよう。

では何処から始めようか。
原始地球のシアノバクテリアあたりからだと
話が長くなりそうだし
ジュラ紀・白亜紀の海には
おっかない生物たちで溢れていそうだから
やはり目の当たりにしている

この今の海の話をしよう。

詩人辻征夫は
　春の海には／／南蛮から漂流してきた／「ヒネモス」
がいる
っていうけれど
（春の海ひねもすのたりのたり哉・蕪村）
いつも酔っ払うことに真剣だったオジサン詩人は置いと
いて

今　まさに落ちていく夕陽の海のことを話そう。

「ジュッ」と音がするなんて詩的な話じゃなくて
夕陽が沈む海の向こうにある
誰も見たこともない街の話でもなくて
（まして貝に耳なんか押し当てないで）
深くて静かで昏い膜
地球を直径1メートルのバランスボールに喩えると
たった０・３ミリメートルの海の
数えきれない光の膜
掬いきれない時の膜

纏いきれない波の膜
の
それらがみんな鎮まったあとの
そんな日没前の水銀色の海の話をしよう。

広大とか悠久とか私たちの尺度なんかじゃ測れない
母なる海とか生命の源とか言い尽くされた言葉でもない
まして「わたつみ」とか「ポセイドン」とかの
大昔の神さまのことでもない
今　この瞬間の海の話をしよう。

あの夕陽がみんな沈んだら
どこまでが海でどこからが空か区別のつかない
そんな何でもない海の話をしよう。

3　グルタミン酸

昆布って海の中で出汁が出ちゃわないのかって?

考えてもごらんよ
昆布が海で出汁をみんな出しちゃったら
ニボシやカツオ節の立つ瀬がないじゃないか
それに出がらしの昆布じゃ佃煮にしかなんないし

第一オメエ　お吸い物はどうすんだよ

ありゃあオマエ
昆布が死ぬから出汁が出るんだよ
死んで乾燥させると細胞膜が壊れるんだよ
死んで初めて出汁を出すんだよ
生きてる間は出汁なんて出さねえんだよ

人と同じよ

人間だって
死んで初めてその人の味が出るってもんさ

なっ
そうだろう?

終末を超えて

太陽が月のように冴《さ》え
白い虹が空を流れるとき
未体験の日常が黙示録の始まりを告げる
青い稲妻が宇宙《そら》を裂《さ》き
土を砕く雨は津波のように都市を洗う
湖は大地に呑《の》まれて姿を消し
狂った気流が熱波を運んで森を焼く
人びとの虚《きょ》を突いて嵐が襲い
秋の虫がひひひと鳴く夜には
血に染まった月が頭上に浮かぶ

大地は鳴動をやめない
崩れかけた鳥の巣が穏やかな季節の終わりを告げ
千年に一度の出来事が日常になる
現在と未来を内包する蓮《はす》は枯《か》れ
腐臭を放つ死体花が実を結ぶ
封印された疫病はよみがえり
命のつながりを妨げる
まるで見せつけるかのように
何千・何万の抜け殻が砂浜に並び

植松　晃一（うえまつ　こういち）

1980年、東京都生まれ。詩集『生々の綾』。日本詩人クラブ会員。東京都江戸川区在住。

ありふれた死は大量死《メガデス》のシグナルとなって
人類の正午に影をにじませる

見えない明日を見ようと人びとは焦り
確かなものをあてどなく探す
希望は不安の仮面に
愛は承認を求めるようになり
損得勘定に支配された人びとは
自分のいない地球がまわり続けることを許さない
肥大化したルサンチマンは常識の母となり
残虐を娯楽に　宣伝を真実に変える
相場の乱高下に乱痴気《らんちき》は止《や》まず
革新的テクノロジーが生命と宇宙をビジネスにする
やがて必然が偶然のように世界のバランスを崩し
人類を破壊と創造の結節点《けっせつてん》へ押しやるだろう

時代の中州《なかす》に取り残された人びとは
ただ平穏な日々を願い
暮らしのため　養うために目をつぶる
二〇一六年の異常な日常

終末の予感を前に
あきらめてしまわないように
流されてしまわないように
自分の足で立ち
前を向いて歩いていけるように
釈迦《しゃか》の願いを私も祈る

「私の嫌いな人々も幸せでありますように
私の嫌いな人々の悩み苦しみがなくなりますように
私の嫌いな人々の願いごとが叶えられますように
私の嫌いな人々にも悟りの光が現れますように」*

もし
天のことわりにより
地上から人の気配が消えることがあっても
そこにはきっと青と緑があふれ
夜の闇を取り戻した地球がまわる
降りそそぐ黄金の種から新人類が生まれ
新たな仲間たちと共に空と大地を愛するだろう
新星・地球号は創造の気に満ちて
すべるように太陽をまわり続ける

＊アルボムッレ・スマナサーラ著『心は病気』サンガ新書

九門

小坂　顕太郎（こさか　けんたろう）
1974年、岡山県生まれ。詩集『卵虫』『五月闇』。文芸誌「コールサック（石炭袋）」、日本現代詩人会会員。岡山県倉敷市在住。

吸着する
アジア様の風が
熱病連れてコツコツと
呼び出す小窓に発疹をもたらし
怯える黒い男の顔が奥へと消える

九つの門の在処を
隠し続けて
龍が騒ぐ

へしゃげた自転車のような
人種の塊
言語と紙切れ
凍ったイチジクと灰皿の骨
乾ききった爪と夢
ベッドで欲しがる処方箋pm2.5
穢れない
完璧なフォルムの
鶏卵の中から聞こえる湿式の肉声が
その在処を教えている

アパートに吹き溜まる
枯れた赤い葉が
貧弱な城の形を築く
木っ端微塵の強大国よ
その夜の放射状の熱力にうなされる！

隠匿された九つの門の数だけ
僕らは逃走する
逃げなされ
逃げなされ
逃亡者の歌
今日もまた赤と黒の野良たちが
宇宙のしきたりの形態で交尾する小路に
皇后しく放尿する
紫黒のドレスは捲くられて
カラカラカラと
大女《をんな》が笑う

僕らアジアの耀かしい軌跡

公園

萱野原　さよ（かやのはら　さよ）

詩集『半島』。歌誌「舟」。

麒麟は麒麟をねむり
河馬は河馬をねむる　生命を
傲慢なわたくしは　大切な分身の少年を
記憶から消し去り
ナルニア国のパスポートは
所持できないけれど
わたくしを認めてあげよう
由緒のない罪悪感がやってくるまえに
心臓のために

どうも　人工地盤を照らしている
明かりの向こうあたりが　ナルニア国に思えてならない
　のです
おまけに　欅が天空を
あまりに深く抱き締めているので
こんな冷蔵貯蔵庫みたくなってしまった
都市部の夜に　雪がふるのは当然
モンゴルの馬頭琴
タイの木琴
琴　三味線
竹の横笛　琵琶　中国のチター
フルート　チェロ　ヴィオラ　ヴァイオリン
旋律がまざり
揺れながら響きあう宴の絶頂
などが　奏楽堂の屋根からすべりおちていなかったかし
　ら
大きく美感をそこねている
青テントも　夜なので大丈夫
まるで流浪の民のように
あの人達はあの人達の生命をねむり

ほんとうのこと

梶谷　和恵（かじたに　かずえ）
1971年、島根県生まれ。詩集『朝やけ』。
島根県出雲市在住。

私のおじいちゃんは
人を殺しました。
長い、固い、重い銃を
人に向けて
命に向けて
引き金を引きました。
何度も引きました。
いくつかの命の最後を
おじいちゃんが　決めました。

私はおじいちゃんが好きです。
何かしてあげると、すぐ
「ありがとう。」
という、おじいちゃんが好きです。
少し大人ぶって話をする私に
最後までつきあってくれる、おじいちゃんが
好きです。

好きだから。
好きだから。
よけい
怖いです。

戦争をした人が
もっといやな人なら、良かった。
あんなに頼りなく
ひょろひょろの足で立ってるんじゃなくて
低くて静かで穏やかな声で話なんかしなくて
もっともっともっと
恐ろしい恐ろしい恐ろしい
涙なんか
持っていないような人なら、
良かった。

私のおじいちゃんは
人を殺しました。
私はおじいちゃんが
好きです。

私は、人を殺したかも、しれない。

信州

宮崎　亨（みやざき　とおる）
1943年、長野県生まれ。詩集『火の花嫁』『空よりも高い空の鳥』。日本現代詩人会、町田詩話会同人。東京都町田市在住。

秋田から迎えた友は
おや地図の下にむかって川が流れている
広島からの旅人は
なんだ地図の上に向かって水が流れている
山は空にむかってトーナメント戦をたたかい
川は海にむかってリーグ戦をたたかっている
さんさんとかがやくおてんとうさまの下
チャンピオンの席には真っ白い雲

インド亜大陸とユーラシア大陸が圧着して
八千メートルのヒマラヤが隆起したように
東日本島と西日本島の縫い目のフォサマグナ
三千メートルの日本アルプスが出現したのだ
ヒマラヤの頂《いただき》近くで太古の塩が採れるように
信州にも「赤塩」などという地名がある
祖先のひとびとが野生のいきものにまじって
岩盤から滲む赤塩をすすり
いのちというものがたりを語り継いできた

群れなして行ってはならぬ
テニスラケット持参するなどはもってのほか
たべものや酒がうまい宿などあるものか
宿のひとと身の上話などするのも見当違い
薄くてつめたい布団にくるまって
ようやく眠りに落ちようとするとき
にわかな廊下の足音で呼び戻される
遅く着いた行商人の慌ただしい足音か
山から降臨した神々が通りすぎてゆくのか

元号

平成もいよいよ終わりだね
熊さん、次はどんな元号かね
うーん、これだね、
これに間違いない
「森友・元年」

八っつあんはどうだい
これこれ、これじゃないかね
「加計・元年」

熊さんや八っつあんには
意味がわからんかもしれねえが
これも有力じゃあねえか
「改竄・元年」

いい世の中に変わってほしいものだが
みんなが声を大きくしなけりゃねえ

それにしても
「平成は戦争がなかった、平和だった」と

伊藤　眞司（いとう　しんじ）
１９４０年、中国北京市生まれ。詩集『骨の上を歩く』『切断荷重』。
詩誌「三重詩人」、日本現代詩人会会員。三重県松阪市在住。

誰が言ったんだっけ
沖縄からイラク、シリアへ米軍機が飛んでるし
イラクのサマワへ派遣された自衛隊員たち
みんな帰ってきたのはいいけれど
帰って来たあと、
そのうちの53人くらい自殺してるんだよ
トラウマになったのかねえ

平和ではなく「令和」だ。

オリンピック・パラリンピックのマスコット
「ミライトワ」に「ソメイティ」
令和初という　年賀状には
干支《えと》の鼠《ねずみ》も刷られていて
23億5000枚……どっと巷に売り出された。

去年までは
〈隠蔽〉〈捏造〉〈虚偽・虚言〉〈忖度《そんたく》〉etc
〈改竄《かいざん》〉という　穴の鼠も鳴りを潜めて
八億円を超す　ゴミの撤去費は有耶無耶《うやむや》だった。

敗戦後　逸《いち》早く証拠が隠滅されたのは
米軍に　七三一部隊から渡された細菌戦の資料だ。
朝鮮戦争で米軍は　細菌媒介の昆虫を撒いている。
七三一部隊が　基礎研究したというダイオキシン。
ベトナム戦争では枯葉剤と呼び大量に撒かれたが
いずれも　有耶無耶のまま不問に付された。

さてさて　今年は子《ね》年。ネズミ年。
往年隠した穴の底からぞろぞろ　尻尾をみせて
這いでてくるのは　鼬《いたち》か　貂《てん》か　鼯《むささび》か　鼹《もぐら》か
マウスではなく　ラットでもない　珍種の鼠族《そぞく》。
鼠算という古風な和算を　算盤《そろばん》ではじき、
年末には　なんと　！
276億8257万4402匹までに
子孫を増やす　と言うではないか?

平和ではなく「令和」だ。
オリンピックもパラリンピックも「ミライトワ」も
みんな　今年は　ネズミ年。
干支《えと》の鼠は
23億5000枚　どっと巷に売り出された。
どんな時代が　待っているのか——
——だれも知らない。

くにさだ　きみ
1932年、岡山県生まれ。詩集『死の雲、水の国籍』『くにさだきみ詩選集一三〇篇』。詩誌「腹の虫」「ミモザ」。岡山県総社市在住。

ペットボトルの上手な捨て方

みうら　ひろこ

1942年、中国山西省生まれ。詩集『ふらここの涙―九年目のふくしま浜通り』『渚の午後―ふくしま浜通りから』。文芸誌「コールサック（石炭袋）」、福島県現代詩人会会員。福島県相馬市在住。

あなたは飲み終えたペットボトルを
上手に捨てているだろうか
たとえば資源回収ＢＯＸに入れる時
『中を洗ってラベルをはがしキャップと分別して、
　本体をつぶして入れて下さい』
こんなにきちんと説明やお願いされてるのに
回収ＢＯＸの扉を開くと
飲み終えたばかりの生々しい姿
――その辺りの道路や叢の中よりはいいかも
ほんの少しの良心のかけら的捨て方

カラのペットボトルはゴミではない
資源という立派な生き方が待っている
その生き方に命を与えようとするあなた
ペットボトルを上手に分別し
清く正しく回収ＢＯＸに入れたあなた
もしかして〝神の手〟の持ち主⁉
ペットボトルの生まれ変わりを知ってますか
衣類・ファイル・ボールペンの本体・飾り石
もっと知ってるというあなた

あなたこそ本当の〝神の手〟を持つ人

カラになったペットボトルを
泣かせてはいけない
海流に乗って遥かなどこかアジアの国の海
水深一万メートルの深い海に沈ませて
生態系を崩させてはならない
七年前の東日本大震災で
海岸近くの町や村から
ペットボトルの入った自販機は
大津波で消息不明になり
海鳴りになって嘆いているのかも知れない
今、手にしたペットボトルが
何かに生まれ変わりたいと大きな願望
健気な心を持っている
あなたが手に持つペットボトルを
泣かせてはいけない

私たちのチカラ

星乃　マロン（ほしの　まろん）
1961年、山梨県生まれ。『劇詩　エーテルの風』。
山梨県詩人会、東京英詩朗読会会員。山梨県甲府市在住。

私たちは　茨の道を歩もう
今　遠い国のあの方たちも
そこを歩んでいるのだから
私たちは　自分の場所で
自分の精一杯を　淡々とこなしていこう
そして遠い国で茨の道を歩むたくさんの人に
見えないエールを送ろう
励ましと敬愛と深い感謝をこめて
たくさんの拍手が　世界中の空を走る

今　最高の困難さと向き合い
改善しようとするすべての人の勇気に
エールを送ろう
ありがとう　ありがとう
その感謝の輪から
つながれていく　たくさんの灯火よ
つないでいく　私たちの内なる灯火よ
これまでも　私たちのチカラは
幾度もの困難を　度々乗り越えてきた
そうして　乗り越えるたびに
つながれてきた私たちの内なる強い光が
チカラとなって放たれていく真実を深く感じる
人類が同じ瞬間に　同じ困難を乗り越えていく

今　アジアの地平から
世界全体をつなぐたくさんの結び目が
美しい色とりどりのリボンになって
やわらかく　天空に揺れている
その無限につらなる結び目を
確かに感じながら　歩んで行こう
たとえ離れていても　この茨の道を
一緒につまずきながら歩いて行こう
私たちは必ず　歩き切れるから
この道の果てにある大きな螺旋を
人類全体が渡りきった時
もうひと回り大きな螺旋　その新たな地平に
私たちは　また辿り着くだろうから
今はただ歩め　この茨の道を　アジアから世界へ
最高の勇気と　最善のやさしさを持って
私たちのチカラの限り

「もしも」の枯渇

青木　善保（あおき　よしやす）
1931年、長野県生まれ。詩集『風が運ぶ古茜色の世界』『青木善保詩選集一四〇篇』。日本現代詩人会、日本詩人クラブ各会員。長野県長野市在住。

「もしも」と物語る詩がなかったら
この世は何事も変わらなかったことだろう
息詰まる渦中に　その未来のバラ色
過去の暗黒色　連想は力尽きて消滅する
ひずみエネルギーは　結合し　蓄積し
跳ねまわる幸せのみえない世相を浮遊する
　年金支給の不満か　新幹線列車で焼身自殺
この世の奇妙な錯綜は　常識を破る詩の海へ通じている
時代背骨の核心に拘わる詩のマグマはよみがえるか

朝鮮戦争の一九五〇年一〇月一七日　北朝鮮元山沖で
米軍上陸のための掃海中に掃海艇は機雷に触れ爆発し
N氏は海中に　ただ一人帰らぬ人となる
「―講和条約締結前の微妙な立場だったので秘密裏に
行動した」（本人手記）　一週間後　瀬戸内海で死んだ
ことにしてほしいと緘口令が敷かれる
平和憲法下初の戦死者　二〇〇六と二〇〇九　兄は弟の
合祀を求める申請書を靖国神社に提出する　神社側は
「時代ごとの基準に基づき国が戦没者と認めた方を
祭ってきたが―朝鮮戦争は基準外」と回答した
日本が他国の戦争に自衛隊を出動させることは
朝鮮戦争へ掃海艇を出した同じ構図となる
犠牲者の明確な位置づけをと兄は訴える
　＊戦後70年「希望を探して」信濃毎日新聞夕刊
　（二〇一五・七月）
ベトナム戦争には「もしも」はないのだろう

琉球国（沖縄）は国際法上の権利を有する独立国であっ
た

一八五四・五五・五九年に米国・仏国・和蘭国との間に
修好条約を結ぶ　琉球国に国際法上の権利がある証の
重要な条約原本は日本政府が没収のまま未だ返されない
日本が　多くの抵抗を圧殺して独立国琉球国を併合した
歴史の事実を踏まえて　現在の沖縄問題は議論する
差別を超える経済的自立・非核非武装・住民運動―
そして自治の拡大から独立へと展開している
スコットランドを独立住民投票へと動かした女性から
沖縄への激励が届いている
憲法九五条による住民投票への道筋が見える
沖縄の独立が空想ではなく　大困難をも超える

現実が拓けてくる　ヤマトンチュ必読の書
＊『沖縄の自己決定権』（琉球新報社・新垣毅編著高文研）
アイヌ共和国の「もしも」はないのだろうか

昨今の事象はめまぐるしく連想力を魅惑し続ける
詩の創造力をこえているのだろうか
「そろそろ休みたい　氏にたい」
「ただもう市に場所はきまっているんですけどね」
＊M君（Y中学二年生活ノートより　死を顕す氏・市はママ）

追いつめられ深傷を負う　生命の叫びは
思いやりのない大人には受け止められなかった
いかに償うのか　天からの聖職に正対して
絶え間ない日常活動のみかえし　改善し
わずかな感受　知性　行動の力まで磨滅させる巨大な
暗闇に　他者感覚を　とりもどす戦いを挑めるか
人影のない東北被災地の卒業光景がよみがえる
「苦境にあっても　天を恨まず　助け合って
生きていくのが使命です」
＊K君（大震災被災地―中学卒業生）のことば
涙の言葉を産み出す豊かな連帯の世界が拓ける
「もしも」福島に原発がなかったら

夏蟬が嗄らす必死の叫びが
木陰のないコンクリートの街に消えていく
「もしも」と物語る詩の枯渇の夏は短く
「尚足るを知らず」とつぶやく
胸の内の風音が轟轟とながれ
怒ったようなきれいな眼の詩人があらわれるだろう

形骸に過ぎず

にんげんのかたち
かたちだけのにんげん

かたち　だけ
あちらこちら　に
この世　妄想
なかみを抜けば
いくらでも　つめこめそうな
妄想

いえ　イージス・アショア　のこと
狂気みたいな幻想非文学？

イージス・アショアとは、陸上配備型迎撃ミサイルシステムだそうだ。かのイージス艦の陸上大規模版らしい。秋田県・陸上自衛隊新屋演習場と山口県、むつみ演習場に配備されるのが昨年暮れ、政府決定された。配備は多くの候補地の条件をもとに決定。その配備決定の根拠。弾道ミサイルを追尾するレーダーが遮られ

山﨑　夏代（やまざき　なつよ）
1938年、埼玉県生まれ。
詩誌「詩的現代」「いのちの籠」。埼玉県ふじみ野市在住。

ないこと。データが登場。あろうことか、それがでたらめ。山の縮尺が実際とは違っていた。テレビに写った地図を見て、愕然とした。出羽富士。鳥海山。東北随一の名山がまるで丘だ。若いころ、登った。神ここにしろしめす、そんなことばを思い起こした山。それを丘に見せかけた。妄想？　無知？　関係者はだれも鳥海山を知らなかったなんて言わせない。エーデルワイスに似ているヤマハハコ。チョウカイアザミ。高山植物、動物の、鳥の、昆虫の、生き物たちの息づく山。深田久弥の日本百名山十五番目。その山に向かってレーダー？　震える思いがした。テレビでは解説者が言っている。レーダー波は電子レンジと同じで、イージス艦では兵士といえど艦上に出ない。政府側は資料の不備を謝りはしたけれど、はじめに配備場所ありきだったらしく、計画は変えようとはしない。

新屋延長上にはハワイ、むつみの先にはグァム。

変える訳にはいかない場所らしい。

不思議だ。レーダー波が山に遮られるなら、飛んできたミサイルをどうするのだろう。山を通過してから、迎撃ミサイルを撃って、あら、逃げられたと叫ぶつも

りかしら。それとも、日本上空でたとえば原爆を積んだミサイルを撃ち落とす？
いいえいいえ、かたちだけですよ。迎撃ミサイルなんて。われわれはニッポン国の最高責任者としてパイ・アメリカのセールスマンに加担しただけ。わかるでしょう、どこに出撃させるかわからないイージス艦、もてあましもののオスプレイ、武器コレクションの楽しさですよ、と、あるいはそれが本音かしらん？　かたちだけで、中身がないなら、それはそれ。でも、中身は、それを操るものの思いのままなどというのなら？　さて専守防衛の解釈もしときゃあならんかと、なんだか、そんな声も聞こえた気もする。すべて、形だけを整えておこうと。

形骸に過ぎず
二十年ほどむかし
江藤淳は遺書にしるした　ことば

このごろ
わたし自身が形骸に過ぎないような
そうして　この国
形骸化した森友裁判や
あれやこれや

ああ　わたしは
日本憲法平和精神を形骸化してはいけないのだ　と
それだけは
シンプルに　それだけを
ゴマメの歯軋りとしりながら　思っているのだ

ろくちゃんファミリーヒストリー「飛頭蛮の一族」

勝嶋　啓太（かつしま　けいた）
1971年、東京都生まれ。詩集『今夜はいつもより星が多いみたいだ』、共同詩集『妖怪図鑑』。詩誌「潮流詩派」、文芸誌「コールサック（石炭袋）」。東京都杉並区在住。

ろくちゃん　を憶えているだろうか？
そう「ろくろ首」の　ろくちゃん
※知らない人は僕と熊谷直樹さんの共著詩集『妖怪図鑑』
（コールサック社刊）所収の詩「ろくちゃん」参照。

ぼくの幼なじみで
とっても性格の好い　可愛い女の子なんだけど
彼女は　ろくろ首　ということで
いじめられたり　好きだった男の人にふられちゃったり
悲しい事も　ずいぶん経験して　でも
今は同じろくろ首の男性と結婚をして　子供も三人いて
結構　幸せにやってるみたい
そんな彼女に　お正月に再会した
お正月特番見るのも飽きちゃったし
ちょっと散歩でもするか　ってことで
ぶらぶら歩いてたら　三丁目商店街でバッタリ
これから初詣に行こうと思って　とのことで
まあ　それはいいんだけど……ろくちゃん
ものすごいたくさんの人数で歩いてる　っていうか
よく見たら　皆さん　可愛らしい女の子なんだけど
全員　首だけで胴体がないんだけど……

あ　この子たち　私の親戚なの
親戚って……あきらかに外国人の方とかいるけど……
うん　私以外　みんな外国人……っていうか外国妖怪
えっ？　ろくちゃん　ハーフだったの？
ん？……てわけでもないんだけど……
ホラ　私の旦那サン　ろくろ首の中でも
「見越し入道」っていう妖怪で
彼は　私と一緒で　首が伸びるタイプなんだけど
お義母さんと義妹さんは「ぬけ首」って言って
胴体から首が抜けて空飛ぶタイプなのよね
で「ぬけ首」の親戚が　どうやら
中国にいるみたいって話になって調べていったら
アジア各地に　空飛ぶ生首の妖怪　がいて
それが皆　中国の「飛頭蛮」っていう
首が胴体から抜けて自由に飛び回る妖怪の一族だ
っていうことがわかったのよ
しかも　辿ってみたら　私たち　ろくろ首　も
その「飛頭蛮」の遠縁に当たるってことがわかって
連絡取ってみたら
じゃあ　いい機会だから　みんな集まりましょう

って話になって　正月休み利用して
トーキョー観光も兼ねて　集まったってわけ
へえ～　そうなんだ……
私の隣の　耳を羽みたいにパタパタやって飛んでるのが
中国の本家「飛頭蛮」で
こっちの子たちは　タイの「クラスー」と「ガスー」
こちらの二人は　インドネシア出身で
「レヤック」と「クヤン」って言うの
その隣の子が　ベトナムの「マ・ダ」
こっちの子は　カンボジアの「アープ」
で　こっちの内臓ごと抜けちゃって飛んでる三人は
フィリピンの「マナナンガル」と
マレーシアの「ペナンガラン」と
ボルネオの「ポンティアナ」
で　こっちの子たちは……
あの～　ゴメン　なんか　たくさんすぎて
よくわかんなくなってきたから　もういいや……
ろくちゃんの親戚って　国際的なんだね　と言うと
ろくちゃんは笑って
でしょ　ろくろ首　意外とインターナショナルなのよ
とドヤ顔で言った
……でも　こんなに首だけが並んでると
すごいインパクトだね　なんか圧倒されるな……
特に　そっちの
内臓ぶら下げながら飛んでる子たちとか……
そうなのよね　私たち　見た目がスゴすぎて
結構　ソンしちゃうのよね
みんな　地元じゃ
気味悪がられたり　怖がられたりして
友達もなかなか出来なくて　苦労してるみたいよ
生血を吸う　とか　人を呪い殺す　なんて
デマ流されて　いじめられたりとか……
まあ　私たちも　こんな外見だから
仕方ないっちゃ　仕方ないんだけどね……
でも
くよくよしてても　しょうがないから……
じゃあ　私たち　これから初詣して　それから
駅前のビッグエコーでカラオケ新年会だから
そう言って　ろくちゃんたちは
元気に飛んでいった
彼女たちの明るい笑い声が
お正月の青空に響き渡っていた

アジアの海

根本　昌幸（ねもと　まさゆき）

１９４６年、福島県生まれ。詩集『昆虫の家』『荒野に立ちて』。日本ペンクラブ、日本詩人クラブ会員。福島県浪江町より相馬市に避難。
アジアの海
ここで
クジラやイルカをはじめとする海洋生物たちが
ペットボトルやキラキラ光るプラスチックごみを食らって
死んだということが
テレビや新聞、雑誌などで見ることがある。
昔はこんなことはなかったことだ。
最近はいろんな開発がどこの国でも進んで
それが川から海へと流れて行く。
魚たち、もしくは海洋生物たちは
それを餌と間違えて食らう。
これは餌ではないなんてことは知らないから。
このニッポンからも〈３・11〉の大津波で
たくさんのごみが海へと流れて行った。
美しい海はごみの海と化した。
ドロドロと汚れた海。
青く美しい海へ戻るのは
いつの日か。
そういう日はくるのか。
人よ、人々よ
他国のこととは思うな。
海は繋がっている。
このニッポンの海も汚れている。
それを忘れるな。
心せよ、何事にも。
ああ海よ。
荒れるな。
暴れるな。
海は海のまま
静かに波よ。
寄せてこい。

国書って？

石川　逸子（いしかわ　いつこ）
1933年、東京都生まれ。詩集『千鳥ヶ淵へ行きましたか』、小説『道昭―三蔵法師から禅を直伝された僧の生涯』。詩誌「兆」。東京都葛飾区在住。

とある国の首相が　鼻高々と申しました
「元号は「令和」
　国書から取りました」

え？「令」も「和」も　そもそも
漢字ですよね
その漢字をもたらしたのは　ほかでもない
百済の王仁《わに》博士

『万葉集』巻５・梅花の歌の
「序」から取ったとありますが
序文は　かの王羲之の「蘭亭序」を
そっくり模した文ですよね
３５３年　３月　中国・晋の名士41人が
蘭亭で開いた　曲水に盃をながし　詩を詠んだ宴
序文中の「梅披鏡前之粉」
梅は鏡の前の白い粉のように白く咲いて　は
梁簡文帝の梅花賦「争楼上之落粉」
あるいは陳後主の梅花落「払妝疑粉散」などを
模したもの　とか

見えてくるのは
いにしえの中国・朝鮮の香り豊かな文人たちの
宴に　詩に
３００年余の後　はるかに　心を寄せ　敬い
「淡然自放」淡々としてほしいまま
「快然自足」愉快に満ち足りて
酒に酔い　陶然として　梅の花をめで
天から雪がながれくる　と詠んだ
大宰府の役人たちの　正月の宴

中国・朝鮮への蔑視を　折々にちらつかせ
２０１９年「令和」で　あわよくば「時」を支配し
フクシマ原発事故も　ジュゴンの死も
なかったことにしようとする
とある国の首相よ

今一度　無心の心で
万葉集巻５・梅花の歌の「序」を読み
アジアの国々の文化を愛おしんだ　往時の役人たちを
見習いませんか

言葉

洲　史（しま　ふみひと）
1951年、新潟県生まれ。詩集『小鳥の羽ばたき』『学校の事務室にはアリスがいる』。詩人会議、日本詩人クラブ各会員。神奈川県横浜市在住。

料理人と客が　ぼくのわからない言葉で話し始める
客と客も　ぼくのわからない言葉で話し始める
ここは　東京　大塚駅北口の店のはずだが

カウンター七席ほどの店
まるで　異国にいるようで
いくらか心細く　ぼくは
焼き小籠包《しょうろんぽう》でビールを飲んでいる

錦《にしき》の御旗《みはた》を押し立てた　ご一新の政府は
かつて
アイヌの人の暮らしを絶望の淵まで追い込んで
アイヌの言葉を日常から追放した

万世一系の神の国は
かつて
朝鮮の人々から民族の言葉を奪い
名前まで奪おうとした

神風が吹くと言われた国の軍隊は
かつて
沖縄言葉でしゃべるな　と
同じ国の人々に銃口を向けた

ぼくの暮らす国では　今
英語しか話してはいけない会社があると言う
そんな会社に　まかり間違って　迷い込んで
鬼畜米英《きちくべいえい》　敵性語《てきせいご》をしゃべるスパイめ　と
叫んだら　どうなるだろうか

料理人は
東洋鬼《トンヤンクイ》　と　叫ぶことなく
しきりに　ビールのお代わりを日本語で勧《すす》める

ようこそ日本語で

海を越《こ》えて　遠い国から
つばめのように　飛んで来てくれたあなた
ようこそこの町へ　と笑顔《えがお》で迎《むか》えたい
子どもの学校たよりが読めない
あなたがいる
学校でもっと日本語を教わりたい
きみもいる
技能実習生《ぎのうじっしゅうせい》として頑張《がんば》って仕事をする
あなたもいる

日本語教室があなたを待っている
易しいひらがなと漢字から日本語を学ぼう
夢は母国《ぼこく》で日本語の先生になりたい
あなたが学ぶ
通訳《つうやく》の仕事で橋渡《はしわた》しをしたい
あなたも学ぶ
英語の先生になって
英語が苦手《にがて》な日本の友だちを教えたい
きみも学ぶ
お隣《となり》の人と話しができなければ

お早うございます　と声を出してみよう
きっと笑顔でお話しができる朝がくる
たこ焼き、すき焼き、お寿司《すし》も好きな
あなたたち
お花見や夏祭りも楽しんで
母国の言葉や文化も忘れないで欲《ほ》しい
もしも　今日が辛《つら》い日であったら
言葉《ことば》も食べつくそう
かつ丼《どん》にする　勝《か》つドンも食べる

＊埼玉県狭山市の国際交流協会では、外国人へ三カ所の公民館で日本語教室を開いている。

髙嶋　英夫（たかしま　ひでお）
1949年福岡県生まれ。詩集『明日へ』。詩人会議会員。埼玉県狭山市在住。

クロスボーダー

大樹の幹にはえる細い鉄の腕が
夜の雨に濡れ、冷えきっている
めくられた樹皮の傷痕には名が
誰かの名が刻まれては希釈する

国籍不明の女の名が視界に飛びこむ
俺は彼女の胸元の札に刻まれた名を
脳裏に焼きつけ、小さく復誦しては
その形象と響きの、異郷の韻律から
たとえようのない胸騒ぎをおぼえた

鉄の腕は伸び続け、街には原色の雨
萌える緑の葉は、どれも錆びた匂い
大地は、かくもいびつなオブジェを
狂い咲きさせては、空に向けて泣く

イラッシャイマセ、と彼女は客に言ッタ
俺は聞き覚えのある音のバグに安堵し
Winston、と応えながら硝子板を翳す
極限まで利便化されたコードは露呈し
彼女はアリガトウゴザイマス、と言ッタ

篠崎　フクシ（しのざき　ふくし）
1969年、東京都生まれ。小説『明滅する世界の縁』。東京都小平市在住。

刻まれること、或はその韻律について
おそらく語りえぬからこそ、人は詩《うた》う
酔客を招き寄せては、矩形の光を放ち
淡い、電子貨幣のみを媒介として繋る
ad hoc の滑稽さに、稀少な運命をみる

国境を越えたはずの君と、俺の躰との間《あわい》
薄い透明の膜がおり、それすらも忘却し
つねにすでに、交渉の可能性は挫折する
とまれ、同郷であっても事情は相似形だ

無関心は、国籍とは無関係に没交渉を引き起こすのだ

いつか君に、俺のほんとうを聞いてほしい
いつか君に、
　俺がたしかに此処に居たことを知ってほしい
だから、聞かせてくれないか?
君の故郷のことを、河に架かる橋のことを
秋に実る果実に、やさしい雨が降ることを

晴れた冬至の日の午後

空の高くで誰れかが口笛を吹く
ピーピーピーピー鳴る音は
空を行き交い
枝を打ち　わたしに降りて来る
灰いろを重ねた雲の隙間
青い井戸のような水いろの深みが良き人を呼ぶ
冬至も過ぎて一日ごとに光が長くなる
白雲の廻り階段は天に続いていって人カタがゆく
口笛はそこから吹いているのだろうか
空がくもり風が荒れればバベルの塔にたちまち崩れる
　何の罪なのか

冬至の晴れた午後にガラスばりの光り差すベンチで
本を読んでいた時の幸せ
　大将はまだ生きるつもりでいたね
　一週間ってとこと医者は言っていた…
愛した人たちは逝き悲しみの後に
不信や石つぶての視線の恐れも過ぎて
悲哀の涙に信頼はあって
良き人の思いが不安をほどいていった

植木　信子（うえき　のぶこ）

1949年、新潟県生まれ。詩集『その日―光と風に』『田園からの幸福についての便り』。詩誌「花」「山脈」。新潟県長岡市在住。

生きよう　残された愛をだき生きよう

冬の空から光は降り栃尾へ続く雪山が輝いている
霜柱の地中では蚯蚓がないているだろうし
命の炎をかき立て今夜、目を閉じる人もいる
宇宙をふるえ　響き　降りて来る音は誰かが吹く笛
良き人の鳴らす音

わたしは、今日もなにかを殺し　踏んだはず
風がごうごう鳴り　雷が光っても恐くはないから
鳥が低くぐるぐるまわっていても大丈夫だから
愛は在って　光は差し　思い出が包む
良き人よ　その涙よ
茜の光がこんなに満ちている
外国語まじりの少女たちが仕事のあい間コインを手にし
コーヒーやジュース選びにはしゃいでいる
ゴメンナサイ　アリガトウゴザイマス
二語が大切のことのようにくり返している

向かい風に吹かれたい

あたるしましょうご中島省吾
（あたるしましょうごなかしましょうご）
１９８１年、大阪府生まれ。『改訂増補版・本当にあった児童施設恋愛』『入所待ち』。詩誌「ＰＯ」、関西詩人協会会員。大阪府泉南市在住。

底力を抱いて
向かい風に吹かれたい
日本（イルボン）では
言いたいことが言えなくとも
腐らないでより強く生きたい
ただがむしゃらになっても
いいことばかりじゃないだろう
人生ってものは

韓国人のキムさんとフィリピン人のフォーさんは
就労ビザで日本に来て
日本の空港で掃除の仕事をしている
二人はソウル大学の同級生で親友らしい

課長さんがやってきた
「フォーさん、美味いもん、あるでここ」と手渡し
「うふふ、休憩しなさい」と
課長さんがとぼけて話しかけた
無邪気な課長さんだ

休憩のベルが鳴った
フォーさんは課長さんのお菓子をいただき
課長さんからの興味津々の話を聞いた
フォーさんからもフィリピンのことを
もっと聞きたい課長さんだった

傍らのキムさんは持って来た
自分のポットの水道水をゴクゴク
お菓子はもらえない

休憩室でのテレビでは
今、韓国の大統領が
日本人（イルボンサラム）の悪口を言っていた
課長さんはなんてこったという顔で聞き入って無言だった

開始のベルが鳴った
再びキムさんとフォーさんは
飛行場の掃除を始めた

津波のあったアジアの浜辺で

あれから9年がたった
東北の津波で家族親戚の多くが流されて戻ってこない

天涯孤独になった人たちも
残された家族で堪えている人たちもたくさんいる

そんな癒えることのない悲しみを
いのちの電話で語る人たちが今もいるという

3・11の昼さがり、津波に呑み込まれた街には
静かに祈る人たちが集まってくる

私も母が死んだ時には
誰にも言えない辛い気持ちを抱いて海を見ていた

ただ私にはまだ残された親戚も
思い出がよみがえる小さな家もあった

東北の巨大津波、スマトラ島沖津波、インド洋大津波
アジアの人びとはどんな気持ちで今を生きているのか

残された人びとのこの悲しみを
私たちはどう感じて伝えていけるだろうか

今日もアジアの浜辺で海を見つめて
流されていった家族を探している人がいる

いま　地球は怒っている

＊

いまから　五千年も前のこと　メソポタミアの大王
ギルガメシュは、森の王フンババを征服し殺害した
それからというもの　特産のレバノン杉は枯れはて
山々は禿山と化し水源は枯渇し　畑には塩害が拡大
やがてメソポタミアは滅亡し　人びとは難民となり
各地へと流れていった　森の王フンババの正体とは
レバノン杉そのものであった　という

＊

いま日本ではアベシンソーなる狡智にたけた宰相が
川を埋め山を削り　リニア新幹線づくりに狂奔する
さらには美しい沖縄の海を埋立て米軍基地づくりに
猪突猛進している　そこに増税し搾取した　国民の
膨大な血税が投入され　米国から戦闘機軍艦などを
惜しげもなく　爆買いしている　そのうえ　さらに
原発の再稼働も強行　カジノという　賭博場も企む

＊

いま　川は怒っている　山もまた怒っている
森林は　手入れもなく　伐採され放題である
海も怒っている　珊瑚礁を破壊され汚染され

佐藤　文夫（さとう　ふみお）

1935年、東京都生まれ。詩集『ブルースマーチ』『民謡万華鏡』。詩誌「炎樹」、詩人会議会員。千葉県佐倉市在住。

大地もまた怒っている　風もまた怒っている
南極の氷山もまた　怒って溶けはじめている
いま　自然の神々は怒っている　憤っている
台風となり地震を起こし噴火して憤っている

＊

いま　地球は　怒っている　憤っている
花たちも　虫たちも　動物たちも　みんな
木々もまた　みんな　みんな　怒っている
こんなにも住みよい　惑星はなかったのに
生きていくのに　こんなにも　やさしい星は
なかったのに　いったいだれが　こんな星に
この美しい惑星　地球を破壊するものたちよ
すみやかに自首せよ　その責任は地球より重い

【解説】アジアの創造的「混沌」を抱え込んだ詩歌

——『アジアの多文化共生詩歌集——シリアからインド・香港・沖縄まで』

鈴木　比佐雄

1

アジアとはヨーロッパの東の端から、トルコ以東を指し広大なユーラシア大陸とその果ての島々を示していた。仮にヨーロッパが光であるのならアジアは影や闇のような恐れを抱かせるまだ見ぬ異なる文化・文明の国々であったのだろう。東洋思想と西洋思想に横たわる根源的差異があるとすればどのようなものかを問う時に私に想起されるのは、『コーラン』の翻訳などイブヌ・ル・アラビーのイスラム学はもとより、老荘思想、仏教などあらゆる東洋思想を原語から読解して、その思想哲学の根底に横たわり来るべき東洋思想を構想した井筒俊彦の著作集9『東洋思想』の「四　混沌」の左記のような論考だ。

《勿論、ニーチェを始めとして、個々の例外的ケースは、挙げようと思えば幾らでも挙げることができようが、より一般的にいえば、西洋思想はカオスを嫌う。カオス拒否、「混沌」にたいする根強い恐怖とでもいうべきもの、が西洋人の心情の中核に絢いこまれているかのように思われる。／そして、この場合、カオスの恐怖は、真空あるいは虚無に対する恐怖でもあるのだ。さきにも一言したように、カオスは「無」に直結している。存在の内的無分別、無分別は、もう一歩進めば、忽ち存在の「無」になってしまう。この「無」を西洋人はまったく否定的・消極的な意味での存在否定、つまり虚無と解する。十九世紀、はじめて大乗仏教の「空」「無」の思想に触れた西洋の哲学者たちは、仏教をニヒリズムとして理解した。（略）／「無」を「虚無」と同定し、それをまた実存的に死と同定する西洋的思想傾向に対立して、「無」（あるいは「空」）を「有」の原点とし、生の始原とする考え方が、東洋の思想伝統では重要な位置を占める。この考え方を、古来、東洋の哲人たちはヨーガ的瞑想体験を通じて開発し、それを宗教的に、哲学的に、あらゆる思想の分野で展開してきた。（略）／コトバの存在喚起力（存在文節機能）については前に触れた（「光あれ！」）。絶対無分節的意識においては、いうまでもなく、コトバはまったく働いていない。意識のこの無分節的深層の暗闇の中に、コトバの光がゆらめき始める。いままで「無」意識だった意識が、自らを意識として分節し、それを起点として、存在の自己分節のプロセスが始まる。そして、その先端に、万華鏡のごとき存在的多者の世界が現出する。／意識と存在の形而上的「無」が、こうして意識と存在の経験的「有」に移行する、この微妙な存在論的一次元を、荘子は「混沌」と呼ぶのだ。東洋思想の「混沌」は西洋思想の「カオス」に該当する、と私は前に書いたが、たとえ両者が表面的には同一の事態であるにしても、それの評価、位置づけは、東と西、まったく異なる。現に、荘子のような思想家にとっては、「混沌」（究極的には「無」）こそ存在の真相であり深層であるのだから。（略）／このカオス化の操作は、今日の哲学的な述語で言い表わすなら、「解体」ということになるだろう。言語の意味分節的システムの枠組みの上にきちんと区分けされ整頓されている既成の存在構造を解体するのだ。荘子自身はこの操作を「斉物《せいぶつ》」と呼ぶ。「斉物」とは、字義通り、（全ての）物を斉《ひと》しくする、の意。物と物とを区別する境界線を、きれいさっぱり取りのけてしまう、ということ。（略）／だが人が、ロゴス的差別性の迷妄から脱却して、純粋に「一」の見所から存在を見ることができるなら、その時、人は「多」は「多」でありながらしかも「一」であること、つまり、万物は万物でありながらしかも根源的に「斉《ひと》」しいことを覚知するだろう。「多」が「多」でありながらもしかも「一」、「有」が「有」でありながらしかも「無」。常識的には論理的矛盾としか思えないこの存在論的事態を、荘子は「混沌」という語であらわそうとするのである。荘子の全哲学は、「混沌」の一語に集約される。》（初出：筑摩書房『国語通信』一九八四年十月号）

井筒俊彦はこの箇所ではイスラム哲学のイブヌ・ル・アラビーの「新創造」には触れていないが、荘子の「混沌」とジャック・デリダの「解体」などと共にその思想哲学が究極的は同じものであることを論じている。三〇ヵ国語を理解し戦後の思想哲学者の中で最も世界の思想哲学に通じていてその博学を基にして、根源的な東洋哲学の新たな展開を過去の思想価値に敬意を抱いた魅力的な文体で試みたと、私は井筒俊彦に深く敬意を抱いていた。この戦後に東洋哲学の根源的な課題を解明していった哲学者である井筒俊彦の慶応大学時代の師は、西脇順三郎であり、実はその詩論集から強く影響を受けていることが理解できる。例えば西脇の詩論の中で「結局、すべては現実である。存在するものも存在しないものも現実である。／西洋流の哲学は有の哲学で、東洋の哲学は無の哲学である。けれども、どちらも現実の哲学である。／有を感じる現実と、無を感じる現実であるにすぎない。／自分は詩情としては、無を感じさせる現実を好む。」（「詩の幽玄9」）などの箇所を読めば、西脇が直観的に自らの主観的な問題として記述した「無を感じさせる現実」に影響を受けて、井筒俊彦は多くの東洋の思想哲学を原語で読解して、最終的には荘子の「混沌」であり「斉物」であるとその根拠をある意味で共同主観的に論証していったように考えられる。私のこの井筒俊彦の〈「多」が「多」でありながらもしかも「一」、「有」が「有」でありながらしかも「無」。〉という思想哲学は、多くの詩歌などを生み出す文学者の詩的精神に内在化されていると、実作の中に共有される何かを読みながら感じていた。結局のところ井筒俊彦が、東洋哲学と西洋哲学の根底に根源的な詩的精神ともいえる東洋の共同主観的な「混沌」が内蔵されていることを明らかにしていったと私は高く評価している。

以上のような考えが根底にあり構想されたのが、昨秋の「コールサック」（石炭袋）99号で次のような呼び掛け文で公募された『アジアの多文化共生詩歌集――シリアからインド・香港・沖縄まで』だった。冒頭の部分を引用してみる。

《現在、日本人はアジアという多文化で重層的な地球の人口の60％を占める観点から自らを問われている気がする。アジアという他者であり、自らも実は極東のアジアの一員であることを自覚させられる詩歌を見出し、それらしなやかに結集させたアンソロジーを構想したいと考えている。ユーラシア大陸の極東の島国で、少子高齢化で人口も少しずつ減りだした日本は、トルコ以東の西アジア、インド・パキスタンなどの南アジア、ロシア・モンゴルなどの北アジア、ベトナム・フィリッピンなどの東南アジア、韓国・中国などの東アジアを含めた広域のアジアの四十八ケ国（約四十四億人）との交流や、国家間・民間レベルの交易などによって、最も豊かな恵みを得ている国の一つだろう。もしそれらの国々に触れた経験があるなら紹介したり、文化的に関わったりしたことを詩歌で書かれているのならぜひ作品を寄稿して頂きたい。（略）》

このような内容の公募趣意書に共感して下さった寄稿者たちの作品と編集部推薦作品の二七七名の詩・俳句・短歌から本書は成り立っている。全体の構成は、十章（西アジア、南アジア、中央アジア、東南アジアⅠ、東南アジアⅡ、北アジア、中国、朝鮮半島、沖縄、地球とアジア）に分けられている。

2 「西アジア」

一章「西アジア」の冒頭には、「ギルガメシュ叙事詩（すべてを見たる人）」の「第十の書板」が収録されている。この**『ギルガメシュ叙事詩』**は粘土書板に楔形文字で残されていた世界最古の叙事詩と言われ紀元前三千年位まで遡ることができ、最古の写本は紀元前二千年頃でありその十二書板には三六〇〇行あったと言われるが、現存しているのは二〇〇〇行だけだ。文明発祥の地のメソポタミアに数千年間栄えたアッシリア・バビロンの両国は、地中海のギリシャなどの勢力によって歴史の闇に消えていった。しかし『ギルガメシュ叙事詩』は、その後のヨーロッパの詩の歴史の源泉となった紀元前九世紀に作られた古代ギリシャのホメーロスの『オデュッセイアー』にも、同じ神々に試されて苦悩する人間の魂の在りかや、それでも勇敢に生きようとする英雄譚でもある叙事詩の系譜として、何らかの影響を与えたに違いない。その意味では古代ギリシャの文学の深層には『ギルガメシュ叙事詩』の影響があるとするならば、西洋の深層には西アジアの精神性が潜んでいると考えることは不思議なことではないだろう。つまり西洋（ヨーロッパ）の深層に東洋（アジア）が内蔵されていると詩的精神や思想哲学的な観点からは言えることができるだろう。『ギルガメシュ叙事詩』には神話的な要素もあるが、生々しい「死すべき人間」の葛藤やそれでも生き抜こうする思いが描かれている。紀元前数千年前にこのような叙事詩が口誦で伝えられて数多くの版が作られていたことは、人間の想像力や苦悩する精神世界は五千年前と実はあまり変わっていないことを示している。その古代人の精神世界から始まり、次のような現代の作者が西アジアで感受したことを様々な表現力で語っていく。

次の西アジアの作品において、現代の俳人・歌人・詩人たちは西アジアの地を足で歩いていることが分かる。**宮坂静生**の句「断食《ラマダン》のはじまる夜明け鳥渡る」では、断食の月に夜明けから日没まで水も食事も取らないイスラム教の教えを守るトルコの人びとを渡り鳥に重ねている。**片山由美子**の句「一日の終りの祈り冬薔薇」では、イランの人びととの祈る姿を冬薔薇に喩える。**つつみ眞乃**の句「中村医師の砂漠の青史とこしなへ」では、アフガニスタンで民間で医療活動や灌漑事業を行った中村医師の偉業が語り継がれることを願っている。**太田土男**の句「戦傷のシリアの母子やいわし雲」では、タイトルが「シリア一九九一年回想」となっているので、「戦傷のシリアの母子」はイスラエルから追われ隣国レバノン内戦からも逃れたパレスチナ難民であったかも知れない。**永瀬十悟**の句「夕焼に染まる岩石聖書の地」では、旧約聖書に出てくるヨルダン川やアンモン人のことを想起しているのだろう。**長嶺千晶**の句「風死すや地雷の眠る道白く」では、かつてはシリア高原と言われ今はイスラエルに実効支配されていてゴラン高原の緩衝地帯に埋められている地雷の道の恐怖感を伝えている。**堀田季何**の句「マッカとは北極よりも動かざる」では、メッカではなく正式な英語表記の発音を記した「マッカ」が用いられ、今も世界中のイスラム教徒から日に五回「マッカ」の方角に礼拝されていることを「動かざる」と記している。**栗原澪子**の短歌「写真なる哲さんの髪霜をまし滔滔たるマルワリード用水路に月高し」では、中村哲氏がアフガニスタンの農民・地元民と一緒に築いた二十四ｋｍもの用水路を月が賛美していると物語る。**藤田武**の短歌「アフガンに爆破されたる子の片足あまりに細し地《つち》に立つには」では、子供たちの未来や希望を奪う地雷や爆撃の悲劇が足元から立ち上がってくる。**福田淑子**の短歌「無差別のテロ全身が泡立ちて細胞膜の千切れる音す」では、聖戦《ジハード》の自爆テロの当事者や巻き添えになった人びとの細胞の千切れる音を聞き取ろうとする。**小谷博泰**の短歌「引き裂かれ切りきざまれたと字幕出るクルド部隊の女兵士は」では、祖国を持たないクルド民族の若い女兵士の悲劇を書き残している。**新藤綾子**の短歌「含羞《はにか》める少年はトルコ桔梗の花束を吾に差し出すメルハバメルハバ」では、恥じらう少年がトルコ桔梗を「メルハバ（こんにちは）」と言いながら渡して、それに「メルハバ」と応える作者の自然な振る舞いが爽やかだ。

詩においては、**デイヴィッド・クリーガー**の詩「イラクの子供達には名前があった」では、米軍の爆撃で殺された子供達を悼み「イラクの子供達には夢があった／彼等は夢のない者達ではない」と子供達の尊厳を突き付けている。**永井ますみ**の詩「未来の兵士」では、湾岸戦争で「劣化ウラン弾」を扱う米兵たち全てが、帰国後に障がいを抱える子供を産まないために戦争に向かう際に精液を採取し「凍結された精子」を保存させられたことを問うている。**結城文**の詩「地雷埋設地帯の鹿」では、『「危険　地雷埋設地帯　立ち入り禁止」の標識（略）／煉瓦造りの廃墟―／元シリア軍陣地跡（略）／飛び乗ったりしながら／遊んでいる／イスラエルの鹿だそうだ』とかつてはシリア高原で現在はゴラン高原と言われる紛争地帯で暮らしているのは鹿などの動物であり、戦争の虚しさを物語っている。**みもとけいこ**の詩「神風」では、「イラクの神風が／日本の風景を黄ばませる」と言われた湾岸戦争時の〈「黄色い闇」と表現された砂嵐〉により西アジアとのつながりを再認識する。**洞彰一郎**の詩「暮秋」では、「さあ、こよいは／ルバイヤートを枕に／旅人《たびと》の歌を讃え／この世との／訣別の祝杯を干すのだ」と「ルバイヤート」というアラブの四行詩が永遠に向かう際に読まれるべきものと語られている。その他では**岡三沙子**の詩「旅と焼き栗　地下宮殿の美少女――イスタンブール」では「ブルー・モスクのミナレット（尖塔）が／紺碧の空を穿つ／トルコ国の象徴に見とれる」と記す。**ひおきとしこ**の詩「いのりの地　イスラエル」では、「ヴィア・ドロローサ　石ころの坂道は往時のまま　枯れ／老いた夫人は　先ほどからひざまずいて祈る」とキリストが十字架を背負った道に佇むのだ。**井上摩耶**の詩「ハヤという花」では、〈国境をこえて／無くした茎や花びらの為に／風を使って／飛ばしたのだ／「愛」という自分の中に溢れる想い〉とハトコのハヤがシリアの手足を無くした子供たちに義足や義手を支援するNPOを立ち上げたことを讃えている。**村尾イミ子**の詩「らくだ色のコート」では、〈サファヴィー朝時代には／「イスファハンは世界の半分」といわれたほど／繁栄をきわめていたそうだ〉とかつて夫と訪ねた街を回想し夫を偲んでいる。**郡山直**の詩「アラブ文化覗き見」では、「今でも忘れることはできない／バビロンのあの小鳥も／バクダッドの市中を流れているチグリス川の魚たちも／あどけない駱駝の子どもたちも」と、湾岸戦争前のアラブ世界の詩祭であった詩人たちの無事を願っている。**比留間美代子**の詩「トルコの町角で」では、「大柄な太ったトルコ人」が、「アイスクリームを手品のように操って／売り手と買い手とで／楽しんでいた町角の小店」でトルコの暮らしを垣間見ている。**斎藤彰吾**の「バビロンの羊」では、「バビロンの森は／戦争のたびにいくつもこの世から姿を消した」と紀元前三千年に栄えたティグリス・ユーフラテス河流域のバビロンを思い起こす。**苗村和正**の詩「雨あがりの公園で」では、「戦火であけくれるシリアでは／くすぶる瓦礫のなかにかろうじてたつ少女が／小さな妹をすくいあげんとして」と報道写真を読み取る。**岡村直子**の詩「貸借対照表（令和元年度）」では、〈医師である前に／マッタキニンゲンデアッタ／「中村哲」／ココロの遺産が宙をカケメグル／／シンデナンカイマセン〉と「ココロの遺産」を心で感じている。**若松丈太郎**の詩「くそうず」では、「石油戦争はこれからもしばしば企てられよう／／われわれの文明は石油の海に漂う難破船だ／船体のあちこちに亀裂が入って／西山町草生水ではいまも原油が滲出する／われわれのはるかなご先祖の死骸から／臭水油《くそうず》がじっとりと滲出する」。

3「南アジア」

第二章「南アジア」の冒頭は、紀元前一〇〇〇年～六〇〇年ごろには作られたと言われる**『リグ・ヴェーダ讃歌』**から始まっている。一〇二八篇あると言われている中から「リグ・ヴェーダ讃歌――サラスヴァティー河の歌」が収録されている。その中の六「ヴァシシュタ（詩人の名）はここに汝のため、サラスヴァティーよ、天則の扉を開けり、恵み深き神よ、うるわしき神よ、讃美者に報酬を増し与えよ。――汝ら（神神）はつねに祝福もてわれらを守れ。」を読めば解かる通り、詩人が河を聖河として崇め、河は神々となって人間を祝福するという相互関係を築いていたことには驚かされる。これらの「リグ（讃歌）」・「ヴェーダ（知識）」によって宇宙創造を詩作し、さらにウパニシャッド哲学の帰一思想にも影響を与えた文学になったのは、尽きることのない詩的精神の源泉が存在していたからだろう。**タゴール**の「私の子供　おさな児　シバ神よ」（水崎野里子訳）では、「おお　シヴァ　幼子の神よ／知れ　私を　お前を愛する者と／お前の踊りの弟子と／教えてくれ　私に　解脱の知恵を」などのように太陽の光を神格化した神との豊かな対話が続いていく。**黒田杏子**の俳句「地に坐せばサリーかがやく胡麻を打つ」では、南アジアの国々の民族衣装サリーをまとった女性たちが、地に坐して働く姿を光り輝いていると伝えている。**影山美智子**の短歌「〈ナマステ〉と歓迎の意かおびゆるか牛の瞳《め》ひらく真夜埃道」では、「ナマステ」というインドやネパールで交わされる挨拶の言葉で、合掌して言われるらしいが、初対面なので歓迎と同時に複雑な感情が表現されている。**葛原妙子**の短歌「アジャンタの褐色の仏は水底の貝のごとくに薄目をひらきゐき」では、作者は仏陀の内面に肉薄しようと薄眼の中を覗いているかのようだ。**淺山泰美**の詩「青い罌粟」では、「沈みはじめた月の光に蒼い罌粟《けし》の花びらが幽かに顫《ふる》えている」とヒマラヤンブルーと言われる青い罌粟が月光の中で神秘的に輝いている。**坂田トヨ子**の詩「ネパールで」では、「街角の至る所に神殿やパティがあって／早朝には敬虔《けいけん》な祈りの時を持ち」とネパールの祈りに満ちた日常に共感を示している。**佐々木久春**の詩「出羽からヒマラヤへ――雲南のゆめ混沌」では、「カカルポ白く／あえぐ息の中で安らかに／バターの灯明を／香格里拉《シャングリラ》に見る／松賛林寺《しょうさんりんじ》の朝／遠く続く高原には／青ムギとヒマワリがゆれる」と桃源郷に紛れ込んだような情景を想起している。**大村孝子**の詩「ヒマラヤを越える鶴」では、「シベリアから印度まで数千キロ」を「鶴の一群はただヒマラヤを越えていく」と鶴の崇高さを伝えている。**永山絹枝**の詩「インドへの道」では、「差別撤廃の運動

364

と真理の堅持／「サティヤーグラハ」の思想／真理が我らを自由にする／決して暴力に訴えず寛容さで」とガンジーの非暴力抵抗運動の思想を紹介する。**髙橋紀子**の詩「バクシーシー（喜捨）」では、「ほら　見て下さいよ／お腹をすかせて泣き止まない／――バクシーシー／おねがいですよ／お慈悲を」と言われて、一ルピーを落としてしまい、それを拾う青いサリーの女の眼の生きること痛切さを忘れることができない。**菅沼美代子**の「掲げる」では、「チベット高原の人々は／タルチョという旗に／ことばや　文字や　絵をかき／天に届くように掲げる／と　歓びの歌声が大地に響き渡る」と小児科病棟の少年の願いを伝える。**室井大和**の詩「天心とタゴール」では、「我を揺さぶる潮騒／白波が騒ぐ／天心の魂よ／タゴールの哲学よ／我の澪標となれ／松脂の香りがする五浦の海よ／蒼天よ／琥珀色の太陽よ」と茨城県五浦での岡倉天心とタゴールとの友情を伝える。**星野博**の「マドラスの熱狂の夜」では、「感情のすべてを出して映画を楽しむこの国の人たち／本当にうらやましい（略）／外はベンガル湾からの涼しい風／子供たちが親と手をつないでうちに帰って行く」とインドでの映画鑑賞の一夜を物語る。**日高のぼる**の詩「サラーム」では、「おはようもこんにちはもこんばんはも／あいさつはサラームという国／パキスタン」と「平和への道を歩むアジアの友人へ」エールを送っている。**万里小路譲**の散文詩「マザーテレサの願い」では、「貧しい国々の多くの貧困にもまして、富んだ国の貧困がいっそう貧しい。互いにほほ笑みあう社会を実現するにはどうすればいいのか」とわずか二枚のサリーをまとったマザー・テレサが残した実践思想を問いかける。**亀谷健樹**の詩「獅子《しし》吼《く》」では、「ヴァイシャリの／アショカ王石柱の／絶頂の獅子は／なぜか東方に向かって　吼える／／佛教東漸《とうぜん》の告知か／いや　常に呼びかけてくる声／私を確かに呼び寄せるもの」と僧侶である作者が仏教の原点を辿る。**香山雅代**の詩「なにかが　ほんのすこし」では、「持続する主音／寸分　狂わぬ　右手が／打ち　つづける　シタールの韻の中心に／身をしずめている」と北インドのシタールや竹製横笛バーンスリーの世界に誘ってくれる。**間瀬英作**の「ユーラシア劇場の人びと」では、「シッキム固有の民は普通レプチャと称せられる蒙古人種の末派である」が、「ぼくにとってのレプチャとは、高所のハイキングに不慣れなぼくたちの荷物をゾッキョ（牛とヤクの混血）の背に載せたりじぶんでかついだりする人」と言い、その最後の王について語っている。**小田切勲**の詩「サム砂丘で　あったこと」では、「まわりには瞬時に多民族の人々の輪　輪／雑多なかけ声／手拍子　足踏み／ヒゲ面　ターバン　鮮やかなサリーがひるがえり／ヨーロピアン　太ったのやせたのが　混じりあい／砂ぼこりが舞いあがり」と砂漠の上での自然発生的な国境を越えた交流を描いている。**松沢桃**の詩「ベナレスにて」では、「川の水を手で掬ってみる　陽にこぼれる水は　色はついているが透きとおっていた　一瞬美しいと　内心のこえ（略）／川面に瞳を凝らしてみれば　ながれてゆく獣らしき屍骸が　ある／岸近くで沐浴する人々は川の

水で口を漱《すす》ぐ　ヒマラヤの雪どけ水に端を発する大河ガンジス」と川の水を味わっている。

4「中央アジア」

三章「中央アジア」では、シルクロードに関わる作品が寄せられている。**馬場あき子**の短歌「匂ふといふ色雪にあり烏魯木斉《うるむち》の空に天山は暮れ残りゐつ」では、新疆ウイグル自治区のウルムチから天山山脈を眺めて、「匂ふといふ色」を雪に感じている。**加藤楸邨**の句「ゴビの鶴夕焼の脚垂れて翔《か》く」では、過酷なゴビ砂漠でも鶴は夕焼け空に優雅に懸命に舞っている。**能村登四郎**の句「胡人泊めし夜深の空の霾《よな》にごり」では、「中国より泊りの客はウイグル人なり」との前書きがあり、作者が春に黄砂によって曇り空になるという「霾《よな》ぐもり」を「霾《よな》にごり」と独自に言い換えている。ウイグルの友人と話しながら夜深の空が黄砂で「にごり」を増していると感じたのだろう。**杉本光祥**の句「僧院の裏鳥葬の鷹舞へり」では、チベットの僧院裏で鷹による鳥葬が行われているその本来的意味を噛み締めている。**照井翠**の句「楼蘭の木乃伊抱けば沙の音」では、ウルムチ市で発見された紀元前19世紀の「楼蘭の美女」と言われる木乃伊が愛しくなり抱きしめると古代の興亡の歴史が甦ってくるようだ。**山田真砂年**の句「緋のカンナ終生路上で生活す」では、インドの最下層の路上で暮らす民と「緋のカンナ」を重ねてこの世に生きる尊厳を暗示している。**秋谷豊**の詩「吐魯番《トルファン》」では、「アレキサンダーの夢を見た／蚕が糸を紡ぐ古い夢だ」と不思議な夢を語り始め、「天山北路の絹の道を越えてきたのは／木と絹の弦でできたトンプラだ／黄河の絹が／はるか西の地中海の町まで運ばれていったのは／大王東征よりのちのことである」というように楽器と絹が交換されることを夢想する。**森三紗**の詩「ビビハニム・モスクに別れを告げて」では、「丸い何日置いても食べることの出来る　ナンというパンの暖かさが伝わってくるサマルカンドの裏街　遠く雪を抱いている　パミール高原へ続く山々が見え　青いビビハニム・モスクのドームの屋根が空に浮いている」とウズベキスタンでの結婚式の在りようを伝えている。**池田瑛子**の詩「山の文化館で」では、〈登山家の詩人秋谷豊さんは／深田久弥の「中央アジア探検史」をめぐって話され〉、「フランスの登山家ジュプラの詩／いつか山で死んだら／古い山の友よ伝えてくれ／フランス語で愛唱していた深田久弥の訳詩という」中央アジアを愛した深田久弥、井上靖、秋谷豊たちの想いを伝えている。**草倉哲夫**の詩「アムダリア河畔の種売りの娘」では、〈アムダリアの大きな鉄の浮橋を／夕暮れ時に悪魔の子が渡ってきた／「ねえさんひまわりの種いくらだい」〉と呼び掛けた悪魔の子を撃退する少女の機転と言葉の巧みさを描いている。**神原良**の詩「砂漠の　影」では、「うつろい易い砂の予感／埋《うず》もれた湖《うみ》の輝よい／／乾いた雨音　太古の…／遠い　海なかの横笛《フルート》」と、かつては砂漠が湖であったり、海であったりした痕跡が残っているのであり、その地球の生きている歴史を砂漠の「影」から汲み上げている。**谷口ちかえ**の詩「天の星・地の星」では、「海の底が隆起して／三億年の時が刻んだカルスト・石林／古代の地殻変動が／五千を超える二つの峰を分けたところ・虎跳峡《こちょうきょう》」と、その16キロにわたる峡谷のスケールを伝え、またその雲南省にも攻め入った日本軍のことにも触れている。**埋田昇二**の詩「莫高窟《ばっこうくつ》一五八窟――佛涅槃像　西壁」では、六百もの洞窟の中には二千四百ものもの仏像が収められていることだが、作者は一五八窟に入り、「（ぼくも仲間入りして）／羊水に漂いながら捨て子になった夢をみている／霊のまま／あなたの胎児になって／いつまでも／あなたの水子でいたい」とその魅力に惹き込まれていく。**安森ソノ子**の「楼蘭の美女」では、「タリム盆地のタクラマカン砂漠まで来た甲斐がありました／草で編んだ面覆をそっと掛けられ／雁の羽を一本挿したフェルトの帽子をしっかりとかぶり／仰臥の姿勢で永眠の旅につき―」と、作者は愛しい人に再会したかのように克明に記している。**山口修**の詩「信仰」では、「チベット・ラルンガルゴンパの仏僧は／父の死から僅か三ヶ月後に亡くなった母を／鳥葬で弔う　亡骸は人の手で骨肉を砕かれ／禿鷹が群れ　全てを食い尽くす」と、現代文明では想像もできない鳥葬を伝統として行ってきた信仰の意味を問いかけてくる。**下地ヒロユキ**の詩「鳥に啄《ついば》まれるために」では、「僕の全身全霊は呟く。僕が死んだら鳥葬にしてくれ、」と言い、「だから鳥たちよ、思う存分、食べておくれ僕を、僕であった眼球、耳、脳髄、心臓、はらわた・・・。あらゆる気管のひとつひとつが鳥たちの胃袋に収まり、鳥とともに天空に舞い上がるだろう。」と「鳥葬」こそが再生するための有効な葬儀の方法であると語っている。**林嗣夫**の詩「大黄河」では、〈チベットの若い僧がでてきて／鳥葬される死者を前に／こう語っていた／「人を殺した者も　馬を盗んだ者も／裏切り者も／みな　極楽浄土へ旅立つことができる……」と紹介し、若い僧と高校野球の選手たちの顔立ちが似ていることに対して、人を救済したり励ますことの意味を問いかけている。

5「東南アジアⅠ」

四章「東南アジアⅠ」ではミャンマー、タイ、カンボジア、ベトナム、マレーシア、シンガポールなどの東南アジアの北部の作品が収録されている。**角谷昌子**の俳句「乳海攪拌《にゅうかいかくはん》大蛇は鱗落しつつ」では、不老不死の霊薬「アムリタ」を奪い合う神々とアスラ（阿修羅）が戦い、天地創造を引き起こす「乳海攪拌」の神話を描いたアンコールワットの壁画が剥落していくのを憂いている。**中永公子**の句「菩提樹のねじれ花噴く　崩壊仏」では、アユタヤ朝の仏教遺跡の破壊された崩壊仏が菩提樹のねじれた根や野の花に囲まれているのを目撃した衝撃だろう。**高野ムツオ**の句「アオザイや国の形も女体にて」では、ベトナムが魅力的な国で数千年前から中国、フランス、日本、アメリカから侵略されてもしなやかに反撃し決して負けない美しく強靱な国であることを物語っているようだ。**秋野沙夜子**の短歌「参道に手製竹笛奏でるは内戦犠牲者傷い軍人」では、アンコールワットに憧れてその遺跡を見る夢は実現できたが、内戦犠牲者の傷い軍人が竹笛で奏でた「赤とんぼ」の曲が胸に響いた。**中田實**の短歌「この部屋の床にぞ　血・血・血　生生と血塗れの床二百万民《たみ》の」では、一九七五年から一九七九年にわたるポルポト政権の統治により罪もない二百万人が虐殺された悲劇がなぜ起こったのかを問い続けている。**座馬寛彦**の短歌「メコン川おのが記憶を食って吐き苦りもにごし〈今〉に居直る」はメコン川源流から流域でしたたかに生き抜いてきた東南アジアの多様な民族の記憶の苦さと希望を暗示している。**金子光晴**の詩「女たちへのエレジー」では、「ステレツの日本女《にほんをんな》たち。よごれ浴衣《ゆかた》一枚でしだらなくねそべつたあの女たちの腹の上を、紅殻色《べんがらいろ》の翅《はね》をおつ立てて、大きな油虫奴《め》の一群《いちぐん》が風を起して翔《と》びわたる。」と、ステレツ（戦前のシンガポールの花街）での女たちへの悲歌《エレジー》を男の加害者の一人として赤裸々に記している。**小山修一**の詩「ヤンゴン――『ミャンマーの旅』より」では、「「ビルマの竪琴」の国の日常に足を踏み入れた僕は戸惑いながら笑顔をつくり／マンゴスチンとバナナを買い求める」、そして「日本人墓地に向かう／ここは太平洋戦争下七万二千人の日本兵が亡くなったといわれている白骨街道の国なのだ」と、日本人司令官の無謀なインパール作戦で亡くなった兵士たち、それに関わった他国の人びとに線香を手向けている。**安部一美**の詩「水上の家」では、「カンボジアのシェムリアップから程近い／東南アジア最大のトンレサップ湖は／伸び縮みする湖として知られている」と言い、この湖上には筏上の上に建物が立ち、一万人以上が暮らしていることを紹介している。**吉村伊紅美**の「夕陽のしずく――ミャンマーの友へ――」では、「長い髪を独特の髪型に高く結いあげ／金色の櫛を挿し／ロンジーの裾さばきも軽やかに踊る水鳥の舞／岸辺の花とせせらぎが囁き合うミャンマーの舞踏」と、音信不通となった民族衣装のロンジーを着て踊る友からの便りを心待ちにしている。**志田昌教**の詩「からゆきさんの辿った道」では、「外貨を稼げる有効な手段と／逆に奨励をした文化人がいた／万民の自由と平等を掲げ／教育史に名を残す彼《か》の偉人だった」と、きっと福沢諭吉を指しているのであろう「からゆきさん」の存在で利益を貪った者たちの歴史を告発している。**西原正春**の詩「神々の供《そな》へに」では、「私に逡巡《しゅんじゅん》はない／私はうしなわれた／神々の供へに／私も行く／すべて古いことの終焉《おわり》に／すべて新しいことの嚆矢《はじめ》に／私は一枚のしへんと化し／私を需《もと》めた民族の次の日のために行く」と、ビルマ戦で死亡したプロレタリア詩人の逆説的で遺書のような思いを感じ取れる。**呉屋比呂志**の「ビルマ戦線――西原正春の戦闘幻視」では、「彼はついに発砲しなかった／引き金を引いたが／照準していなかった／撃つより撃たれる方が／突き刺すより刺される方がいい」という西原正春の非戦の思いを後世に伝えている。**根来眞知子**の詩「いつから」では、「かつて東南アジアの香辛料は／金と同じで取引されたとか」、「この前食べたタイの生春巻き／パクチーのパンチのある匂い／決してかぐわしいとはいえぬ／あの匂いに慣れて／おいしいと思ったのは／いつから」と、東南アジアの香辛料が生活を潤していることを告げている。**安井高志**の詩「鉄橋」では、〈橋の名前はどうやら「メクロン河永久橋」というらしかった。第二次大戦中、ビルマ占領を契機に作られた泰緬《たいめん》鉄道の一番の難所で、多くの捕虜兵が意志のない歯車として日本軍に強制労働をさせられた場所だった。／「こんな悲しい歴史があるんです。私たちもその事を決して忘れては……」と、タイとミャンマーをつなぐ映画『戦場にかける橋』で知られている泰緬《たいめん》鉄道建設の「悲しい歴史」に触れている。日本軍が連合軍の捕虜や数十万とも言える「ロームシャ（労務者）」を使って建設を進め、多くの犠牲者を出して完成させ英国から「死の鉄道」と呼ばれている悲劇は決して忘れてはいけないだろう。**志田道子**の詩「エラワン哀歌」では、「エラワンの祭壇に香を捧げる人々／何かの運命に導かれてここに来た／まさにこの時この一点で交わった」と、タイの多くの人びとを惹き寄せる祈りのパワースポットで、何度か繰り返される爆破事件の謎に触れている。**宇宿一成**の詩「国道一号線」では、「ベトナムは／もともと北部の国だった／南下して／チャンパ王国を奪った／少数民族、たくさんいる／ロンさんがそう教えてくれる」と、世界遺産のミーソン遺跡を作り出したチャンパ王国を滅ぼしたベトナムが多民族国家であることを伝えている。**太原千佳子**の詩「ひとこと」では、「私が出かけたとき　あなたはまだ娘だった／いま　あなたは子供たちに囲まれている／ひとりを抱き　ひとりを背負い／ひとりを足にすがらせ　ひとりの手を引いている／／これはヴェトナムで見つけた写真集「わが祖国」のなかの写真に添えられた詩。」と「農耕民族の詩」を引用してベトナムの家族愛と稲作の豊かさを物語っている。**美濃吉昭**の詩「スーチンの女」では、行方不明だったリトアニア生まれの画家スーチンが描いた絵が、シルクロードの海路を経て「百年の旅／おそらく／ベネッチア　イスタンブール／ドバイ　シンガポール／ハイフォン　長崎／港町を転々とながれ……」て、日本のテレビ番組「なんでも鑑定団」に現れた驚きを伝えている。**天瀬裕康**の「ベトナム証跡紀行」では、「南ベトナム解放民族戦線ことベトコンや／北ベトナム兵士の隠れていそうな森林に撒かれた／ダイオキシンなど猛毒の枯葉剤八万キロリッター／「ベトちゃん・ドクちゃん」の第二世代を超えて／第三世代にも催奇形作用をもたらすのであった／それが分かるのは後日だが／この犯罪性は大きい」と、米軍がベトナム戦争で使用したダイオキシンの枯葉剤がベトナムの民衆の遺伝子を破壊した戦争犯罪を広島原爆の被爆者でもある作者は記している。**萩尾滋**の詩「メコン――黄色い澱み」では、「始まりの　メコン／中国　ミャンマー　タイ　メコンデルタへ／河は　国々を分かち　言葉をたがえ　人々を裂く／争いの涙と暮らしの汗の砂粒を　寄せ集め／流れの中に黄色く濁り　透明な水の匂いを失う」と、チベットの奥地の一滴から始まったメコンがその流域を広げてメコンデルタ地帯を生んだが、基は一つであった国々は「言葉をたがえ　人々を裂く」争いごとを繰り返して歴史を作り上げてきた。**水崎野里子**の詩「シンガポールにて――歩く」では、「多元の古い歴史が今　多元の総合文化へ　再生している今　シンガポール　新しい独立アジアの国　エネルギーに満ちる　熱帯雨林を　見事　ハイカラ都市に　変えた国」と、アジアの中でも経済・文化・教育などの多くの分野で発展を遂げているシンガポールを讃美している。**貝塚津音魚**の詩「マレーシア思郷の唄」では、「昭和50年代日本の会社が海外に生産拠点を展開／気候風土／社会環境／人／言葉／宗教／マレーシアという全く違った世界で／朝から起こる／激しい雷雨のスコール・道路の冠水／唯一同じなのは／人間であり・寝食・会話して・生きて居ること」と、猛烈なビジネスマンとして生きてきた作者がマレーシアの人びとへの友愛を語っている。**長谷川破笑**の詩「炎天下問我――マレーシア紀行」では、「マレーシアは他民族（マレー人、華人、インド人、他）、多言語（マレー語、英語、広東語、タミール語）、多宗教（イスラム教、仏教、ヒンドゥー教）が融合せず共存共生しているユニークな国である。」と言い、また「多民族多言語多宗教それに加えて省略の文化。国民の生活の優先度は一に宗教、二に家族、三、四がなくて、五に仕事のようである。素晴らしい。」とマレーシアから学ぶべき「多文化共生」を指摘している。**玉川侑香**の詩「スンジョノ」では、「人手不足のためジャワで徴用された少年工たちは／食事もろくに摂っていなかった（略）／そこへ　マラリヤかアメーバ赤痢か（略）／その夜／スンジョノは　死んだ」というような作者の父の少年工を死に追いやった慚愧の思いを詩に記した。

6「東南アジアⅡ」

五章「東南アジアⅡ」には、インドネシア、東ティモール、香港、台湾、フィリピン、南太平洋の島々などの作品が収録されている。**鈴木六林男**の句「落暉無風煮えゐしは糧の青バナナ」では、中国戦線からフィリピン戦線に転戦し、夕暮れ時に食料もない兵士が命をつないだのは青バナナの煮物だったのだろうか。**前田透**の短歌「王の子《ラジャ》と肩くみ歌ふトラックの荷框《がけう》に風は打ち当るなり」では、「昭和十七年より同二十年十二月迄チモール島に原住民と暮す」という前書きがあり、占領していた東ティモールでは大きな戦闘がなく終戦になったようだが、作者と「王の子」の間には友情が芽生えていたように思われ、貴重な戦争詠が記されている。**洪長庚**の短歌「胆疾を纏《まと》ひて癒ゆる日を知らぬ侘《わ》びしさに詠む敷島の道」では、台湾の歌人が生涯をかけて和歌を詠むという敷島の道を志していたことが読み取れる。

星野元一の詩「バグース・父」では、「昭和二十一年春、父はボルネオのバリクパパンから帰ってきた。ハマダラカの勲章をつけた二等兵となって。その後の父は怒ることがなかった。子どものような上官にいじめられたからだ、と子どものわたしに母はいった」そうだが、父は相撲を見ながらインドネシア語でバグース（すばらしい）と言っていた。**朝倉宏哉**の詩「トラジャの樹」では、「インドネシアのスラウェシ島の／トラジャでは／嬰児が死ぬと／樹に埋葬する／／立木の幹に穴を穿ち／死児をおさめる／むしろでふたをする／樹の生育につれて／穴はふさがる」という。母親たちは森を訪れて樹を抱きしめて泣くそうだ。**なべくらますみ**の「川の流れに（インドネシア・ダヤックの場合）」では、「切り落とした鶏の首／祈りの歌のあいだ／両足を握られてもがいていた／そしてあしたは／滅多にないご馳走／ソト・アイアムに／あるいはゴレ・アイアムにされる」と、かつては首狩り族と言われたダヤック族の暮らしの中に入り込んで紹介している。**山本衛**の詩「海のソネット／二題」では、「砂岩のすべり台をつかって海へ下りると／透き通った海溝の中で／たった今　スンダ列島を越えてきたブダイの群れが／虹色の日の光をはね返している」と言い、「スマトラ島・ジャワ島などインドネシアやブルネイ・マレーシアなどの東南アジアの列島」から日本までを回遊するブダイの群れの動きを辿っている。**北畑光男**の詩「ことばの汀」では、「運転手さんは話し続けます／インドネシア語と英語と日本語で／（日本モ津波、洪水、地震ソレニ噴火ノ国ネ／（日本原発事故ノ国ネ／（ボクノ家族／（海ニ流サレタ」と、津波被害の体験を共有し合っている。**石川樹林**の詩「香港の君たち」では、「遺書を書く君たちを知りました／愛する誰に　何を書いたのでしょう／短い命を覚悟するなんて」と一国二制度という香港の表現の自由や人権を守る香港の若者たちの決意に共感している。**梅津弘子**の詩「マスク」では、「自由が身についた香港人／逃亡犯条例　再び香港には帰れない／豊かな生活より　自由を選ぶ香港人／自分が　香港人だったら／黒いマスク　黒いシャツ／デモに行くだろう」と、一人の人間として香港人の「黒いマスク」をしてデモに参加することを支持する。**門田照子**の詩「重たい空気」では、「子守り　犬の散歩　掃除　洗濯　買い物／休む暇もなく用事の多いメイドの時間／／香港の喧騒のエネルギーを支える／辛い女のたくましい細腕／差別の中を生きる女たちの吐く息の重さ」と言う、フィリピンから出稼ぎに来ている女たちの逞しさと苦悩を伝えている。**周華斌**《チュウフワビン》の『一番星の伝説―「台湾人元日本兵士の補償問題を考える会」を結成した王育徳先生へ―』では、「台湾人の宿命なのか／補償の請求に協力してくれる味方はいないのか／溜息をついて諦めようとする夕暮れに／日本の方角に突然現れた一番星は／一番早く夜明けの方向に導いた」と、台湾出身の元日本兵たちへの補償問題を提起し実現させた活動を伝えている。**近藤明理**の詩「亡命者の帰郷―王育徳紀念館《おういくとくきねんかん》の創立―」では、〈父の大好きだった唱歌「故郷」／志を果たして／いつの日にか帰らん／山は青き故郷／水は清き故郷／国を出て七十年／亡くなってから三十三年／今父の魂は晴れて故郷の土を踏む〉と、台湾独立運動の思想家・実践者であった「父の魂」の帰郷が実現されたことを報告している。**龍秀美**の詩「潮音寺」では、「ついに日本人にはなれなかったそして台湾人にも／元日本人であることによって忘れ去られた台湾人／嵐の日には10万人の日本兵たちと一緒に叫ぶのだ／顔面に叩きつけるバシー海峡の潮風に／力いっぱい叫ぶのだ」と、「輸送船の墓場」と言われ中国戦線の兵士たちをフィリピンに送った輸送船などは米軍の潜水艦に撃沈されて少なくとも10万人が亡くなった。作者は流れ着いた遺体を台湾人が涙を流して潮音寺に葬ってくれたことを想起させてくれる。**酒井力**の詩「M葬送」では、「Mの魂は／ひそかに海原を漂いながら／悲惨な残影を追い／その一つひとつを　拾い集め／自分のなかに織り込んでいく／／人は全体の権力の前に屈し／一兵卒として立派に死ぬことが／国の誉《ほま》れとされた時代／いったい誰が／誰のために戦った戦争だったのか」という、叔父を亡くした作者の戦争の無意味さを突き付ける問いが響いてくる。**志田静枝**の詩「台湾の地を再び踏みたい」では、「何という山だったのか尋ねたいが／もう父はいない／私の中で台湾は幻のようで／故郷のようで懐かしく／ずっとこれからも私の懐に咲く／シャクナゲの香りが／いつまでも漂っている」と、作者は幼少の頃に暮らした台湾のことをシャクナゲの香りと共に故郷のように感じている。**佐々木洋一**の詩「骨骨《こつこつ》」では、「安さんが　闇を買ってくれと言うので／闇を買うことにした／人闇　二〇〇ドル　あまりの安さに悲しくなる／闇の向こう／安さんのハイヒールの踵が／骨　骨　うそぶいている」という詩行の「人闇」と言う造語に込めた人間社会の計り知れない闇の深さを暗示する。**星清彦**の詩「望郷の地　台湾」では、「少年期まで過ごした台湾の事を／何故か父は話したがらなかった／唯ひとつ十四才で志願した少年飛行兵の話だけは／機嫌よく話してくれたことがある」と言い、十四歳で戦場に行く覚悟をして少年兵になった父の沈黙の重さを伝えている。**橋本由紀子**の詩「霧中に立つキリン首　ビンロウヤシ」では、「ビンロウヤシの実を舌で回し／時々座席下に吐き出す／高速バス運転手（略）／世界を／少しかじっては　吐き出す／右窓の窓を確認　ルンとつぶやき発車／キリン首を越えて／台湾一周ツアーの始まり」と、植物に関心のある作者はビンロウヤシを通して台湾の人びとを理解しようとしている。**清水マサ**の『「希望の国」の末路』では、「我が家では　身籠った新妻を遺して／二七歳の叔父がフィリピンのルソン島で戦死した／／七〇年が過ぎた今　歳月は　すべてを消し去り／その道を引き返そうとでもいうのか」と、戦争の悲劇を語り継ぐ声を絶やしてはならないと警鐘を鳴らしている。**秋山泰則**の詩「高雄の空」では、「耕一さんは高雄の上空でなくなった／小さな木の箱の中で石になって帰ってきた（略）／ぼくは心の中に平和がないことを知った／戦争が無いことが平和なのではなく／平和は戦争をさせない人間の心にあることを知った」と、「高雄の空」を見上げて不戦を誓うのだ。**かわかみまさと**の詩『「赤とんぼ」の車輪』では、〈機体は木製の骨組み／羽根は粗い布張り／いさぎよく燃えるには申し分ない／昭和20年7月28日早朝／「赤とんぼ」八機は台湾の基地を出発〉し、〈「赤とんぼ」は嘉手納沖に屯《たむろ》する／米国の駆逐艦一隻を撃沈し／艦船二隻を大破した〉という特攻隊を生み出した日本軍の狂気と若者達の悲劇は語り継がれなければならない。**長津功三良**の詩「夜の底」では、「真夏のフィリピンに行った／貧富の格差が激しい　実質貧困の生活から　抜け出せない（略）／このスラムでも　パンツ一丁で　人らは生きている（略）／僅かな金で　人を刺したり　臓器移植のために　二つあるものは／一つ売ったり　そう家族が生きていくためには　何でもやる世界が／ここには　ある」と、作者は被爆後の広島での壮絶な体験と重ねている。**中川貴夫**の詩「沈丁花」では、「戦争に敗れた日からこのかた　私には辛い時間でした　しかし今でも忘れられない事は　日本の領土であった南洋の島々の緑のきらめきです」と、介護職員をしていた作者は海軍兵学校の教官をしていたYさんの重たい戦争体験を記している。**あゆかわのぼる**の詩「微熱の伝説――あるいは令和元年9月28日――」では、「父　大工　昭和18年病死　47歳／長兄　満鉄社員　昭和20年6月戦死24歳／ボーゲンビル島ルンペン／ほとんどの兵士が餓死か病死」と言うように、作者は墓誌に刻むように詩を記していき、「少しきな臭い砂浜の嵐」と後世を憂いている。**工藤恵美子**の詩「南洋の木鉢」では、「テニアン島へ何度目かの慰霊の旅で知り合った　パラオ大学の先生から教えていただいた／―パンの木に魚が上ってくる話はギプダル島の話以外はない。」とパラオの神話伝説によって父への鎮魂の旅が豊かになっていく。

7「北アジア」

六章「北アジア」には、ロシア、モンゴル、縄文、アイヌに関する北方志向の作品が収録されている。**宮沢賢治**の詩「オホーツク挽歌」で「おほきな赤いはまばらの花と／不思議な釣鐘草《ブリーベル》とのなかで／サガレンの朝の妖精にやつた／透明なわたくしのエネルギーを／いまこれらの濤のおとや／しめつたにほひのいい風や／雲のひかりから恢復しなけ〔れ〕ばならないから」と、妹の死の痛手から立ち上がるために「透明なわたしのエネルギー」を感受させてくれる。**与謝野晶子**の短歌「水《み》づきたる楊《やなぎ》の枝《えだ》もシベリヤの裸足少女《はだしおとめ》もあはれなりけれ」と、**望月孝一**の短歌『絶望のはての堕落を救うもの「そは子供なり」チェーホフの背骨』はシベリヤと流刑地サハリン島での絶望と希望を語っている。**畠山義郎**の詩「韃靼海峡―安西冬衛追想」で「間宮林蔵が発見し／シーボルトが西欧にもたらした／大陸とサハリン島の地峡よ」と韃靼海峡（間宮海峡）を詠った安西冬衛を追想している。その他の**鳴海英吉**の「歌、墓、鶴」、**田澤ちよこ**の「見たことのない花」、**猪野睦**の「ノモンハン桜」、**窪田空穂**の長歌「捕虜の死」、**近江正人**の「吹雪く夜に」、**渡辺恵美子**の「俯瞰」、**中林経城**の「ノワノフカ」、**森田美千代**「カラカラと音がする」などの詩や長歌は、ノモンハン事件やシベリア抑留に関わる戦争について自らの経験や父や子の抑留経験や戦争によって影響を受けた人びとを記したものだ。**青木みつお**の「フジタと竣介」、**中山直子**の「父の写真とロシアの鐘」、**うめだけんさく**の「ルパシカ」、**古城いつも**の「マレーヴィチ――ロシア・アヴァンギャルドに奉げる」、**草薙定**の「賛成ですか」などの詩は、何度も戦火を交えたロシア対する複雑な思いやロシア文化への畏敬の念など多様な視点で書かれたものだ。**州浜昌三**の「張家口《ジャンジャコウ》の崩れたレンガ塀」、**佐々木朝子**の「線（Ⅱ）」、**堀田京子**の「モンゴル紀行―ゲルの生活」、**名古きよえ**の「モンゴルのミニ競馬」、**比留間美代子**の「モンゴルの空と風と声」などの詩はモンゴルの文化や暮らしに触れた詩や、子供の頃に暮らしていたモンゴル・中国国境付近に再訪したり、内モンゴルの文化などに触れその時の出会いを記した詩篇だ。**徳沢愛子**の「神の魚」、**鈴木春子**の「イランカラプテの歌」、**若宮明彦**の「海峡風」、**甘里君香**の「縄文ｂｒｅａｔｈ」などの詩は、日本列島の基層である縄文文化やアイヌ文化などに触発されてそこにもう一度立ち立ち返って再生の可能性を探っている詩篇だ。

8　「中国」

七章「中国」は、紀元前一一〇〇頃から六〇〇年頃の北方の黄河流域で朗誦されていた詩を基にして紀元前五〇〇年頃に孔子によって編定されたと言われる『**詩經國風**』の「汝墳」から始まる。この詩集は中国最古の詩集で作者名は明らかにされていない。「國風」とは諸国の民謡の一六〇篇を指している。その中の「汝墳　三」を引用する。「魴魴魚赬尾《ほうぎょうていび》／王室《おうしつ》燬《や》くが如《ごと》し／即《すなわ》ち燬《やく》が如《ごと》しと雖《いえど》も／父母孔《ふぼはなは》だ邇《ちか》し／通釈／魴という魚は苦労すると尾が赤くなるものであるが、わが夫も、この動乱時代に王室の火の中にいるようなきびしい命令で苦労をして顔色は痩《や》せ病《つか》れている。今後はどんなに王室の命令がきびしくても、身近の父母のことを考えて再び戦争に行かないようにして欲しい。」などを読むと、一般的に「詩經」は抒情詩で、この影響もあり、日本の詩は日常を詠う「瞬間的な抒情詩」が主流になっていったと吉川幸次郎の解説は理解できる。ただ広い意味でこの詩を鑑賞すると、戦争を憎み平和を愛する民衆の抵抗精神を読み取ることは可能だろう。「詩經國風」が日本の抒情的な民衆詩となって『万葉集』につながっていくことは、その地域性や民衆を大切にしてその真実を伝えていこうとする詩的精神があったからに違いない。紀元前一〇〇〇年頃から黄河の流域でこのような「詩經」が謡われていたことは、メソポタミアの『ギルガメシュ叙事詩』やインドの『リグ・ヴェーダ讃歌』に匹敵する文化的な価値があるだろう。

そんな「詩經」を始めとした中国の古典文学に影響を与えられた松尾芭蕉を始めとする文学者たちの作品も次のように収録されている。

松尾芭蕉『おくのほそ道』では、『「国破《やぶ》れて山河《さんが》あり、城春《しろはる》にして草青《くさあを》みたり」*と、笠打敷《かさうちしき》て、時のうつるまで泪《なみだ》を落とし侍《はべ》りぬ。／夏草や兵《つわもの》どもが夢《ゆめ》の跡　（＊杜甫「春望」）』と芭蕉にとって杜甫はいつも傍らにいたように感じられる。


次に収録された俳人と歌人と詩人たちの中国に触れた作品を引用する。「渋柿も熟《う》れて王維の詩集哉　**夏目漱石**」「金州城外　なき人のむくろを隠せ春の草　**正岡子規**」「拾得《じっとく》は焚き寒山《かんざん》は掃く落葉《おちば》　**芥川龍之介**」「涅槃寂静相　冬日没《い》る金色の女體かき抱《いだ》かれ　**山口誓子**」「砲音に鳥獣魚介冷え曇る　**西東三鬼**」「額《ぬか》日焼けて北方黄土層地帯の民　**金子兜太**」「昭和十六年暮、南京城外にて鈴木六林男と会ふ　会ひ別れ霙の闇の跫音追ふ　**佐藤鬼房**」「氾濫の黄河の民の粟しづむ　**長谷川素逝**」「星月夜シルクロードの端も見ゆ　**能村研三**」「万緑や千年前の騎馬軍団　**渡辺誠一郎**」「屈原の消えし青野にしやがんだる　**恩田侑布子**」「大陸に残りし墓や時雨虹　**日野百草**」

「銭塘江　たゝかひの日にくづしたる　石垣の荒石群《アライシムラ》や―。民は還らず　**釈迢空**」

「孔子廟辟雍殿　辟雍殿《へきようでん》の石階に差せる日《ひ》の光乾隆《ひかりけんりゅう》ここに学《がく》したまひき　**斎藤茂吉**」

「ころぶして銃抱《かか》へたるわが影の黄河の岸の一人の兵の影　**宮柊二**」

「教科書に載る〈南京〉を金輪際《こんりんざい》消しに来るなり赤黒き舌　**吉川宏志**」

「タクラマカン砂漠の果てのバザールに買ひしと絹のチーフ送らる　**伊藤幸子**」

「香港を見ている吾らの表現の自由も突っ立つ断頭台の前　**今井正和**」


その他には日本と中国との民間交流や中国戦線での体験や歴史認識を新たにしてくれるなどの詩篇の中で最も印象的で重要な詩行を紹介したい。

田中詮三の詩「日中友好ニコニコ」では、「つつましい庶民の心が通い合う」。**前田新**の「馬の話」では、「詩人の北川冬彦が／馬、〈軍港を内蔵している〉という奇妙な短詩を書いたのは／一九二八年、張作霖を爆死させ／大量の馬を船に乗せて大陸に送った時だと言う」。**則武一女**の「国慶節」では、「十月一日が中国の国慶節です／技術を持っている人が奉仕します」。**古谷久昭**の「遁天の刑」では、『荘子に「遁天《とんでん》の刑」ということばがある／自然に背いた者には／自然が怒って刑罰をあたえるというのだ』。**松田研之**の「おい、いるか」では、「木山捷平さんが満州から引き揚げてきたのは１９４６年８月であった」。**速水晃**の「御国のために」では、「日本ヨイ國　キヨイ國　世界ニ一ツノ神ノ國（略）／赤紙一枚　学業から引き剥がされ／替わりはいくらでもある／と野晒しに」。**上手宰**の「におい棒」では、父がよく読んでくれた「私たちのお気に入りは『西遊記』で觔斗雲《きんとうん》に乗った悟空が耳から如意棒を取り出し／巨大な獲物にして戦うのが痛快だった」。**外村文象**の「中国との信頼」では、「一歩一歩と足元を踏みしめて／心を交し合って行かねば」。**鈴木文子**の「枕木を踏んで」では、「ハルピン市内から平房地区の七三一部隊跡まで、二〇キロほどの距離を彼女は息つく間も惜しいように日本軍の侵略を、捕虜をマルタと呼び、人体実験で三千人も殺した歴史を語り続けた」。**原詩夏至**の「獣体拝領」では、『民以食為天《ミンイーシーウェイティエン》／頌むべきかな／人の／民衆の／「まずは食わねば話にならない」という／逃げも隠れもせぬ／火の真実』。**田島廣子**の「万里の長城」では、「華北平野が広がり／遠く　遠くへと／漢民族をせめて来たモンゴル草原が見える／黄河　長江の川が光り輝きながら流れる」。**佐藤春子**の「ピンクの桜」では、「日本のオカアサン？／一緒に桜を見に行きませんか？／陳さんから電話があった／彼女は中国からの研修生／東北大学の大学院に学んでいる」。**山野なつみ**の「駅前の喫茶店で」では、「違います　国と国が戦っても／人間と人間は戦いません／この大地に生まれた　親戚です／いつの日か／中国と日本の橋渡しになりたい」。**米村晋**の「米軍のいた夜」では、「中国人港湾労働者の反乱／終戦間際、表日本の主要な港湾都市は、米軍の空襲により破壊され、港湾労働者も多数死亡。日本政府は労働力の不足を補うため、中国から三万四千名の農民を日本に拉致、各地の港湾で強制労働を課す」。**柳生じゅん子**の「地図―満蒙開拓平和記念館にて」では、「昼は山に隠れ　夜に逃避行を続けた／乳幼児は　日毎に亡くなり埋められ／疲れて動けない老人達は　その場に捨て置かれた／国から配られていた青酸カリで集団自決もしている」。**せきぐちさちえ**の「無駄」では、「人生に無駄はない／中国語を使うたびに／男は言う／昭和二十八年最後の引揚げ船で十七歳で帰国／日本語は読み書きも覚束なかったと言う」。**こまつかん**の「気の変容について～宇宙と交感する人体を巡る気～」では、「易経や老子道徳経の時代に／人々は甘露の流れに気づき／体内に握りこぶし大の　かたまりの流れを見／いのちを育む力を／気と呼んだ」。**片山壹晴**の『日本と中国とはそりの合わない兄弟のように、似ていない。』（モーリス・ベジャール）』では、「両者の差異は非常に深いところから発しているのではないかと感じています」。

9「朝鮮半島」

八章「朝鮮半島」では、一九四五年に福岡刑務所で獄死した尹東柱の詩から始まり、朝鮮半島に思いを寄せる作品から成り立っている。各作品から重要な箇所を紹介したい。

尹東柱の「星を数える夜」（上野都訳）では、「かあさん、そして／あなたは遠く北間島《プッカンド》にいらっしゃる。／／僕はなぜだか切なくて／このたくさんの星の光が降りそそぐ丘のうえに／自分の名前を書いてみて／土で覆ってしまいました。／／そう　夜通し鳴く虫は／恥かしい名前を悲しむからです。／でも冬が去り僕の星にも春が来れば／墓に緑の芝が萌えでるように／僕の名前が埋められた丘にも／誇りのように青草が茂るでしょう。1941・11・5」。**申東曄**の「酒をたらふく飲んで休んだあくる朝（姜舜訳）では「その中立地帯が／世にも不思議な妖術を操っていたよ。／狸の仔　人間の子　熊の仔鹿の仔たち／はだかで跳ねまわる幅一里の中立地帯が／／しだいに脹れあがり／その平和地帯の両側で／銃口を向けて狙い合っていた／戦車らが百八十度向きを変えていたよ」。
石川啄木の短歌では「地図の上朝鮮国にくろぐろと墨をぬりつつ秋風を聴く」。
高浜虚子の俳句では「京城」の前書きで「いつまでも稲を刈らざる税苛《きび》し」。
若山牧水の短歌では「この国の山低うして四方《よも》の空はるかなりけり鵲《かささぎ》の啼く」。
中城ふみ子の短歌では「鮮人の友と同室を拒みたる美少女も空襲に焼け死にしとぞ」。
髙橋淑子の短歌では「幾たびの戦禍を水面に映し来しソウルを西へ漢江《ハンガン》流る」。
池田祥子の短歌では『超モダンの都羅山駅は無人なり　路線は「北」へと続いてゐるに』。
金野清人の「虐げられた李さん」では「チョウセン、チョウセン、パカニスルナ／オナシメシクテ、トコチカウ／竹馬の友と混ぜっ返した鬼子のボクを／ポク、ポクと／目を細めて呼んでくれた／寛大な李さん」。**小野十三郎**の「唐辛子の歌」では「俺はただあの頃毎日きみらの朝食のために／四斗樽一ぱいのヒジキの味噌汁が朱に染るほど薬味を利かせたことを想い出す。／それでもきみらは／まだまだ、まだまだと云つたものだ。／蕃紅色の大粒の朝鮮トオガラシ。乾燥して血の色をしたやつ」。**清水茂**の「漢江と臨津江の合流点に立って」では「場の記憶とは何なのか、凍土のなかに／埋もれて　なお何かが語りつがれてゆくとき、／季節が来れば　そこにも野の花は咲き／両の岸辺に人が戻って／手を振り合う日もあるのだろうか」。**杉谷昭人**の「花群《はなむれ》―自伝風に」では「―花の好きな子供はきっと役に立つ／それから一年間／その男に三度の食事を運ぶのがぼくの仕事になった／男の名をぼくはずっと後になって知った／金日成……／やがてふるさとへ還った」。**大石規子**の「土饅頭の墓―韓国にて」では「低い禿山の／カササギの飛ぶあの麓に／二人の墓を作りましょう／お椀を二つずらして重ねたように土を盛り／一mぐらいずつの円い墓／どちらかが　おおいかぶさるかたちの夫婦塚」。**上野都**の「地を巡るもの」では「来《きた》る日のために　私の手よ／銃剣をおろせ／銃剣をおろさせよ／ふたつの河に／溶けあう縁《えにし》あればこそ」。**新井豊吉**の「血筋」では「わたしは一人ではない／従兄から家系図をいただいた／かつて何故／朴は新井なのだと考え続けた夜／始祖　朴赫居世《パクヒョッコセヨ》から六十八世孫までの／氏名　生年月日　性別　住所が並ぶ（略）／愛　正義　最善《テグ》という家訓があったことにも驚いた」。**崔龍源**の「骨灰」では「潮騒は鳴っていた　サラン／サランと　父の骨灰を／海は　その身に溶かし込みながら／／やがて黄海の魚は美味しくなるだろう／父の骨灰をたらふく食べて／父が一つの生の実りへ入って行ったあかしに」。**熊井三郎**の「安重根の思い出」では「ぼくは金さんにふっかけてみた／〈安重根は日本では元勲伊藤博文を暗殺したテロリスト　犯罪者ということになっているけどね〉／金さんはすかさず反駁した／〈アンジュングンは義兵中将で／日帝に対して義兵戦争をたたかっていたんです／テロリストではありません〉」。**畑中暁来雄**の「雨森芳洲《あめのもりほうしゅう》の墓」では「中国語　朝鮮語にも通じた国際人／朝鮮使節と漢詩をやりとりすれば／碁も打って誠信の交わり／事件が起きても　ひとつひとつの折衝に／対話の精神で応待した／平和外交の役人」。**青山晴江**の「ソソン里」では「静かな星降る里に／突然現れた／高度ミサイル防衛システム、サード／黒山のように包囲する警察／潰され、滲み、砂利に染み入る血／パイプに通してつないだハルモニたちの腕」。**うおずみ千尋**の「洞」では『「ミサイル実験失敗」のニュース飛び交うなかで／ふと思うのだ／帰って行った少年たちの背の／それからの／遥かなる時間を』。**青柳晶子**の「花の色」では「佐渡の土産にもらった大きな百合の球根／ジェンキンスさん*から買ったという／きっと朱鷺《とき》色の花が咲くのだろう／みんながそう思いこんだが／夏には大輪の純白の花をたくさん咲かせた（＊北朝鮮による拉致被害者）」。**日野笙子**の「トォーマンナヨ（またね）」では「祖国の人が迎えに来たと告げにきた／少女が泣いていたから／もう会えないんだと思った／そして少女はトォーマンナヨ（またね）と／立ち去った」。**葉山美玖**の「小さな携帯」では「彼女は大型のファーウェイで／色とりどりのハートを並べて／恋人とハングル語でカカオトークをしていた／私は自分の小さな格安携帯が恥ずかしくなって／リュックサックから出せなかった」。

10　「沖縄」

九章「沖縄」の冒頭は**八重洋一郎**の散文詩「賭け」から始まり「沖縄人は現在、これまでの歴史と徹底的に対峙し、その歴史の対象化に成功しつつある。そしてみずからの内なる自由を自覚し、それを十全に育てあげようと試み始めている。」と語っている。俳句・短歌・詩から心に刻まれるものを紹介したい。

おおしろ健の「宇宙の臍へいざ漕ぎ出さん爬龍船《はりゅうせん》」。**正木ゆう子**の「アカショウビンの声の水玉ころがりぬ」。**栗坪和子**の「三月の帯は紅型《びんがた》貝の紋」。**垣花和**の「和解てふ欺瞞を見抜くうりずん南風」。**市川綿帽子**の「桜まじ摩文仁の丘に胸開《はだ》け」。**前田貴美子**の「夏ぐれは福木の路地にはじまりぬ」。**おおしろ房**の「指先も花月桃となる慰霊の日」。**大城さやか**の「黒焦げの龍柱耐えて秋高し」。**牧野信子**の「別れ寒さ《ワカリビーサ》鎌首もたげる大和言葉」。**本成美和子**の「終戦の記憶を編むや牡丹蔓」。**上江洲園枝**の「オスプレイ人間狩りはまだ続く」。**翁長園子**の「風神の言いつけどおり福木並木」。**柴田康子**の「サンゴ産卵大波小波の子守歌」。**山城発子**の「花月桃ある日掻き出す胸の澱」。**前原啓子**の「ゲルニカに並ぶ位里《いり》の絵敗戦日」。

大城静子の『「まーだだよ」洞窟《がま》の奥から聞えてくる幼友達か一子の声が』。**謝花秀子**の「山削り土砂入れ埋める辺野古の海サンゴもジュゴンも死して還らず」。**玉城洋子**の「骸らと躍るカチャーシー六月の摩文仁に平和月待てる今宵」。**玉城寛子**の「墜ちて後間なきを空にオスプレイ仏桑華《アカバナー》の炎《ひ》は焼かんとすらん」。

新川和江の詩「海底公園」では「白いベンチがあったら　そこに掛けて／大好きなあのひとがくるのを／いつまでもいつまでも／待つのです」。**うえじょう晶**の「甘いお話」では「人頭税による容赦ない取り立て／納税のため潰した稲田から獲れる／甘い砂糖は血と涙の味がした」。**若山紀子**の「六月二十三日沖縄」では「独りで壕を掘っている人がある／沖縄の防空壕跡／髑髏《どくろ》が出てくる」。**伊良波盛男**の「ニーチェの復活　S・K氏の霊前に捧げる」では「ニーチェは、ニヒリストを唱え、／ニヒリズムが何であるかを解き明かした」。**ローゼル川田**の「燃えた」では「龍柱がポツンと立っている／炎を食べつくして／ポツンと立っている／朝露の涙に濡れて／立っている／／首里城が消えた」。**玉木一兵**の「やさしき人のノアの方舟譚」では「今も自分を死に追いつめる人が多い　自分で死んだら天国にいけなくなるから　わんが　そんなウチナーンチュ（沖縄人）を救いたい」。**久貝清次**の「おばあちゃん」では「おばあちゃんは／くうしゅうでしんだ／あなをほってうめた／いくさがおわって／ほりおこした／おばあちゃんはどろになっていた」。**与那覇恵子**の「仰ぎ見る大国」では「ひっかき傷を残したまま／鋭い雄叫《おたけ》びをあげて　どこかへ去った／／ベトナムへ／イラクへ／そして今日は　どこの敵地へ」。**佐々木淑子**の「進工船《しんこうせん》」では「武器は乗せぬが　ヨーホイ／宝を乗せて　船を出す／生きて帰れよ　ヨーホイ／主《ぬし》待つ美童《みやらび》／泣かすなよ」。**江口節**の「歩く樹――榕樹《ガジュマル》では「おびただしい気根の　歩いてくる風景／／樹は　歩くのだ／／一夜　山中を巡って／冴々と朝　佇ちつくしている」。**いとう柚子**の「ゴールウェイの街で」では「なぜだろう／島唄のメドレーはこの街にとても似合っている／まるで何百年もこの街の路地や川べりに流れていたように／あの教会の鐘の音のように」。**佐々木薫**の「唯一の選択肢」では『選択肢は一つしかないのだった／何年も何十年も「唯一の選択肢」と迫られて／レイプのされっぱなしの１４０年／「イヤです　どいて退いて　ドケッタラァ」／と叫んで最高裁判所に訴え出ても』。**阿部堅磐**の「沖縄の旅」では「こんなひどい壕の中／死んでいったうら若い乙女達／何ともいたいたしい／資料館では部隊の生き残りの老婦人が／物静かに当事の有様を語る」。**岸本嘉名男**の「忘れられぬ沖縄の印象」では『まぶしい女《ひと》の　花飾り／星砂さぐり　からまった／熱い思いが　よみがえる／目と目が愛を「君・アッパリシャー」（「美しい」の方言）』。**酒木裕次郎**の「沖縄悲歌」では「沖縄舞踊を踊っている／軽やかなテンポに　はち切れそうに舞っている／奄美の民謡のうら悲しいジャミセンの音色とは違う／のびやかなあかるさがひびきわたる」。**矢城道子**の「サラバ　ソコク　サヨナラ　オカアサン」では

「一九四五年／沖縄本島沖／米艦隊に突撃した／特攻機／学生兵からのモールス信号に／嗚咽《おえつ》する私／戦後七十年」。**飽浦敏**の「ユングトゥ」では「親父は言いました／将来性は山にある　土地は肥沃だしさあヤブヌミー《ジャングル》に入るぞー。（略）／父は辛世《からゆ》を生きて逝きました」。**藤田博**の「西崎《いりざき》　与那国島で」では「海の大河のやわらかさしずけさ／いりさてぃの岸辺を洗っている／人の歩みが世界のゆるやかな／海流であるように』。**坂本梧朗**の「日本語に対する罪」では『何度も丁寧に説明してご理解を頂く」／この首相とその閣僚がよく使う日本語だ／／日本語の意味を／これだけスカスカにしてしまった／／この政権が犯した／これもまた重い罪だ』。**見上司**の「まほろば——首里城に寄せて——」では『昔も今もである。どんなに悲しく理不尽な境遇や歴史を背負ったとしてもだ。沖縄は不屈である。その不屈さに、私たちは心を打たれながら、そこに古い「日本」の姿、魂を見る。そして、自分自身の中にも、そうしたものを見たいと願う』。**高橋憲三**の「ハイジャンプ」では「（山之口貘さんは／詩に未練があり／自殺したつもりで生きることにした／とか）」。

11「地球とアジア」

十章「地球とアジア」にはアジア全般を俯瞰したり、またその根源や問題点を凝視するような数多くの俳句、短歌、詩が寄せられた。その特徴的な作品や一部を紹介したい。

河東碧梧桐の句では「埴輪《はにわ》の土のつく指さき日の筋」。**西村我尼吾**の俳句では「夏暮れてアジアの雲は低く厚し」。**中津攸子**の俳句では「杜甫逝きて千年余りや緑濃き」。**鈴木光影**の句では「春雨のアジアの迷路百人町」。**奥山恵**の短歌「モンスーンの海に小舟は揺れやまず船縁かたく掴むわれの手」。**大湯邦代**の短歌では「咲き盛る櫻岸辺に藍ふかし纜解きてカナンへ発たむ」。**新城貞夫**の短歌「ゆた・ゆたりアジアの家具に身をひたす動く風あり動かぬ風あり」。**岡田美幸**の短歌では、「板前は砂漠の国の青年で慣れた手つきの三枚おろし」。**室井忠雄**の短歌では「インド洋からのびる梅雨前線が那須高原に雨降らしおり」。**高柴三聞**の詩「アジアの日本と阿片、コカイン」では「帝国主義の大英帝国の衣鉢を継いで、遅れてやってきた大日本帝国は、ハーグ麻薬協定などで世界各国が阿片から手を引いていくのをしり目に阿片にしがみ付いて（略）日中戦争から太平洋戦争に突入し狂騒と阿鼻叫喚のうちに敗戦となった」。**小田切敬子**の「深い呼吸」では「わたしのアジアは机の上／地図をひろげ　地球儀をまわし／旅のアルバムを繰る／どっと噴き出す汗／なぐりかかってくる熱気／温気の中で息絶えていった／草葉の陰の若き兵士たちに線香を手向ける」。**坂井一則**の詩「海の幕」では『詩人辻征夫は春の海には／／南蛮から漂流してきた／「ヒネモス」がいる／っていうけれど／（春の海ひねもすのたりのたり哉・蕪村）／（略）／今まさに落ちていく夕陽の海のことを話そう」。**植松晃一**の詩「終末を超えて」では「自分の足で立ち／前を向いて歩いていけるように／釈迦《しゃか》の願いを私も祈る」。**小坂顕太郎**の詩「九門」では「隠匿された九つの門の数だけ／僕らは逃走する／逃げなされ／逃げなされ／逃亡者の歌（略）／今僕らアジアの耀かしい軌跡」。**萱野原さよ**の詩「公園」では「モンゴルの馬頭琴／タイの木琴／琴　三味線／竹の横笛　琵琶　中国のチター／フルート　チェロ　ヴィオラ　ヴァイオリン／旋律がまざり／揺れながら響きあう宴の絶頂」。**梶谷和恵**の詩「ほんとうのこと」では「私のおじいちゃんは／人を殺しました。私はおじいちゃんが／好きです。／／私は、人を殺したかも、しれない」。

その他に下記のような文明批評的であり諷刺的で相乗力を駆使した力作が収録されている。**宮崎亨**の詩「信州」。**伊藤眞司**の詩「元号」。**くにさだきみ**の『平和ではなく「令和」だ』。**みうらひろこ**の詩「ペットボトルの上手な捨て方」。**星乃マロン**の詩「私たちのチカラ」。**青木善保**の詩『「もしも」の枯渇』。**山﨑夏代**の詩「形骸に過ぎず」。**勝嶋啓太**の詩『ろくちゃんファミリーヒストリー「飛頭蛮の一族」』。**根本昌幸**の詩「アジアの海」。**石川逸子**の詩「国書って？」。**洲史**の詩「言葉」。**高嶋英夫**の詩「ようこそ日本語で」。**篠崎フクシ**の詩「クロスボーダー」。**植木信子**の詩「晴れた冬至の日の午後」。**あたるしましょうご中島省吾**の詩「向かい風に吹かれたい」・「津波のあったアジアの浜辺で」。

最後の**佐藤文夫**の詩『いま　地球は怒っている』では「いまから　五千年も前のこと　メソポタミアの大王／ギルガメシュは、森の王フンババを征服し殺害した／それからというもの　特産のレバノン杉は枯れはて／山々は禿山と化し水源は枯渇し　畑には塩害が拡大／やがてメソポタミアは滅亡し　人びとは難民となり／各地へと流れていった　森の王フンババの正体とは／レバノン杉そのものであった　という／（略）この美しい惑星　地球を破壊するものたちよ／すみやかに自首せよ　その責任は地球より重い」と「地球の怒り」と自らの欲望の責任によって人類が滅びていくことに警鐘を鳴らしている。

世界最古の古典から現在までの二七七名の作品には、荘子の言うアジアの多様で創造的な「混沌」が宿っていて、『ギルガメシュ叙事詩』、『リグ・ヴェーダ讃歌』、『詩經國風』などから始まり現在のアジアの四十八ヶ国に関わる詩歌文学が、私たちの深層で今も豊かに生きていることに気付かされるだろう。アジア四十八ヶ国は異なる歴史・文化・宗教・政治形態など様々な違いや利害関係があるが、共通することは叙事詩や抒情詩など詩歌文学を民衆たちが暮らしの中で育ててきたことだ。それらを再認識するためにもこの詩歌集が多くの人びとに読まれることを願っている。最後に、シルクロードの名画『四姑娘山《スーグーニャンシャン》の青いケシ』を装画に使用させて頂いた入江一子画伯に心より感謝の言葉を申し上げたい。

編註

1、『アジアの多文化共生詩歌集 ―シリアからインド・香港・沖縄まで』を公募した趣意書は左記のようだった。

現在、日本人はアジアという多文化で重層的な地球の半分を占める広大な地域の観点から自らを問われている。アジアという他者であり、自らも実は極東のアジアの一員であることを自覚させられる詩歌を見出し、それらしなやかに結集させたアンソロジーを構想したい。ユーラシア大陸の極東の島国で、少子高齢化で人口も少しずつ減りだした日本は、トルコ以東の西アジア、インド・パキスタンなどの南アジア、ロシア・モンゴルなどの北アジア、ベトナム・フィリッピンなどの東南アジア、韓国・中国などの東アジアを含めた広域のアジアの四十八ケ国（約四十四億人）との交流や、国家間・民間レベルの交易などによって、最も豊かな恵みを得ている国の一つだろう。もしそれらの国々に触れた経験があるなら紹介したり、文化的に関わったりしたことを詩歌で書かれているのならぜひ投稿されて欲しい。現在の日本では外国人労働者は百四十六万人にもなり、日本の暮らしを支える仕事に就いて働いている。二〇一九年夏の街を歩いてみれば、街角のコンビニエンスストア、飲食店、居酒屋などのサービス業には、アジアの国々の若者が異国の言葉を覚えて丁寧な日本語を駆使して笑顔で接客をしている。しかしながらその陰で多くの技能実習生が病死や自殺する悲劇も起こっている。低賃金の仕事で転職を禁止する奴隷制度のような「技能実習生制度」を利用した日本企業の受け入れ態勢に不備があったことは、確かであり痛恨の極みだと感じている。今後はさらに大都市や地方の介護施設、様々な会社・工場、農村でも「特定技能外国人」が私たちの身近で五年間で三十五万人も日本で働くことになり、一人ひとりの母国の家族の期待を背負って日本で働く人びとと日本人がより豊かな関係を構築できるように、良き隣人として共存し、求められるなら移民も広く受け入れていく時代になるだろう。日本の行政も「多文化共生」を掲げて「特定技能外国人」の人生を日本の中で実現してもらえるかの模索を始めている。アジアの文化の多様性・重層性を受け止めて共存していくかを問われる詩歌のアンソロジーを構想するようになった。そのテーマを次に記してみる。公募作品は詩、俳句、短歌でその手法で下記のテーマで新たに執筆するか、すでに書かれた作品で応募することも可能だ。

①旅で触れたアジア48ヶ国の多文化や歴史を紹介し交流を記す作品／②自由や民主主義の観点からアジアの困難な問題に光を当てる作品／③廃プラなど環境問題からアジアの果たすべき役割を記した作品／④日本で介護など様々な分野で働くアジアの若者たちに触れた作品／⑤独自文化を持つ沖縄の辺野古や先島諸島の基地建設を考える作品／⑥アジアの民衆の歴史、風土、多文化など触発された想像的な作品。

例えば⑥に該当するものとして、俳人の金子兜太が一九八五年に刊行した『詩經國風』がある。兜太は小林一茶に倣って中国最古の詩集『詩經國風』から素材を得て連作を作り、中国の國風を一一二句に詠んだ。その中から六句ほど引用したい。

「麒麟の脚のごとき恵みよ夏の人／良き土に淑き女寝かす真昼かな／河州にあり覚めても寝ても花蕁菜／馬老いし夫待つ者ら薺摘み／空域に冬の男女ら影濃ゆし／額日焼けて北方黄土層地帯の民」

このようにアジアの混沌を見詰めながらも、この広大な多文化のアジアのなかで共存して、自由や環境を守っていく可能性を探る作品を寄稿されることを願っている。

（鈴木比佐雄）

2、公募・編集の結果二七七名の作品を収録した。

3、編者は、鈴木比佐雄、座馬寛彦、鈴木光影である。

4、詩集は文芸誌「コールサック」99号・101号での公募や趣意書プリント配布に応えて出された作品と、編者から推薦された作品で構成されている。

5、詩集・歌集・句集・雑誌・オリジナル原稿の作品を底本として、現役の作者には本人校正を行なった。さらにコールサック社の鈴木光影・座馬寛彦の最終校正・校閲を経て収録させて頂いた。

6、パソコン入力時に多く見られる略字は、基本的に正字に修正・統一した。

7、旧字体、歴史的仮名遣いなどは、作品によって適宜新字体、現代仮名遣いへ変更した。

8、また収録作品に関しては全国の詩人・歌人・俳人や関係者から貴重な情報提供やご協力を頂いた。

9、カバー装画は入江一子画伯の絵画「四姑娘山の青いケシ」をお借りし、奥川はるみが装幀を担当した。

10、本詩歌集の作品に共感してくださった方々によって、集会等で朗読されることは大変有り難いことだと考えている。但し、朗読会や演劇のシナリオ等で活用されたい方は、入場料の有料・無料を問わず、二ケ月前にはその作品の著者名とタイトルをご連絡頂きたい。著者や著作権継承者の許諾をコールサック社が出来るだけ速やかに確認させて頂く。また、ひと月前には、著者の氏名や作品名入りの当日のパンフレット案やポスター案と著者分の入場チケットかそれに代わる書類をお送り頂きたい。それらをコールサック社から著者や継承者たちに送らせて頂く。書籍への再録及び朗読会や演劇の規模が大きい場合で、著者への印税が発生するケースやコールサック社の編集権に関わる場合も、遅くとも二ケ月前にコールサック社にご相談頂きたい。

11、本書がアジアの多様な国々を愛する広範な人々への励ましとなり、広く一般に読まれて、日本・アジア・世界を考えるきっかけになることを願う。

鈴木比佐雄・座馬寛彦・鈴木光影

石炭袋

アジアの多文化共生詩歌集 —シリアからインド・香港・沖縄まで

2020 年 7 月 26 日初版発行
編　者　鈴木比佐雄・座馬寛彦・鈴木光影
発行者　鈴木比佐雄
発行所　株式会社 コールサック社
〒 173-0004　東京都板橋区板橋 2-63-4-209
電話 03-5944-3258　FAX 03-5944-3238
suzuki@coal-sack.com　http://www.coal-sack.com
郵便振替　00180-4-741802
印刷管理　（株）コールサック社　製作部

＊装幀　奥川はるみ　　＊カバー装画　入江一子

ISBN978-4-86435-441-7　C1092　￥1800E